ESPRIT D'HIVER

Laura Kasischke est née en 1961 dans l'État du Michigan. Elle est l'auteur d'une dizaine de romans, dont *Rêves de garçons*, *La Couronne verte*, *À moi pour toujours*, qui a reçu le prix Lucioles des lecteurs en 2008, *À Suspicious River* et *La Vie devant ses yeux*, tous deux adaptés au cinéma, ou encore *Esprit d'hiver*, finaliste des prix Femina et Médicis étranger en 2013, et lauréat du Grand Prix des lectrices de *Elle* 2014. Elle est également l'auteur de poèmes, publiés dans de nombreuses revues, pour lesquels elle a notamment remporté le Hopwood Awards et la bourse Mac-Dowell. Laura Kasischke enseigne l'art du roman à Ann Arbor et vit toujours dans le Michigan.

LAURA KASISCHKE

Esprit d'hiver

TRADUIT DE L'ANGLAIS (ÉTATS-UNIS) PAR AURÉLIE TRONCHET

CHRISTIAN BOURGOIS ÉDITEUR

Titre original :

MIND OF WINTER

À Bill

...
Qui est le bruit de l'étendue
Emplie du même vent
Soufflant dans le même lieu nu
...

Wallace STEVENS,
« Bonhomme de neige[1] »

---

1. Traduction de Claire Malroux, José Corti, 2002. *(N.d.T.)*

Noël, 20--

Ce matin-là, elle se réveilla tard et aussitôt elle *sut* :
Quelque chose les avait suivis depuis la Russie jusque chez eux.

C'était dans un rêve, pensa Holly, que cette bribe d'information lui avait été suggérée, tel un aperçu d'une vérité qu'elle avait portée en elle pendant… combien de temps au juste ?

Treize ans ?

Treize ans !

Elle avait su cela pendant treize ans, et en même temps elle l'avait ignoré – c'est du moins ce qu'il lui semblait, dans son état de demi-veille, en ce matin de Noël. Elle se leva du lit et s'engagea dans le couloir en direction de la chambre de sa fille, pressée de voir qu'elle était là, encore endormie, parfaitement en sécurité.

Oui, elle était là, Tatiana, un bras blanc passé sur un couvre-lit pâle. Les cheveux bruns répandus sur l'oreiller. Si immobile qu'on aurait dit une peinture. Si paisible qu'on aurait pu la croire…

Mais ce n'était pas le cas. Elle allait bien. Rassurée, Holly retourna dans sa chambre et se glissa de nouveau dans le lit près de son époux – mais, à peine allongée, elle pensa encore une fois :

Cela les avait suivis jusque chez eux !

C'était quelque chose que Holly avait su, apparemment, au plus profond de son cœur, ou de son inconscient ou quel que soit l'endroit où ce genre d'information se terre à l'intérieur d'une femme, à son insu, pendant des années, jusqu'à ce qu'un événement lui fasse prendre conscience qu'elle a oublié, ou refoulé, ou…

Ou bien était-ce une chose qu'elle avait volontairement ignorée ? À présent, elle s'en apercevait :

Quelque chose les avait suivis depuis la Russie jusque chez eux !

Mais quoi ?

Et Holly pensa alors : *Je dois l'écrire avant que cela ne m'échappe.* Elle avait déjà ressenti ça plus jeune – l'envie presque paniquée d'écrire à propos d'une chose qu'elle avait entraperçue, de la fixer sur la page avant qu'elle ne file à nouveau. Certaines fois, il avait failli lui soulever le cœur, ce désir d'arracher d'un coup sec cette chose d'elle et de la transposer en mots avant qu'elle ne se dissimule derrière un organe au plus profond de son corps – un organe un peu bordeaux qui ressemblerait à un foie ou à des ouïes et qu'elle devrait extirper par l'arrière, comme si elle le sortait du bout des doigts d'une carcasse de dinde, si jamais elle voulait l'atteindre une nouvelle fois. Voilà ce que Holly avait ressenti chaque fois qu'elle écrivait un poème, et pourquoi elle avait cessé d'en écrire.

Mon Dieu, cette pensée était pourtant comme un poème – un secret, une vérité, juste hors de portée. Holly allait avoir besoin de temps pour arracher d'elle cette pensée et l'examiner à la lumière, mais elle était en elle, qu'elle en ait eu ou pas conscience avant ce moment. Comme un poème aspirant à être écrit. Une vérité insistant pour être reconnue.

Quelque chose les avait suivis depuis la Russie jusque chez eux !

Cela expliquait tellement d'événements !

Le chat qui s'éloignait en rampant. Ses pattes arrière, sa queue.

Et son mari. La bosse sur le dos de sa main, tel un minuscule troisième poing – celui d'un homoncule ! – qui grossissait. On lui avait dit que c'était bénin, mais comment un tel phénomène pouvait-il être *bénin* ? On lui avait conseillé de ne pas y faire attention, mais comment faire ? Une chose poussait à l'intérieur de son mari, ou essayait de se frayer un chemin hors de lui. Comment était-il possible de ne pas y faire attention ? (Même si, pour rendre justice au Dr Fujimura, ils *avaient appris* à ne pas y faire attention, et la bosse avait finalement cessé de grossir, comme le médecin l'avait prédit.)

Et Tante Rose. De quelle manière son langage avait changé. Comment elle s'était mise à parler une langue étrangère. Comment Holly avait cessé de répondre à ses appels parce qu'elle ne le supportait plus, et comment ses cousins s'étaient mis en colère :

Elle aimait te parler. Tu étais sa préférée. Tu l'as aban-donnée alors qu'elle était en train de mourir.

Et puis les poules. Se liguant contre l'une d'entre elles, contre celle qu'elle avait baptisée, de façon si stupide, si désinvolte, *Sally*. Six semaines et puis…

Ne pense pas à Sally. Ne pense jamais plus à cette poule et à son horrible nom.

Et cette tache d'humidité tel un visage indistinct au-dessus de la table de la salle à manger – bien qu'ils n'aient jamais pu localiser par où l'eau aurait pu s'in-filtrer à travers leur toit garanti aussi étanche que la peau. Les couvreurs étaient restés plantés là, dans leurs bottes dégoûtantes, les yeux levés vers la tache, refusant d'être tenus pour responsables.

Sans aucune raison non plus, le papier peint de la salle de bains s'était décollé. Juste un bord. Et rien à faire pour le maintenir en place. Ils avaient essayé tous les adhésifs sur le marché, mais le papier peint au motif de marguerites tenait bon pendant exacte-ment trois jours et trois nuits avant de se décoller de nouveau.

Il fallait que Holly note tous ces événements, cette preuve ! Le chat, Tante Rose, la bosse sur le dos de la main de son mari, les poules, la tache d'humidité, le papier peint – ainsi que l'indice fourni par son rêve :

Quelque chose les avait suivis depuis la Russie jusque chez eux.

Combien de temps avait passé depuis l'instant où elle s'était réveillée avec le besoin d'écrire ? Mon Dieu, comme elle avait autrefois éprouvé le *besoin* d'écrire. Aujourd'hui, elle en éprouvait à nouveau le besoin. Quelle heure était-il ? Elle était encore au lit, ou s'était recouchée. S'était-elle déjà levée pour aller jeter un coup d'œil à sa fille ? Ou bien l'avait-elle rêvé ? Était-elle revenue s'allonger avant de sombrer à nouveau dans le sommeil ? Peut-être. À présent, sans ouvrir les yeux, elle devinait que c'était le matin et qu'il neigeait.

Avait-elle un stylo dans cette pièce ? Si elle mettait la main sur un stylo avant qu'Eric et Tatiana ne se réveillent, serait-elle vraiment capable de s'asseoir un moment pour écrire ? Cette habitude brisée. Cette nécessité abandonnée.

Holly s'en pensait capable. Elle serait capable d'écrire. Elle le sentait – elle en sentait la douleur amère. Il y avait comme une atroce pression sur ses poumons. Il y avait, elle le sentait, quelque chose de bouché dans sa poitrine. Elle imagina vomir cette chose hors d'elle, comme vomir un cygne – une créature au long cou entortillé nichant dans sa gorge à elle –, s'étrangler avec ses plumes et tous les calamus décharnés. Comme elle se sentirait soulagée ensuite, allongée sur le sol de la chambre près du cygne qu'elle aurait vomi, hors d'elle, dans le monde.

Dehors le vent résonnait tel un nerf qu'on aurait tiré d'un coup à travers l'arbre, juste devant. C'était le matin de Noël, mais il était tard. Peut-être presque neuf heures. Ils ne dormaient jamais aussi tard le matin de Noël ! Bien trop de rhum dans le lait de poule hier soir. Tatty dormait-elle encore ? Son bras pâle, couvre-lit pâle, oreiller pâle éclaboussé de ses cheveux bruns, immobile. Holly était allée jeter un

15

coup d'œil dans sa chambre, elle s'en souvenait, mais c'était il y a des heures, n'est-ce pas ? Tatty était sûrement debout à présent, prête à ouvrir ses cadeaux. Où était-elle ? Pourquoi n'était-elle pas venue dans leur chambre pour les réveiller ?

Parce qu'elle avait quinze ans, bien sûr. Elle aussi dormait probablement encore. Il n'y aurait plus jamais de matin de Noël, aux aurores, la petite Tatty entrant dans leur chambre pour leur donner de légères claques au visage de ses petites mains, humides et neuves. Au lieu de quoi, ils avaient tous dormi trop longtemps ce matin de Noël, et Holly s'était réveillée avec cette petite horreur à l'esprit, *quelque chose les avait suivis depuis la Russie jusque chez eux.*

Quelque chose de mauvais ?

Eh bien, peut-être pas mauvais. Mais cela les avait minés. Et continuait de les miner.

« Oh, c'est la maternité, dirait Thuy. Tu parles de la maternité. Les enfants te vampirisent ton énergie… »

Mais n'oublions pas le chat. Le papier peint. Tante Rose. Même alors qu'elle était encore à moitié lucide, qu'elle s'exprimait encore avec des mots anglais familiers, Holly avait eu l'impression que Tante Rose récitait des vers du Sermon du feu : *Sur la plage, à Margate. Je ne puis rien relier à rien des ongles écornés des mains douteuses ma famille d'humbles gens qui n'attendent rien la la*[1]…

Et il y avait eu leurs CD aussi, n'est-ce pas ? Tous

_____

1. Traduction de Pierre Leyris. *(N.d.T.)*

leurs préférés avaient été rayés, comme du jour au lendemain – bien que, plus certainement, le délit se fût déroulé sur une période plus longue. Tous leurs CD préférés *sans exception* avaient été endommagés et Eric et Holly ne s'étaient jamais donné la peine de les remplacer. Ils s'étaient contentés de les laisser là, sur une étagère, comme leurs livres, qu'ils ne descendaient plus pour lire, ni même pour souffler la poussière qui les recouvrait.

Et en parlant de poussière ! Mon Dieu, elle était partout. Elle *épuisait* Holly. Elle flottait, insupportable, transportant encore des poils de chat des années après la disparition de celui-ci, ainsi que des mèches des longs cheveux bruns de Tatiana. Quand Holly se plaignait de la poussière, Eric prétendait qu'il ne la voyait pas, qu'il ne savait pas de quoi elle parlait mais que, si cela l'ennuyait à ce point, elle pouvait embaucher une nouvelle femme de ménage.

Et oui, elle aurait pu embaucher une nouvelle femme de ménage, mais elle n'avait même pas pu trouver l'énergie de le faire, pas après la dernière qu'ils avaient employée, et son accident sur les marches à l'arrière de la maison, elle avait glissé sur le verglas en sortant un sac-poubelle. Et même avant cela, ses allergies, ses éruptions cutanées, et la culpabilité éprouvée par Holly, car elle payait une autre femme, une femme plus pauvre, une femme parlant espagnol, pour se charger à sa place de cette tâche intime qu'elle aurait été tout à fait capable d'accomplir elle-même.

Poussière, épuisement, c'était dans l'air :

Quelque chose les avait suivis depuis la Russie jusque chez eux.

Répète cette phrase, pensa Holly. C'est un refrain. Comme dans un poème. *Écris-la.* Écris de quelle manière un visage fantôme a finalement pointé son nez en ce matin de Noël (ils avaient dormi si tard) et s'est dévoilé.

Quelque chose qui avait été là depuis le début. À l'intérieur de la maison. À l'intérieur d'*eux-mêmes*. Cette chose les avait *suivis depuis la Russie jusque chez eux.*

*   *
*

Mais pas le bébé ! Pas Bébé Tatty ! Évidemment pas le *bébé*. C'était eux qui avaient ramené le bébé Tatiana de Russie. Elle ne les avait pas suivis, elle n'était ni un revenant ni une malédiction d'un autre pays.

Non. Évidemment pas Bébé Tatty enveloppée dans son Doudou Cracra. Pas Tatty la Beauté. Superbe danseuse russe, singe hurleur, petit ange, vagabonde, amour de leurs vies. Pas Tatiana.

Non. Quelque chose. Et le seul point commun avec leur fille était que cette chose était revenue avec eux de Russie.

Holly s'efforçait encore simplement de se réveiller, s'imaginant un stylo à la main, en train d'écrire ça… Il était tard, mais à quel point ? Dix heures ? ! Pourquoi dormait-elle encore, ou pourquoi s'était-elle rendormie, un matin de Noël ? Elle tapota la place près d'elle à la recherche d'Eric. *Je vous en prie, mon Dieu*, pensa-t-elle, *faites qu'il ne soit pas là.* Faites qu'il ne soit pas là afin que je puisse avoir quelques minutes de solitude pour écrire. Elle avait presque réussi à soulever ses paupières de plomb. *Je vous en prie, mon Dieu, faites qu'il ait emmené Tatty avec lui à l'aéroport pour aller chercher ses parents. Donnez-moi une demi-heure pour écrire ça, pour comprendre, pour considérer cette chose.* Autrement, elle oublierait, elle le savait, et alors elle ne saurait jamais cette chose qu'elle savait. Elle ne deviendrait jamais une pensée aboutie, encore moins un poème, cette chose qui…

Qui avait brisé trois des verres à eau irisés de sa mère ! Et rayé tous leurs CD, comme au canif. Les avait rendus inutilisables. Jamais remplacés. Pas même encore téléchargés sur iTunes – (mais s'y seraient-ils jamais résolus ?). La *Water Music*. Les *Quatre Saisons*. Patti Smith. Et même les Beatles. Holly avait-elle au moins *entendu* depuis, ne serait-ce qu'une fois, ces chansons des Beatles ? Ne serait-ce qu'à la radio d'une voiture qui passait ? C'était comme si ces chansons (« Norwegian Wood », « I Want to Hold Your Hand ») n'avaient jamais été composées ni jouées.

Et le chat. L'horreur de ce qui s'était passé. Et avant cela, la poule, leur préférée. De quelle manière les autres volailles s'en étaient prises à elle. Ne la tuant même pas à coups de bec, mais la picorant jusqu'à un état si proche de la mort qu'elle n'était plus qu'une déchirure oubliée, abandonnée derrière les autres qui avaient repris le cours de leur vie.

Et le carnet empli de poèmes qui lui avait été dérobé en même temps que son sac à main au café, et son ordinateur portable empli de poèmes, volé à l'hôtel en Californie – volé dans le *coffre-fort*.

Et la femme de ménage, Concordia, que Tatty avait tant aimée mais qui avait souffert d'allergies et de rougeurs qu'elle n'avait jamais eues auparavant, quand elle avait commencé à faire le ménage chez eux, et qui s'était ensuite tordu la cheville sur le verglas dans l'escalier, à l'arrière de la maison (en sortant leur poubelle, pleine de bouteilles en plastique que Holly aurait dû recycler), et qui n'était jamais revenue.

Et, mon Dieu, Holly avait presque oublié la fille de Kay, sa collègue de travail – une jeune femme de vingt-deux ans percutée par une voiture en traversant la rue au feu rouge, sur les clous et par une journée parfaitement ensoleillée. Comme Holly avait eu le sentiment complètement irraisonné qu'elle était responsable de cet accident ! Après tout, Holly n'avait jamais apprécié Kay et, la veille du drame, elle avait posé brutalement un manuel de l'employé sur le bureau de Kay en lui ordonnant de le lire (elle en avait assez de ses retards, de ses coups de fil personnels, mais quelle différence tout cela faisait-il ?), et ce soir-là, Kay était rentrée chez elle avec le manuel, en larmes, et (qui sait ?) peut-être avait-elle confié à sa fille qu'elle avait des ennuis au bureau, peut-être la fille avait-elle traversé la rue trop vite le jour suivant, inquiète pour sa mère et sans regarder de chaque côté ?

« C'est insensé, avait dit Eric à Holly. Si l'univers fonctionne de cette manière, cela signifie que tu es, toi-même, Dieu. Je croyais que c'était toi l'athée, celle qui n'avait aucune superstition. »

Mais si ça n'était pas aussi insensé que ça ? Et s'ils avaient rapporté quelque chose de Russie ? Une chose malveillante. Ou qui désirait à tout prix retourner à ses origines ? Peut-être cette chose désirait-elle repartir là-bas !

Une des infirmières ne les avait-elle pas mis en garde ? À tout le moins, *essayé* de les mettre en garde ? Celle à la paupière tombante et aux cheveux de princesse Renaissance, qui dévalaient son flanc en une tresse d'or, et semblaient imprégnés d'huile.

Quel était son nom ? Theodota ?

C'était celle qui arborait une chose étrange prise dans une bulle de verre épinglée au-dessus de sa poitrine. Une rose séchée, avait-elle dit à Holly, une rose qui avait touché le tombeau d'un saint quelconque – le saint patron des malades de l'estomac, une affection qui avait tourmenté Theodota pendant la majeure partie de sa vie. Aux yeux de Holly, la chose dans la bulle ressemblait à une sorte de tumeur, asséchée et interne, et elle s'était âprement plainte auprès d'Eric des manies religieuses des infirmières sibériennes. Les gens n'étaient-ils pas censés en avoir fini avec la religion dans cet endroit abandonné de Dieu ?

« Non. Ça, c'est nous, avait-il répondu. Tu confonds les Russes et les Américains. Ce sont les Américains qui ont abandonné Dieu. Les Russes l'ont retrouvé. »

Il avait toujours défendu la religion, n'est-ce pas ? Bien qu'il ne fréquentât aucune église, ne priât aucun dieu. C'était une manière de défendre ses parents, supposait-elle, que, d'après lui, elle critiquait chaque fois qu'elle critiquait religion, valeurs démodées ou aliments en bocaux.

Était-ce en Sibérie que la chose sur le poing d'Eric avait commencé de germer, de pousser juste sous sa peau ? Holly se rappelait vaguement qu'une de ces infirmières à l'orphelinat Pokrovka n° 2, peut-être Theodota elle-même, avait jeté un regard appuyé vers sa main, secouant la tête, essayant de lui communiquer quelque chose en s'exprimant lentement et prudemment en russe, sans qu'Eric ni Holly comprennent un mot.

À propos de Tatiana, Theodota avait dit : « Non. Ne lui donnez pas un prénom russe. Donnez-lui un prénom américain. Ou bien elle reviendra. »

Les infirmières l'avaient baptisée Sally. Elles avaient expliqué à Eric et Holly : « On donne un nom américain pour que, dans sa vie et dans sa mort, elle ne soit pas agitée en Amérique, ou qu'elle n'essaie pas de revenir en Russie.

— Mais nous voulons qu'elle soit *fière* de ses origines russes, avait tenté d'expliquer Holly, à son tour, sans être certaine pourtant que son anglais puisse être compris. Nous voulons l'appeler Tatiana car c'est un superbe prénom russe pour une superbe petite fille russe. »

L'infirmière avait fait les gros yeux et secoué la tête avec frénésie.

«*Niet, niet*, non, avait-elle dit. Sally. Ou alors…»
Elle s'était aussitôt radoucie comme si elle avait
l'intuition qu'ils étaient capables d'un compromis :
«Appelez-la Bonnie. Bonnie and Clyde, non ?»

Holly avait souri, mais avait peiné à garder une
certaine légèreté. Elle avait dit : «Non, Tatiana.

— Non», avait rétorqué l'infirmière.

«Oh, mon Dieu, s'était exclamée Holly, plus
tard. Qu'est-ce qui cloche chez ces gens ?»

Même Eric, à ce stade, avait suffisamment retrouvé son sens de l'humour pour secouer la tête
d'incrédulité devant les superstitions de ces gens de
Sibérie.

Mais s'il n'y avait eu que ça ! Lors de leur seconde
visite à l'orphelinat, pendant leur voyage en train
depuis Moscou, le contrôleur, désirant pratiquer son
terrible anglais, leur avait expliqué qu'il portait toujours, sous son uniforme, un *cilice* – qui s'était avéré
être, dans ce cas précis, une croix en fil barbelé sur
une chaîne. Le contrôleur avait déboutonné sa chemise pour la leur montrer – une croix primitive, de
la taille d'une main d'enfant accrochée à un bout
de ficelle – ainsi que les égratignures sur son torse à
peine velu (se pouvait-il qu'il eût trente ans ?) que la
croix barbelée avait dessinées. Il avait expliqué que
les rails du Transsibérien passaient sur les tombes des
prisonniers qui les avaient posés, comme si cela justi-
fiait le besoin de cette croix punitive de barbelé qu'il
portait contre son péché.

Holly était horrifiée, mais Eric avait été séduit.
Aucun d'eux ne s'était attendu à ce genre de pratique

de la part des Russes. Ils avaient peut-être imaginé des projecteurs et des bouteilles de vodka et des fils barbelés et des citoyens hostiles et militaristes – bien qu'en vérité ils n'y aient même pas réfléchi de manière aussi poussée. Holly et Eric avaient-ils même cru à l'existence de la Russie, de la *Sibérie*, avant d'y mettre les pieds ? N'avaient-ils pas pensé que l'agence d'adoption avait juste été descriptive, en nommant ce lieu « Sibérie » – ce qui avait toujours été pour Holly une façon de *décrire* un endroit, et non pas un véritable endroit. En fait, quand l'agence d'adoption s'était occupée de leurs billets d'avion, Holly avait peut-être pensé que, par « Sibérie », on devait juste entendre « hors des sentiers battus » ou « sauvage ». Pas que l'orphelinat était réellement situé en Sibérie.

Mais c'était bien en Sibérie qu'ils s'étaient retrouvés. La Sibérie existait. Il y avait des bouteilles de vodka et des projecteurs et des fils barbelés, comme Holly s'y était attendue, et il y avait également des femmes portant des foulards, des charrettes chargées de paille, des hommes lugubres en uniforme, quelques superbes jeunes filles arborant des chapkas – rien de tout cela ne l'avait surprise. Bien que Holly fût surprise par tout le reste. Tout. Et plus particulièrement par les superstitions. À l'orphelinat Pokrovka n° 2, comme les bébés toussaient et avaient de la fièvre, les infirmières avaient demandé à Holly et à Eric de porter des colliers de gousses d'ail. Elles leur avaient tendu de véritables gousses d'ail suspendues à des bouts de ficelle grise. Pour repousser les microbes ? Ou… ?

N'importe où ailleurs, Holly aurait refusé, mais à l'intérieur de l'orphelinat Pokrovka n° 2, elle passa le collier d'ail autour de son cou, avec joie et gratitude. À ce stade, elle aurait fait n'importe quoi – se serait ouvert les veines, se serait gavée de cendres, aurait promis son âme au diable – afin de tenir dans ses bras ce bébé pour lequel ils avaient fait tout ce chemin, rien que pour cela : le tenir.

Ce bébé qui ne porterait certainement pas le prénom de *Sally*. Holly et Eric avaient su depuis le début qu'ils l'appelleraient Tatiana. Cela signifiait *reine des fées* en russe.

Bébé Tatty.

*   *
*

« Voici le bébé », avait dit une infirmière, apparaissant soudain dans l'encadrement d'une porte. Holly s'était attendue à passer tout d'abord par une heure de paperasse, ou bien une longue marche dans un couloir. Elle les avait imaginés, Eric et elle, debout devant la porte d'une chambre forte pendant qu'un garde poussait un verrou. Au lieu de quoi, à peine avaient-ils passé les colliers d'ail par-dessus tête et s'étaient-ils installés dans la salle d'attente qu'ils avaient entendu ces mots, prononcés avec un fort accent mais d'une voix musicale et féminine : *Voici le bébé.*

Holly avait levé les yeux vers l'embrasure de la porte pour découvrir qu'un flot étonnant de lumière se déversait d'une fenêtre, ou bien d'un mur entier de fenêtres, quelque part dans le dos de cette infir-mière, et que les cheveux de celle-ci, clairs et cou-pés presque à ras, rayonnaient tel un halo. Cette infirmière (qu'ils ne revirent jamais plus, bien qu'ils l'aient demandé) avait un visage de chérubin, un sourire éblouissant – dents bien rangées et lèvres lui-santes. Elle aurait très bien pu descendre d'un nuage ou sortir d'un écran de cinéma, avec cet enfant dans les bras. Elle aurait pu incarner quantité de créatures surnaturelles – ange, fée, déesse – ou bien passer pour une actrice engagée pour jouer le rôle de l'une de ces créatures, ce jour-là. Difficile de détourner le regard de son visage, pour contempler ce qu'elle tenait dans ses bras.

Eric a toujours prétendu que Tatty était envelop-pée dans une couverture bleue, mais Holly savait que ce n'était pas le cas. Leur fille était enveloppée dans une couverture d'un gris sale, et Holly avait eu l'im-pression que le soleil essayait de la laver, de la blan-chir, de la bénir. Le soleil essayait de faire rayonner le bébé. Le soleil désirait que Holly aime l'enfant, qu'elle la prenne en pitié, qu'elle la ramène chez elle. Comment le soleil aurait-il pu savoir qu'aucun effort n'était requis de lui ? Son regard passant du visage de l'infirmière au bébé enveloppé de gris dans ses bras, Holly avait dû se retenir pour ne pas tomber à genoux, ne pas se mettre à hurler à gorge déployée. Au lieu de cela, elle avait agrippé Eric si fort que, plus tard, alors qu'ils s'éloignaient de l'orpheli-nat après cette première visite, ils avaient ri du fait qu'elle ait pu le meurtrir et le contusionner – et, de fait, c'était le cas. Quand Eric avait ôté sa chemise ce soir-là, ils avaient découvert, juste au-dessus de son coude, une trace violette en forme de petite conque.

Quand l'infirmière avait été complètement entrée dans la pièce, Holly s'était levée et on avait déposé le bébé dans ses bras.

Holly avait pris sa fille contre elle et, avant de la voir ou de la sentir ou de l'entendre, elle l'avait aimée – comme s'il existait un organe et une partie de son cerveau qui auraient été l'œil ou le nez ou l'oreille de l'amour. Le premier sens. Il n'avait jamais été sollicité auparavant. En cet instant, Holly avait pris conscience qu'il était, en fait, son sens le plus affûté.

Le second sens : l'odorat. Holly associerait à jamais sa fille et son amour pour elle à cette impression sensorielle secondaire – l'empreinte boueuse, en forme de sabot, de la gousse d'*allium sativum*, mûr et riche, dans son parchemin déchiré, accrochée à son cou, contre sa poitrine, entre le bébé et elle. Et une couche souillée. Et l'odeur du lait caillé et des céréales détrempées dans le col humide de la robe miteuse et usée dont on avait affublé le bébé, comme pour le leur vendre – comme s'ils avaient besoin d'être convaincus de s'emparer d'elle ! –, le vêtement parsemé de quelques marguerites délavées pour faire bonne mesure.

Et Holly se rappelait à quel point, alors, cette fois encore, elle avait éprouvé le besoin d'écrire. Elle avait voulu griffonner quelque chose de cet instant sur un bout de papier avant de perdre les mots. Mais, bien sûr, elle n'en avait pas eu le temps. Même dans les toilettes, après qu'ils eurent été obligés de rendre leur fille à cette infirmière et de s'en aller, Holly n'avait pu écrire. Cul nu contre la faïence froide, fouillant dans son sac pendant que son mari allait et venait derrière la mince porte, elle n'avait pu mettre la main sur un stylo.

*   *
*

À présent, il fallait qu'elle trouve un stylo pour écrire *cela* :

Quelque chose les avait suivis depuis la Sibérie jusque chez eux.

Depuis l'orphelinat. L'orphelinat Pokrovka n° 2.

Il lui fallait un stylo et une demi-heure toute seule avant la belle-famille et le rôti dans le four et les Cox. Mon Dieu, les Cox. Qui s'installeraient à table en attendant qu'elle leur fasse la causette. Et leur horrible fils, qui semblait être né sans âme. Garçon vide. Une absence parmi eux. Holly n'avait pas ressenti le besoin d'écrire depuis tant de semaines, mois, années – et si elle ne le faisait pas maintenant, si elle ne parvenait pas à se réveiller tout à fait et à trouver un stylo, si elle ne s'accordait pas une demi-heure toute seule, cela passerait, et peut-être le désir ne reviendrait-il jamais, jamais plus.

Elle déplaça sa main vers le côté du lit d'Eric, vers l'espace qu'elle espérait trouver vide, l'espace qu'elle avait *besoin* de trouver inoccupé, les draps frais, Eric parti, afin qu'elle puisse avoir quelques minutes pour elle…

Mais il était là, et Holly le sentit se réveiller brusquement, puis Eric se redressa si vite en position assise que la tête du lit cogna contre le mur derrière lui, alors Holly fut, elle aussi, complètement réveillée, prenant conscience que la chambre était bien trop lumineuse, et Eric, le constatant également, sortit aussitôt du lit, debout près d'elle, il cria : « Seigneur. On ne s'est pas réveillés. *Bordel*. Il est dix heures et demie. Mes parents doivent déjà être en train d'attendre dans ce foutu aéroport, et les fichus Cox seront là dans une heure. Bon sang, mais où est Tatiana ? Pourquoi ne nous a-t-elle pas réveillés ? Seigneur. Holly. Il faut que j'y aille ! »

Puis il n'était plus là.

Holly venait à peine de poser les pieds par terre qu'elle entendit le moteur de la voiture d'Eric dans le garage, et la porte du garage s'ouvrir. Eric n'était pas le genre d'homme à faire crisser les pneus en sortant de l'allée, mais ce fut néanmoins ce qu'il fit, et Holly l'interpréta comme il se devait – l'insinuation de sa responsabilité. Évidemment. *Évidemment*, si ses parents attendaient déjà à l'aéroport, inquiets ou malades ou râlant, ce serait d'une certaine manière sa faute à elle. Quand les frères d'Eric arriveraient plus tard, ils diraient : « Pourquoi diable Eric était-il en retard pour aller chercher papa et maman ? » – comme si la question impliquait la réponse, puisque toutes deux étaient destinées à Holly.

Et, comme Eric s'était exclamé, où diable était Tatiana ? Se pouvait-il qu'elle dorme encore ? Holly était-elle allée jeter un coup d'œil dans la chambre de sa fille, à peine une ou deux heures plus tôt (bras pâle, couvre-lit pâle ?) ou bien l'avait-elle rêvé ? Était-ce avant ou après s'être réveillée, en sachant que *quelque chose les avait suivis…*

Holly ressentait encore le besoin de l'écrire, et fut à la fois surprise et ravie de ressentir encore ce besoin.

Mais qu'avait-elle voulu écrire exactement ?

Que quelque chose était revenu avec eux de Sibérie.

Que cette chose les avait, d'une certaine manière, suivis ? Était-ce là l'explication avec laquelle elle s'était réveillée, la Chose qui avait causé toutes les tragédies inexpliquées des treize dernières années ?

Et quelles étaient-elles au juste ? Rien. Ils étaient tous en vie, après tout, non ? Qu'y avait-il d'autre à y voir, alors, que les malheurs ordinaires que tout un chacun endure pendant treize ans dans une ville américaine typique ? Les calamités moyennes d'une famille normale ? Ils avaient connu bien plus de moments de joie que de chagrins au cours de ces treize années !

Bien sûr, on lui avait volé son carnet de notes et son ordinateur portable. Mais le voleur qui lui avait subtilisé son sac dans le café n'en avait pas eu après ses poèmes. Il en voulait à son argent. Se faire voler son sac arrivait à nombre de femmes qui l'abandonnaient sur leur table quand elles allaient faire remplir leur tasse de café. Et comme elle avait été stupide de laisser un ordinateur portable (sans aucune sauvegarde du disque dur !) dans un hôtel d'une grande ville et de croire qu'il serait en sécurité dans un coffre *sécurisé* !

Et tout le reste ? La femme de ménage ? L'accident de la fille de Kay ? Le chat avait connu une mort ordinaire d'animal domestique, se faufilant par la porte et se précipitant dans la rue. Et la poule, Sally. Qu'est-ce qu'ils croyaient ? Eric et elle ne connaissaient rien aux poules et à leurs habitudes quand ils en avaient eu. Voilà bien une chose que tous les voisins avaient comprise quand cette ville peuplée d'universitaires pas dégourdis et d'employés de sociétés de services en informatique avait fait passer un décret autorisant les volailles d'agrément.

Et les changements dans son mariage ? Bon, Eric et elle avaient tout simplement vieilli. Holly l'oubliait parfois. Au lieu d'inspecter le visage d'Eric, ou le sien dans le miroir, chaque jour, Holly avait pris l'habitude d'examiner chaque matin les visages du passé, encadrés sur le mur du couloir, à côté de la salle de bains.

Eric et elle, treize ans plus tôt, tous deux dos au mur nu et neutre de l'orphelinat Pokrovka n° 2, tandis que, dans les bras de Holly, Bébé Tatty levait de grands yeux vers le visage de sa nouvelle mère. Sur ce cliché, l'image de l'un et l'autre suggérait ceux qu'ils seraient treize ans plus tard. Les cheveux roux d'Eric grisonnaient déjà un peu aux tempes, et sa forme physique, sa silhouette (tous ces joggings et ces matchs de basket : il n'avait que quarante-deux ans alors) commençaient déjà à s'étioler à cause de son problème de genou. Son torse paraissait mince sous sa chemise blanche, et il était facile d'imaginer qu'avec l'âge cet homme mincirait plutôt qu'il ne grossirait.

Et elle. Holly avait trente-trois ans, et ses cheveux étaient encore d'un blond naturel. Elle n'avait pas encore besoin de porter des lunettes, pas vraiment (ou elle avait été trop vaniteuse pour en porter) et, bien qu'elle aussi ait été plus forte qu'aujourd'hui, ce poids s'était réparti différemment sur son corps. Elle arborait alors ses doux rembourrages en d'autres endroits.

Même Bébé Tatty avait déjà ce regard qui avait fait d'elle *Tatiana*. Ces yeux-là étaient d'un noir intense, et ses cheveux étaient déjà plus longs que Holly ne l'avait déjà vu sur une enfant aussi jeune. À l'orphelinat Pokrovka n° 2, les infirmières l'avaient surnommée Raiponce Noir de Jais. N'importe qui à la vue de cette photo encadrée et clouée dans le couloir aurait pu imaginer celle qu'elle était aujourd'hui – une belle adolescente aux longues jambes, arborant toujours ces cheveux soyeux qui couvraient ses épaules, et ces yeux noirs.

« Tatiana ? » appela Holly dans le couloir, tout en se massant le front. C'était vrai, elle s'en rendait compte, elle avait la gueule de bois. Pas trop sévère – mais elle craignait que ce dernier lait de poule au rhum ne la hante toute la journée.

« Tatiana ? » appela-t-elle de nouveau. Il n'y eut aucune réponse. Se pouvait-il que Tatiana eût quitté la maison ? Mais pour aller où, pourquoi ? Si ce n'était pas le cas, il était impossible qu'elle dorme encore. Elle devait alors être délibérément et fermement résolue à ne pas faire de bruit pour réagir à l'appel de sa mère – ce qui aurait été une manière de punition, peut-être, dirigée contre Holly, pour ne pas s'être réveillée. Holly se frotta les yeux avec le pouce et l'index, soupira, s'apprêta à appeler à nouveau puis suffoqua, réprimant un cri de surprise quand elle découvrit sa fille à quelques centimètres d'elle, la regardant, apparemment d'un air désapprobateur, parfaitement immobile sur le seuil de sa chambre. «Seigneur, Tatty», dit Holly. Il lui fallut une seconde pour reprendre son souffle. «Tu m'as fait peur. Depuis combien de temps es-tu là ?

— Joyeux Noël, répondit Tatiana. Dis donc, j'ai cru que vous étiez partis pour dormir jusqu'au Nouvel An, papa et toi. » Elle émit ce soupir exagéré d'adolescente qu'elle avait perfectionné toute cette dernière année – un soupir qui parvenait à exprimer, en une simple expiration, à la fois l'amertume et le détachement, un bruit qui ne manquait jamais de rappeler à Holly la neige en Sibérie ce Noël-là – pas le Noël orthodoxe russe, mais celui américain qu'on fêtait à l'orphelinat Pokrovka n° 2 lors de leur première visite. Holly s'était attendue à ce que cette neige de Noël en Sibérie s'accumule, comme cela arrivait dans le nord du Michigan de son enfance, et s'organise en congères et en murs. Mais ça n'était pas arrivé. La neige flottait simplement. Un flottement sans fin. Rien ne semblait pouvoir l'arrêter. C'était de la neige, c'était solide, on pouvait la voir, mais elle faisait corps avec le vent. Exactement à l'image du soupir de cette adolescente.

«Nous étions fatigués», dit Holly en tentant de

ne pas paraître trop confuse. Pourquoi devrait-elle l'être ?

« J'imagine, répondit Tatty.

— Je me suis levée il y a environ une heure et tu dormais profondément, alors je suis allée me recoucher.

— Je ne dormais pas, dit Tatty. Cela fait des heures que je ne dors plus. Tu le sais.

— Eh bien, tu avais vraiment l'air endormie. » Toujours discuter, pensa Holly. Elle dépassa sa fille sur le seuil, sentit, sur elle, l'odeur de menthe du shampoing à l'huile d'arbre à thé, et de la verveine de L'Occitane, dont elles avaient acheté deux flacons au centre commercial parce que Tatiana ne voulait pas partager le sien avec Holly, bien qu'il s'avérât par la suite que Holly ne pouvait pas l'utiliser. Il lui donnait la migraine. Elle ajouta la verveine à la liste des fleurs dont elle ne pouvait porter le parfum plus de dix minutes sans se sentir mal – muguet, magnolia, gardénia.

« Est-ce qu'on va prendre le petit déjeuner ? Alors on n'ouvre pas les cadeaux ? Papa est déjà parti à l'aéroport ? Il n'était pas censé m'emmener avec lui ? » Questions hostiles, rhétoriques. Tatty ne geignait pas. Son ton était celui du reproche, du défi.

« Écoute, répondit Holly en contournant l'îlot de cuisine, s'efforçant de ne pas paraître autant sur la défensive qu'elle ne le sentait. Pourquoi ne nous as-tu pas réveillés si tu avais hâte de faire tout ça ? Papa est parti sur les chapeaux de roue parce que Gin et Gramps sont déjà probablement en train de récupérer leurs bagages. Et j'ai dix millions de trucs à faire. Tu ne peux pas te préparer un bol de céréales ou autre chose ?

— Et les cadeaux ? »

Holly entrouvrit les lèvres, secoua la tête, expira, se tourna vers la cafetière, appuya un bon coup sur le bouton bleu pour la rallumer – elle avait été programmée pour passer, à sept heures, le café qui avait depuis longtemps refroidi dans la carafe en verre.

«Les cadeaux attendront le retour de ton père. Tu sais ce qu'on t'offre, de toute façon. »

Tatiana se tourna alors et repartit dans sa chambre. Son débardeur était d'un blanc presque trop éclatant à regarder avec tous ses cheveux bruns tombant entre ses omoplates, et elle roulait des hanches, et son pantalon de sport était tellement remonté et tendu entre ses cuisses que c'en était presque obscène. Les fesses de son popotin de bébé. Le tissu moulant son pubis. Holly détestait imaginer ce qu'un homme pourrait penser en regardant ces superbes fesses. C'est alors qu'elle se rappela, à la vitesse d'une gifle, que bien qu'elle fît semblant d'être une femme, d'y ressembler, sa fille n'était réellement qu'une enfant. Et c'était le jour de Noël. Holly aurait dû programmer son réveil. «Chérie», appela-t-elle, d'une voix plus douce, sur un ton désolé, mais sa fille refermait déjà la porte de sa chambre derrière elle.

*   *
*

C'était aussi à Noël qu'ils s'étaient rendus la première fois en Sibérie, qu'ils avaient vu Tatty, bien que, après tout l'épuisement, l'euphorie et les semaines de préparation de leur voyage, Eric et Holly aient complètement oublié que c'était un jour de fête et quelle signification pouvait avoir leur arrivée à l'orphelinat Pokrovka nº 2 le matin du 25 décembre.

Mais il n'y avait aucun signe qu'on fêtait Noël ce jour-là à l'orphelinat, puisque pour les Russes il restait encore treize jours avant la célébration orthodoxe. Eric et Holly l'auraient eux-mêmes complètement occulté, n'eût été l'autre couple d'Américains séjournant à l'hôtel tenu par l'orphelinat. Ce couple avait apporté des cadeaux pour leur nouveau bébé – couvertures et chaussons enveloppés dans du papier vert et rouge – et des savons de luxe, des chocolats et des foulards en soie pour les infirmières. C'était, Holly le comprit, ce qu'ils auraient également dû prévoir, mais il était trop tard. Ils étaient à plus de onze mille kilomètres des magasins Macy.

« Ce n'est pas grave, dit l'autre future mère américaine. Ils ne sont pas très versés dans ces histoires de Père Noël. La plupart du temps, ils fêtent le Nouvel An, pas Noël. Ils boivent surtout beaucoup. Personne n'attend de cadeaux. »

Mais arriver à l'orphelinat le 25 décembre sans un seul présent pour leur enfant ou celles qui en prenaient soin, cela préoccupa Holly. Terriblement. Sans qu'elle pût l'oublier. Son premier échec de mère. Quelle différence cela faisait-il qu'elle fût la seule à le savoir ou à s'en soucier ? Elle était la seule qui avait besoin de le savoir ou de s'en soucier.

Holly regarda le sapin. Tatty avait dû brancher les guirlandes. Les loupiotes miniatures luisaient faiblement, comme des pointes de crayon électriques, dans la lumière vive qui se répandait de la baie vitrée. Aux yeux de Holly, ces petites lumières parurent vaines – elles éclairaient à peine dans toute cette luminosité. Juste des petits nœuds d'effort. Bien trop d'efforts. Elle eut envie de les débrancher, jusque plus tard, quand l'obscurité leur donnerait une raison d'être allumées, mais elle n'en fit rien, parce que Tatty voulait qu'elles soient allumées.

Tatty semblait excitée par Noël, bien qu'il soit difficile pour Holly d'en juger. Ces derniers temps, sa fille s'excitait rarement pour autre chose que Tommy, à cet âge où, si on lui avait proposé un million de dollars, elle aurait tout bonnement levé les yeux au ciel et tendu une main alanguie pour les prendre. L'autre jour, elle était parvenue à excéder Holly en déclarant qu'« une des raisons » pour lesquelles elle « redoutait Noël » était que Tommy et son père seraient à Jackson Hole toute la semaine. « Pas de Tommy. Tommy est mon Jésus-Christ.

— Tatty, avait rétorqué Holly. Ne blasphème pas.

— Oh. D'accord », avait répondu Tatty avant de faire mine de porter un joint à ses lèvres et d'inhaler.

Holly avait aussitôt tourné le dos à sa fille.

Mais en dépit du fait qu'Eric et Holly dormaient encore, Tatty s'était certainement levée pour venir dans le salon brancher les guirlandes du sapin. Comme si elle était redevenue une petite fille. Et sa déception en apprenant que son père était déjà parti indiquait qu'elle avait souhaité ouvrir ses cadeaux, comme ils l'avaient toujours fait, à peine levés, le matin de Noël, avant d'aller chercher la famille et que les invités arrivent – bien que cette année aucune surprise ne l'attende sous le sapin. Elle savait parfaitement quels étaient ses cadeaux, ayant pris soin d'en noter les détails précis (jusqu'à l'ISBN pour certains d'entre eux !) afin que Holly puisse les commander sur Internet.

Malgré tout, Tatty s'était réveillée avant Holly et Eric, et elle était venue ici, seule, pour allumer les guirlandes du sapin, comme si, malgré sa « crainte » de la famille, des fêtes et de l'absence de Tommy, elle était excitée par Noël.

Holly se rendit devant la porte close de la chambre de sa fille et dit : « Chérie ? Tatty ? »

Pas de réponse. Évidemment. Elle ne lui répondait jamais tout de suite, ça n'arrivait plus, quand Holly l'appelait. Ces derniers temps, Tatty aimait que sa mère se donne du mal.

« Tatty. Tu peux ouvrir ta porte ? »

On entendit le raclement des pieds de la chaise de Tatty sur le plancher en bois. Elle avait dû s'éloigner du bureau, de son ordinateur. C'était un bruit tellement familier aux oreilles de Holly qu'elle l'entendait parfois dans son imagination alors même que sa fille n'était pas à la maison.

« La porte n'est pas verrouillée », lança Tatiana

d'une voix assez forte pour que sa mère entende, mais pas fort au point que cette dernière croie que Tatiana l'invitait à entrer. C'était supposé être une réponse à contrecœur, et également exaspérée, indiquant que Holly savait très bien que la porte n'était pas fermée à clé. C'est ce qu'elle répondait chaque fois que Holly frappait à sa porte. Tatty tenait à souligner le fait qu'elle ne fermait pas sa porte à clé – qu'elle n'avait pas, ni n'avait eu, ni même n'aurait jamais de raison de fermer la porte de sa chambre à clé – depuis que Holly avait installé un crochet et un anneau sur la porte et son montant afin que sa fille puisse préserver son intimité.

« Que je puisse *préserver mon intimité* ? avait demandé Tatty, l'air offensée, le jour où Holly avait posé le verrou. Ça veut dire quoi ?

— Eh bien, avait répondu Holly. À ton âge, j'avais toujours peur que quelqu'un me surprenne dans ma chambre, aussi j'ai voulu m'assurer que tu aurais le sentiment que ton intimité était respectée dans cette maison.

— Ouais, super, merci, avait dit Tatty, plissant les yeux et secouant la tête. Et que pourrais-je faire dans cette chambre qui nécessiterait l'intimité, maman ? »

Holly avait alors vraiment rougi, comme si on venait de lire à voix haute une sale pensée qu'elle aurait eue. Elle avait haussé les épaules. Elle avait dit : « Je ne sais pas. C'est justement pour ça ! Maintenant tu peux fermer ta porte à clé pour que papa et moi ne débarquions plus sans prévenir. »

Tatiana avait tourné le dos à sa mère, se concentrant de nouveau sur son ordinateur sur l'écran duquel était affiché un devoir à moitié rédigé à propos du 25e amendement de la Constitution des États-Unis – un amendement si assommant et obscur qu'on avait reconnu un certain mérite à Tatiana de s'être portée volontaire pour s'y attaquer.

Holly était restée là à fixer du regard le dos de sa fille, tous ces charmants cheveux innocents qui dévalaient son dos.

*   *
*

Raiponce Noir de Jais, l'avaient surnommée les infirmières.

Une telle masse de ravissants cheveux longs et raides, d'un noir d'encre, même à dix-neuf mois.

Et, toutes ces années plus tard, sa peau était toujours celle d'un nourrisson – virginale, aux pores invisibles. Même quand elle passait une journée à l'extérieur, en été, sans mettre d'écran total, Tatiana ne bronzait pas ni ne prenait de coups de soleil. Son teint était de la couleur du lait nuancée d'une goutte de colorant alimentaire bleu. D'un bleu plus sombre au niveau des tempes, et parfois sous ses yeux et au pourtour de la bouche.

« Ouais, mais quand donc Tatty a-t-elle passé une seule journée à l'extérieur en été sans écran total ? » se serait esclaffée Thuy.

Enfermée. Dans une tour. Comme si elle était réellement Raiponce.

Non. Cela n'avait pas été le *modus operandi* maternel de Holly. Cela n'avait jamais été sa manière de faire. Ce qu'elle avait désiré dès le début pour Tatiana, c'était la liberté. N'était-ce pas pour cette raison qu'elle avait installé le crochet et l'anneau, afin que Tatiana puisse avoir des secrets ? Afin qu'elle puisse…

Quoi donc ?

Dissimuler des objets interdits ?

Comme… ?

Des préservatifs ?

Qu'elle puisse consulter des sites pornographiques sur Internet ? Est-ce que Tatiana avait pensé que sa mère l'autorisait à *cela* ? Était-ce ce à quoi Holly l'autorisait ?

Seigneur, pas consciemment. Aucune de ces choses n'avait clairement traversé l'esprit de Holly. C'était un geste symbolique, n'est-ce pas ? Destiné à ce que Tatiana sache qu'ils lui faisaient confiance, qu'elle avait des droits dans cette maison.

Et même si elle se livrait réellement à une activité pour laquelle elle aurait eu besoin d'intimité dans sa chambre, pourquoi pas ? Pourquoi ne pas lui faire cadeau de cette liberté-là ? Quel serait l'intérêt de dissuader une adolescente de telles occupations ? Certaines amies de Tatiana n'avaient le droit de voir que des images approuvées par leurs parents. Leur voisine, Mary Smithers, dont la fille avait l'habitude de passer à la maison pour jouer avec Tatty avant que la famille ne déménage quelques années plus tôt, avait demandé à Holly de l'appeler avant d'autoriser sa fille Bethany à regarder quoi que ce soit sur leur téléviseur. « Nous voulons contrôler ce qu'elle regarde », lui avait dit Mary Smithers, sans même se dérober devant le mot « contrôle ».

Eric et Holly n'auraient pas été moins scandalisés s'ils avaient découvert que Mary Smithers était sur le point d'envoyer Bethany au couvent. Ce n'était pas ainsi qu'ils souhaitaient élever leur enfant, pas à l'époque à laquelle ils vivaient. Ils voulaient que Tatiana sente qu'elle avait sa propre capacité d'action, le droit de décider pour elle-même. C'était une position qu'ils avaient établie avant même de ramener leur fille de Russie, ils voulaient l'élever en libre-penseuse, qu'ils puissent aborder tous les sujets ouvertement. Ils avaient eu pitié de Bethany, avec sa mère qui ne lui faisait pas assez confiance pour affronter la télévision. Et Bethany avait confié à Tatiana : « Nous n'avons pas Internet à la maison parce que mes parents ne veulent pas que j'y aie accès. »

Quelle sorte de message ce comportement transmettait-il donc ? Que le monde extérieur était choquant ? Qu'il fallait protéger son enfant plutôt que lui fournir les outils pour se défendre ?

« Tatiana, à ton âge, il y a peut-être des choses que tu ne veux pas que tes parents sachent ! » avait dit Holly à sa fille, espérant ne pas paraître aussi troublée que sa voix ne le trahissait.

Et Tatiana n'avait pas loupé le coche. Elle avait rétorqué : « Je croyais que tu avais dit que je n'aurais jamais besoin de te cacher quoi que ce soit. »

Holly avait oublié de quelle manière elle avait répondu à ça, mais Tatiana n'avait jamais utilisé, de toute évidence, le crochet et l'anneau, et, chaque fois

que Holly frappait à sa porte, Tatiana répondait :
« Mon Dieu, maman. Rentre, c'est tout. Ce n'est pas
fermé. Je ne ferai jamais rien dans cette chambre que
tu ne sois capable d'affronter. »

* *
*

Holly tourna la poignée et ouvrit la porte de sa
fille pour découvrir que Tatiana s'était déjà débar-
rassée de son débardeur blanc et de son pantalon de
yoga et avait passé cette atroce robe en velours rouge
que Grand-mère Gin lui avait offerte au Noël précédent. Pour leur plus grand malheur, la mère d'Eric
cousait. Et tricotait. À chaque anniversaire et Noël,
elle confectionnait des vêtements pour ses proches,
et elle aimait voir ses proches porter ces vêtements.

« Oh, Tatty ! dit Holly. Tu n'es pas obligée de porter ça ! Grand-mère Gin ne s'en souviendra même
pas !

— Peut-être que j'ai envie de la porter, répondit
Tatiana en se tournant, le regard noir, vers sa mère.
Peut-être que j'aime cette robe. »

Holly entra franchement dans la chambre de sa
fille, de plain-pied dans ce familier fracas de senteurs – la douce odeur naturelle des cheveux et de
la peau de Tatty mélangée aux parfums et lotions
qu'elle utilisait, fruits et fleurs et huiles, et autre
chose encore ce matin, légèrement fétide, ou pourri.
Tatiana avait peut-être oublié une banane ou une
pomme dans un tiroir ? Quelque chose de fermenté.
Pas putride, mais qui en prenait le chemin.

Au moins son lit était bien fait. Par terre et sur le bureau étaient étalées des douzaines de photos de Tommy que Tatiana avait téléchargées de son téléphone pour les imprimer, cornées et éparpillées un peu partout, mais c'était là le seul désordre. Tout le reste était plié, épousseté, rangé – tâches auxquelles Tatiana avait dû s'atteler parce qu'on attendait des invités. Bien que Tatty soit devenue sèche et impatiente avec ses parents au cours des deux dernières années, elle demeurait toujours respectueuse envers les autres adultes de sa vie, observant formellement toutes les règles de conduite qu'on suivait par égard pour eux – même celles que Holly jugeait ridicules, comme appeler, après tout ce temps, le père de Tommy, monsieur MacClean. Eric et Holly avaient d'emblée insisté pour que Tommy, ainsi que tous les amis de Tatiana, les appelle par leurs prénoms.

Holly fit quelques pas autour de sa fille en examinant la robe rouge.

Le velours était de mauvaise qualité, lourd – pas vraiment du velours. Une sorte de polyester que Gin avait dû acheter dans une boutique de tissus d'occasion. Elle devait en avoir pris tout un rouleau, Holly en était sûre, et avait confectionné des ronds de serviette et des sets de table avec les chutes. La robe descendait jusqu'aux chevilles de Tatty, tel un costume de l'Ancien Monde. Pas de col. Des boutons en fausses perles dans le dos. Et les épaules étaient ruchées. Le patron devait dater des années quatre-vingt. C'était affreux.

«Chérie, comment peux-tu encore rentrer dedans ? Tu as tellement pris en un an… » Sa fille était passée du bonnet A au C au cours des douze derniers mois, elles avaient dû racheter de nouveaux soutiens-gorge, et avaient emporté, depuis, une demi-douzaine de vieux hauts à la boutique d'occasion Goodwill.

« De toute évidence, je l'ai élargie, répondit Tatiana en secouant la tête.

— Quoi ? demanda Holly.

— Je *l'ai élargie*, répéta sa fille. Tu sais, avec des ciseaux, du fil ? »

Elle fit alors mine de coudre, et Holly baissa de nouveau les yeux sur la robe. À sa façon, la robe paraissait parfaite. Ginny n'était que précision. Les vêtements qu'elle confectionnait étaient hideux et démodés, mais ils étaient méticuleusement assemblés.

« Comment ? demanda Holly.

— Bon sang, maman. Je te l'ai dit, avec une aiguille, OK ? Ça s'appelle "coudre" ! Allez, laisse tomber. Qu'est-ce que tu voulais, au fait ?

— Je voulais juste te souhaiter un joyeux Noël », dit Holly, regrettant de ne pas paraître plus confuse, et moins exaspérée. Elle s'efforça de se radoucir. « Et je suis vraiment désolée que nous ayons dormi si tard. Dès que papa rentrera avec Gin et Gramps, on ouvrira tout de suite les cadeaux, d'accord ? »

Un tic souleva le coin de la bouche de Tatiana. Holly en eut le cœur brisé ! Elle revit sa Tatty à quatre ans, à qui on annonçait qu'elle ne pourrait pas aller à un goûter d'anniversaire parce qu'elle avait de la fièvre ! Tatiana n'avait jamais été du genre à éclater en sanglots. Non, elle supportait ses émotions comme…

Comme une orpheline, comme une enfant qui avait été abandonnée et qui avait compris, tôt et tout à fait, que la vie était injuste.

«Oh, Tatty, je regrette de ne pas m'être réveillée plus tôt…» Holly ressentit cette fois-ci des remords et une peine sincères.

«Hé, maman, je suis grande…»

Tatiana tourna le dos à sa mère, comme si elle tournait le dos à l'idée même que cela puisse avoir de l'importance – le fait qu'ils se soient réveillés tard, la déception.

Mais c'était le matin de Noël ! Et Tatty avait peut-être imaginé que ce Noël ressemblerait aux Noëls de ses premières années – tous ces matins qui avaient commencé à l'aube, les petites mains moites de Tatty sur leurs joues («Maman ! Papa ! C'est Noël !»), et les paquets qu'on déchirait, les cadeaux qui étaient de vraies surprises. Les bas de laine remplis comme par magie de petits animaux en plastique et de barrettes en forme de papillon. Toute la comédie du Père Noël, à laquelle Holly avait mis un terme trop tôt, contre l'avis d'Eric – mais, franchement, qui pouvait affirmer qu'un tel mythe était sain ? Un intrus, chargé de cadeaux. Pour découvrir ensuite que ça n'était qu'un mensonge, perpétré par vos parents ?

Mais, ce matin, Tatty avait peut-être eu envie de revivre ces premières années, et leur excitation, mais ses parents, épuisés par leurs boulots et un dîner de

Noël tardif et trop arrosé, suivi de trop de lait de poule, avaient quasiment dormi jusqu'à midi !

«Mon ange», dit Holly en s'avançant vers Tatiana. Elle tendit les bras et serra contre elle le paquet de faux velours rouge qu'était sa fille. Tatty était raide, mais elle ne s'écarta pas. Holly inhala la senteur de musc, d'agrumes et de fleurs qui était la sienne. En partie achetée en magasin, mais en partie simplement celle de Tatty, elle était née avec cette odeur, cette douceur que même l'ail autour du cou de Holly n'était pas parvenu à effacer. Pour Holly, ce bébé-là avait une odeur telle qu'il semblait fraîchement cueilli dans un nid de pousses de viorne sur les branches d'un sapin baumier. Il lui était même venu à l'esprit que les infirmières avaient vaporisé le bébé avec quelque chose, pour qu'elle dégage ce parfum. Puisqu'elles paraissaient si pressées de vendre Tatiana à Eric et Holly – répétant avec insistance : «Jamais pleure ! Jamais malade !» et la présentant dans la petite robe de coton imprimée de marguerites délavées, certainement ce qu'elles avaient de mieux parmi les frusques de l'orphelinat –, il n'était donc pas impossible qu'elles l'aient inondée de désodorisant pour créer cet effet spécial.

Holly inhala et continua de serrer son bébé de quinze ans dans ses bras. Tatiana ne s'écarta pas, et finit par se ramollir et poser son front sur l'épaule de sa mère. Elles restèrent ainsi plusieurs secondes jusqu'à ce que Holly entende – vaguement, provenant de sous un coussin ou un oreiller quelque part – la sonnerie de son téléphone portable jouant «A Hard

Rain's A-Gonna Fall » de Dylan, et elle brisa leur étreinte pour se précipiter.

*   *
*

C'était Eric.

« Holly. Nous sommes déjà en route. À quarante-cinq minutes de la maison.

— Tes parents vont bien ? demanda Holly. Ils ont fait bon voyage ?

— Oui, bien, répondit Eric, et son ton indiqua que quelque chose, en fait, n'allait pas, mais également que, ses parents étant dans la voiture avec lui, il ne pouvait pas lui expliquer ce dont il s'agissait.

— Bon, dit Holly. Dois-je me préparer à quelque chose d'inattendu ? » Elle baissa instinctivement la voix en posant la question, bien qu'elle sût que les deux parents d'Eric étaient sourds au point de ne pouvoir entendre ses paroles dans le téléphone portable de leur fils même si celui-ci activait le haut-parleur.

« Peut-être, répondit Eric. Un peu de confusion. Je ne m'y attendais pas. »

Il ne s'y attendait pas. Holly inspira et expira en éloignant la bouche du téléphone afin qu'il n'entende pas. Si cela n'avait pas été aussi prévisible, et si sacrément tragique, elle lui aurait ricané à l'oreille. Elle aurait éclaté de rire. Elle lui aurait dit : « Tu *ne t'y attendais pas*. Bon sang, mais à quoi t'attendais-tu ? » Combien de temps faudrait-il encore à Eric pour comprendre à quel point ses parents étaient devenus vieux et impotents ?

Au lieu de quoi, elle dit : « Oh, mon chéri. D'accord. On fera de notre mieux. Ramène-les à la maison, Eric. »

Elle appuya sur le mot Fin de son téléphone. Comme d'habitude, la communication ne se coupa pas d'emblée et Holly dut appuyer encore et encore sur Fin. Quand elle posa le téléphone et se retourna, Tatiana, de l'autre côté de l'îlot de la cuisine, lissait ses cheveux bruns d'une main élégante – longs doigts, ongles vernis de rouge (pour aller avec sa robe ?). Elle demanda d'un air grave : « Qu'est-ce qui ne va pas, maman ? »

Holly haussa les épaules. « Je ne sais pas, Tatty. Papa était avec ses parents dans la voiture et il a juste dit qu'il y avait un peu de "confusion". Il doit y avoir un problème. Pas surprenant. Ils vieillissent, ma chérie. Ça devient dur de voyager pour eux. Mais ils seront bientôt là et nous pourrons prendre soin d'eux. Je ferais mieux d'aller me doucher. »

Holly sourit à Tatty qui ne lui retourna pas son sourire. *Seigneur.* Est-ce que Tatty, comme Eric, allait s'offenser chaque fois que Holly suggérerait que Gin et Gramps se faisaient *vieux* ? Combien de temps ce déni durerait-il encore ? Holly était-elle la seule à voir ce qui se passait – à voir que ce couple âgé ne devrait pas voyager seul, ne devrait pas *vivre* seul ? Était-elle la seule à remarquer à quel point Gin et Gramps avaient décliné, rapidement et complètement, ces deux dernières années ? Elle se tourna vers la salle de bains. Dans son dos, Tatiana lui dit : « Joint-yeux Noël. »

Holly inspira brusquement mais refréna son envie de faire volte-face. Elle en était incapable. Si elle le faisait, elle devrait affronter une expression qu'elle ne tenait pas à voir sur le visage de sa fille – condamnation, mépris, *aversion* ? Elle ne voulait ni voir cela ni le reconnaître – surtout pas maintenant, alors que des membres de la famille en état de confusion et des collègues désagréables étaient en route (et des amies, des amies chères, il ne fallait pas les oublier). Elle n'aurait jamais le temps de tout préparer avant qu'ils n'arrivent tous pour le repas de Noël. Il lui restait encore à prendre une douche, faire cuire un rôti et dresser la table et retaper un lit et...

Et alors cela lui revint comme un lambeau de brise doucement agité par quelques doigts glacés.

Ce *quelque chose* qu'elle avait tellement désiré noter quand elle s'était réveillée.

Elle avait désiré, elle avait *eu besoin* de le noter parce que c'était le début de quelque chose qu'elle devait comprendre, ou exprimer, ou déterrer, ou affronter, pourtant elle n'avait pas trouvé deux secondes à elle pour prendre un stylo et être seule afin d'écrire.

Quelque chose les avait suivis jusque chez eux.

Et cela faisait treize ans que cette chose était avec eux dans la maison. Holly avait su depuis le début qu'elle était là ! Mais il avait fallu attendre ce matin pour qu'elle se réveille en sachant qu'elle avait toujours su.

Elle n'avait certainement plus le temps d'écrire maintenant. Si seulement elle n'avait pas dormi si tard. Mais si elle n'avait pas dormi si tard, aurait-elle eu cette révélation, aurait-elle éprouvé ce besoin d'écrire ?

Dans la salle de bains, elle ouvrit le rideau de la douche d'un coup sec. Le flacon de shampoing à l'huile d'arbre à thé de Tatty, qui était tombé du bord de la baignoire, reposait au fond, et Holly souffla, se pencha, le ramassa. Il était bien trop gros, ce flacon, pour rester en équilibre parmi les autres dans le coin de faïence. Elle avait pourtant dit à Tatty qu'elles devaient acheter le format plus petit, pour cette raison précise, mais Tatty était restée plantée dans l'allée de Whole Foods avec les deux flacons de shampoing, un dans chaque main, et avait dit : « Maman. Mon Dieu. Le flacon de 250 ml coûte *deux dollars de moins* que celui d'un litre. Tu sais combien on gaspille d'argent, sans compter le *plastique* ?

— Tatty chérie, avait répondu Holly. Nous ne sommes pas obligées de toujours acheter les produits en format économique. Il existe un concept qui s'appelle l'aspect pratique. Il est plus *pratique* de ne pas avoir un gigantesque flacon de shampoing dans la salle de bains ou un pot de beurre de cacahuète format industriel dans le garde-manger.

— Ouais, maman, et c'est pour ça qu'on est toujours à court de tout, y compris d'argent.

— Mais qu'est-ce que tu racontes ? » avait demandé Holly. Quand avait-elle abordé ne serait-ce qu'une fois le sujet de l'*argent* avec Tatty ? Quels que soient les soucis financiers qu'Eric et Holly rencontraient, ils étaient tous les deux d'accord sur le fait que Tatty ne devait jamais, *jamais* être préoccupée par ceux-ci. Ils avaient été bien trop tenus au courant, dans leur enfance, des déboires financiers de leurs parents. Ce ne serait pas une charge pour leur fille.

Pourtant, alors même que Holly, au milieu de l'allée de Whole Foods, avait réfuté le besoin d'acheter l'énorme flacon vert, couleur écume de mer, de shampoing bio, elle l'avait pris des mains de Tatty et l'avait déposé dans le Caddie. Ça n'était pas, elle le savait, le terrain dans lequel elle souhaitait s'embourber, pas là, à Whole Foods où, comme elle aurait aimé le faire remarquer à Tatty, on ne venait pas faire ses courses quand on avait des problèmes d'argent. Pourquoi même se soucier de cette histoire de formats économiques dans un magasin qui vendait, sans vergogne, onze dollars certaines minuscules miches de pain ?

Mais que savait Tatty de l'économie ? Elle avait quinze ans. Elle n'en savait rien. De plus, elle avait été endoctrinée par le système scolaire. Tatty se serait laissée mourir de soif dans le désert plutôt que de boire de l'eau dans des bouteilles en plastique. Il y a quelques années encore, Holly n'était pas certaine d'avoir elle-même déjà entendu le mot « durabilité » que sa fille fredonnait comme un mantra, ainsi que son jumeau maléfique, « gâchis ».

Holly venait à peine de pousser le flacon de shampoing dans le coin qu'il roula aussitôt au fond de la baignoire, avec le bruit lourd et solide que ferait une tête humaine, tranchée. Cette fois, elle le ramassa et l'emporta dans le placard à linge. Tatty devrait dorénavant aller le chercher puis le ranger au même endroit si son bonheur dépendait de ce genre de flacon géant.

Elle retourna vite à la baignoire où l'eau battait contre le rideau de douche, en se réchauffant peu à peu. Pas le temps, pas le temps. Le carrelage était froid sous ses pieds nus. Holly s'avança jusqu'au minuscule tapis de bain lilas et ramassa sa chemise de nuit par terre avant de la jeter dans le panier à linge sale. Comme chaque fois qu'elle ouvrait le panier en osier, elle pensa à Bébé Tatty qui, toute petite, y grimpait avant de tirer le couvercle sur elle.

Cela avait été un jeu magnifique, un de ces rituels familiaux qui finissent par faire tellement partie du quotidien qu'il semble impossible qu'un jour on n'y joue plus :

« Où est Tatty ? Oh non, Eric, où est notre bébé ? Je ne la trouve nulle part ! »

Après cinq minutes de cette comédie, la Raiponce Noir de Jais bondissait du panier en osier en criant : « Je suis là ! »

*   *
*

Mais la première fois, ça n'avait pas été drôle du tout. Ce matin-là, Holly était entrée dans la chambre de Tatty en s'attendant à la trouver dans son lit de grande fille qui remplaçait le lit de bébé depuis à peine quelques semaines. Tatiana n'y était pas. À sa place, il y avait une poupée Barbie, les draps remontés jusqu'à son menton en plastique, et dont la petite tête reposait sur l'oreiller rose de Tatty. Ses yeux bleus vides fixaient ceux de Holly.

Barbie Allemande, seconde édition, avec ses longues tresses stupides et une expression figée de ravissement surpris. C'était la Barbie que Tatty avait insisté pour avoir quand Holly, tout excitée, lui avait montré la Barbie Princesse impériale russe sur Internet. Bien que Holly eût finalement acheté les deux, la Princesse impériale n'était jamais sortie de la boîte à chaussures dans laquelle Tatty la gardait au fond du coffre à jouets, tandis que la Barbie Allemande dormait chaque nuit avec elle.

« Tatty ? »

C'était ridicule, mais Holly s'était adressée à l'horrible poupée en prononçant le prénom de sa fille. Bien sûr, la poupée était restée muette et une vague d'horreur avait traversé le corps de Holly, puis elle avait été prise d'une sorte de nausée, partant de son estomac mais remontant en rampant le long de sa colonne vertébrale jusque dans son cerveau. Panique.

Avait-elle réellement pensé, ou seulement ressenti, tel un instinct primitif issu de sa chair irlandaise :

On a échangé mon enfant ?

Holly avait tiré les draps d'un coup sec pour découvrir la Barbie Allemande, puis constaté qu'il n'y avait pas de Tatty de trois ans dessous.

« *Tatty ?!* »

À présent, Holly était en colère. Elle avait pensé : Elle me *punit*. Ce qui était tout aussi ridicule ! Un bambin ne *punit* pas sa mère.

Le reste se résumait à un amas confus d'images très précises, comme si la terreur de Holly s'était transformée dans son esprit en diaporama – cinquante diapos très nettes d'elle traversant toute la maison en se cognant partout, tout en tenant, sans explication, la Barbie Allemande par la taille, comme une arme, ou comme la preuve de quelque chose, ou comme Tatty elle-même.

« S'il te plaît, Tatty ! S'il te plaît ! Maman ne te trouve pas ! »

Cela avait dû être le dernier endroit où Holly avait cherché, il ne restait plus que cet endroit dans la maison – le panier à linge sale. Holly avait déjà fouillé frénétiquement dans tous les placards. Regardé sous les lits. Elle était descendue en trébuchant au sous-sol. Elle avait vérifié dans le sèche-linge, derrière la chaudière. Elle pleurait à présent. Quand elle s'était plantée devant le panier à linge sale, elle était en larmes, n'appelait même plus sa fille. Elle sentait le souffle de l'infirmière de l'orphelinat Pokrovka n° 2 qui lui avait chuchoté dans le cou : *Donnez-lui un prénom américain.*

« Sally ? » avait-elle appelé, ayant clairement perdu, à ce stade, toute raison. Avait-elle cru que Tatiana, d'une manière ou d'une autre, répondrait à ce prénom, celui que les infirmières lui avaient donné en Sibérie ? Ses parents ne lui en avaient jamais parlé. Même plus tard, quand Holly avait bêtement baptisé leur maudite poule Sally, ni Eric ni elle n'avaient raconté à Tatiana qu'en Sibérie elle avait porté ce nom. Il devait donc bien s'agir de quelque instinct primitif, maternel, qui l'avait poussée à prononcer le nom de ce bébé alors qu'elle cherchait sa fille perdue.

Toujours aucune réponse pourtant. Le temps s'était arrêté. Holly ne saurait jamais combien de temps il lui avait fallu pour soulever le couvercle en osier (des vies entières, avait-il semblé) et jeter un coup d'œil à l'intérieur pour y découvrir sa fille accroupie – dans la position d'une grenouille, les yeux levés, feignant l'innocence tout en s'efforçant, telle une enfant plus âgée ou une adulte, de réprimer un sourire, le plaisir du jeu écarquillant ses yeux comme un personnage de dessins animés, à l'intérieur du panier.

Holly avait reculé en titubant pour s'adosser au mur de la salle de bains. Elle avait essuyé ses yeux emplis de larmes à l'aide du tablier alpin de la Barbie Allemande pendant que sa petite fille grimpait hors du panier. Tatty avait compris, évidemment, que quelque chose clochait. Elle avait jeté ses bras autour des jambes de Holly et s'était mise, elle aussi, à sangloter.

«Non, non, avait dit Holly, s'agenouillant sur le carrelage glacé pour prendre Tatty dans ses bras. Tu ne voulais pas faire peur à maman. Tu voulais être drôle. Mais maman a eu peur parce qu'elle t'aime tellement tellement tellement fort.»

Mais il avait fallu une heure pour calmer Tatty.

Elles avaient dû retourner dans sa chambre et rejouer toute la scène.

Cette fois, elles avaient fait semblant d'être Tatty, fourrant, ensemble, la Barbie Allemande dans le lit de grande fille comme si la Barbie Allemande était

Tatiana. Puis elles avaient fait semblant de se glisser hors du lit de grande fille pour filer dans la salle de bains, puis grimper dans le panier. Elles avaient ri en le faisant, mais en silence, en secret. Grimper dans le panier avait, apparemment, été un sacré exploit. Tatty avait dû s'y reprendre à plusieurs fois avant d'y parvenir à nouveau. Et cela avait dû requérir un contrôle de super-bébé, de rester cachée dans ce panier, accroupie sur les tee-shirts et les chaussettes d'Eric et une serviette verte humide, dans le noir de l'osier, avec juste un peu de lumière s'immisçant au travers du couvercle, en écoutant maman appeler son nom.

Holly et Tatty avaient rejoué encore. Cette fois, maman était entrée directement dans la salle de bains, avait soulevé le couvercle du panier à linge sale et s'était écriée, ravie : « Tatty ! » Et Tatty avait explosé de rire et bondi, ses petites mains au-dessus de la tête, en criant : « Je suis là ! » Holly avait brandi la Barbie allemande et dit : « J'ai cru que les fées étaient venues échanger mon joli bébé contre cette poupée !

— Non ! avait répondu Tatty. C'est moi ! »

« C'est étonnant, vraiment, avait déclaré Eric ce soir-là, quand Holly lui avait raconté l'épisode du matin alors qu'il se tenait près du lit, ôtant ses affaires de voyage pour enfiler un tee-shirt et un short. C'est un petit génie, avait-il poursuivi. Je veux dire que c'est un niveau de complexité qu'on n'attendrait vraiment pas d'une enfant de trois ans. Sans parler de l'autodiscipline. »

Holly devait l'admettre. Elle était enchantée qu'Eric ressente la même chose. Le lendemain matin,

Tatty et elle avaient rejoué toute la scène pour papa. Puis, pendant les deux années qui suivirent, ils avaient répété la farce du panier à linge sale au moins une fois par semaine – «Où est Tatty? *Tatty?*» –, la panique de maman et la discrétion de Tatty étant les ingrédients indispensables à l'amusement et à l'hilarité. Jusqu'à ce que finalement, subrepticement, comme dans un rêve, ces années passent et que Tatty devienne trop grande pour se cacher dans le panier.

* *
*

Holly baissa la tête sous le jet de la douche, qui était trop chaud – mais c'était mieux que trop froid, et il lui restait à peine assez de temps pour se laver et se préparer pour les invités, et pour le repas de Noël, alors peu importait la température de l'eau. Ses cheveux lui paraissaient secs et grossièrement taillés. Elle se les était fait couper une semaine plus tôt, et ils étaient trop courts. Ils lui semblaient étrangers, comme une perruque ou des cheveux de poupée. Elle ne prendrait pas la peine de les laver et de les coiffer. À quoi bon puisqu'elle n'aurait pas le temps de les sécher ni d'utiliser le fer à boucler? Elle avait bien trop à faire pour se préoccuper de son apparence. Quelle que soit son apparence quand la famille d'Eric débarquerait – ainsi que Pearl et Thuy, et les horribles Cox –, il s'agirait d'une vision mitigée de celle qu'elle aurait aimé donner. Elle aurait aimé paraître reposée et joyeuse et charmante et ce ne serait pas le cas.

Oh, *mon Dieu*.

À l'évocation des Cox, Holly se rappela également, avec le piquant d'un coup de crayon dans le flanc, qu'elle devait préparer le plat végétarien que Mindy Cox lui avait suggéré pour son affreux fils.

Boulgour et patates douces pilaf.

Seigneur.

Comme si le repas de Noël n'était pas déjà assez compliqué à préparer. Qu'en était-il des personnes polies qui ne discutaient ni de religion, ni de politique ou d'argent avec les gens en dehors de leur famille et qui toutes mangeaient, se réjouissaient, quoi qu'on leur serve à dîner ?

S'ils n'en étaient pas capables, qu'ils restent chez eux !

Pourquoi devrait-on être tenu informé des goûts et des exigences et des raisons motivant le régime de chacun ? De leur intolérance au lactose. De leur allergie aux noix. De leur aversion au saumon d'élevage, à la viande rouge, au gluten. Quasiment chaque soir de son enfance, Holly avait soigneusement mangé les aliments dont elle avait horreur. Les carottes bouillies et tendres. La Viande Mystère, filandreuse, d'un bordeaux profond. Elle plongeait sa fourchette au fond de sa salade pour dénicher la laitue croquante que l'assaisonnement n'avait pas atteinte, sans même envisager de demander à sa sœur de ne pas noyer sa salade sous la vinaigrette.

Elle avait même trompé sa mère en lui faisant croire qu'elle, la cadette, avait tout simplement « un appétit d'oiseau » alors qu'en vérité Holly enfant avait été affamée, au bord de la nausée, polie. Et Dieu merci, elle avait été ainsi, quand on pensait au nombre des repas préparés par sa mère qu'elle avait eu la chance de manger avant la mort de cette dernière. Et quelle épreuve cela avait dû être pour cette pauvre femme de simplement préparer un repas ? Que se serait-il passé si Holly avait décidé d'annoncer un soir qu'elle ne mangerait que des œufs pondus par des poules élevées en plein air, ou bien qu'elle était opposée par principe au Cheez-Whiz ?

Et après que la mère de Holly fut devenue incapable de rester assez longtemps dans la cuisine pour réchauffer la plupart du temps ne serait-ce qu'une boîte de soupe Campbell, il était revenu à Janet et à Melissa de nourrir la famille – toutes deux adolescentes, nulles en cuisine, désespérées, pétries de chagrin et, imaginait Holly, pleines de ressentiment, même si elle ne se rappelait pas un seul mot ou événement qui aurait pu l'indiquer. D'une manière ou d'une autre, elles avaient réussi à nourrir la famille de lasagnes Swanson, de boulettes de viande et de pizzas surgelées – et il ne serait jamais venu à l'esprit de quiconque de décréter ne pas vouloir consommer de nourriture industrielle ou d'œufs pondus par des poules qui n'étaient pas élevées en plein air.

L'eau de la douche continuait de dévaler en un petit ruisseau chaud le long de la colonne vertébrale de Holly et elle eut l'impression que cette chaleur, cette eau, pouvait l'ouvrir comme une fermeture Éclair. Elle l'imaginait à l'œuvre, la chair s'écartant le long de la colonne, et ce qu'elle ressentirait ensuite en s'extrayant de son corps.

Qui serait-elle alors ? Où irait-elle ? Elle se souvint alors qu'elle avait eu l'impression, le regard baissé sur le visage inexpressif de sa mère défunte, que cela pouvait se produire. S'échapper de son corps. Que le corps était une manière de cage. Que le moi, l'*âme*, ne vivait pas en cage. Que ne pas avoir de cage était le but, atteint dans la mort.

Ah ! *Mais* c'était avant qu'Eric et elle, eux-mêmes, ne possèdent des poules en liberté ! La vie en plein air n'avait pas vraiment bien réussi à *leurs* poules, n'est-ce pas ? Des plumes ensanglantées et des cris perçants. Violence de gang. Ils avaient donné à ces volailles, avant les plumes ensanglantés et la violence de gang, des noms attachants. Petunia. Patrice. Sally. Mais il ne s'agissait pas d'animaux apprivoisés, doux et heureux. Ils auraient dû être enfermés dans un enclos. Holly ferma les yeux sous l'eau qui chutait sur son visage.

Seigneur, comme elle aurait aimé boucher la bonde de la baignoire pour la laisser se remplir d'eau brûlante, s'y allonger, les yeux clos. Pourquoi était-elle si fatiguée ? Elle s'était réveillée il y avait à peine une heure, bien plus tard que ce qu'elle avait pu dormir depuis des années.

* *
*

Était-ce le lait de poule au rhum ?
Mais comme cela avait été douillet de se peloton-

61

ner avec Eric sur le canapé, dans le salon uniquement éclairé par les loupiotes du sapin de Noël. Tatiana était déjà partie se coucher, et il n'y avait que le calme de la maison, la neige qui tombait dehors et tous leurs souvenirs de ce premier Noël – la Sibérie, Bébé Tatty, la couverture miteuse et les yeux gigantesques de ce bébé. Elle avait déjà ces cheveux bruns et brillants, mais elle n'était pas encore Raiponce Noir de Jais. Les infirmières n'avaient pas surnommé Tatiana ainsi avant qu'Eric et Holly ne reviennent, quatorze semaines plus tard, pour la réclamer légalement et complètement.

Comme ils avaient été stupéfaits de découvrir à quel point leur enfant avait changé pendant ces semaines – ses cheveux avaient poussé jusqu'aux épaules et son visage était plus étroit, ses yeux n'étaient plus aussi étonnamment grands, mais plus proportionnés à son nouveau visage.

Était-il possible, s'étaient-ils demandé, que Tatiana soit encore plus belle, quatorze semaines plus tard, qu'elle l'était déjà lors de leur première visite ?

Évidemment.

Et elle l'était devenue davantage chaque mois depuis ce jour !

Eric s'était levé du canapé pour leur préparer un autre lait de poule au rhum. Il avait rapporté les breuvages et ils avaient encore parlé de ce Noël et de la première fois qu'ils avaient vu Tatiana. Chaque Noël depuis ce jour, c'était ce moment qu'ils se remémoraient. Leur fille. Combien ils avaient été tendus. À cause des colliers d'ail. À cause du chien méchant qui les avait pourchassés dans la rue, la première fois qu'ils avaient quitté l'hôtel pour se rendre à l'orphelinat Pokrovka n° 2, et comme ils étaient arrivés en sueur dans leurs longs manteaux et avaient dû passer pour deux fous aux yeux des infirmières.

Jusqu'à minuit passé, Holly et Eric étaient restés assis, leur verre à la main, dans la lumière diffusée par le sapin de Noël, bien après que Tatiana était allée se coucher, tant d'années avaient passé en ce qui semblait être l'espace d'un instant, et ils avaient ri, encore une fois, en se rappelant que personne ne semblait savoir où se trouvait l'orphelinat ni même s'il existait, et à quel point cela leur avait paru typiquement russe. De quelle manière dans ce pays, on désignait tout par son numéro, mais ce numéro ne semblait jamais correspondre à un ordre ou à une suite. S'il y avait un bus 37, on pouvait être sûr qu'il arrivait à l'arrêt 4 bien avant le bus 1.

Ce dont ils n'avaient pas parlé, c'était qu'alors ils avaient oublié que c'était le jour de Noël. Ils étaient arrivés à l'orphelinat Pokrovka n° 2 le 25 décembre pour voir le bébé qui devait s'y trouver, et ils avaient omis de lui apporter ne serait-ce qu'un seul cadeau.

Pas de cadeaux ! Ni pour leur enfant ni pour les femmes qui s'en occupaient, et même si cette journée n'était pas celle de leur Noël orthodoxe russe, ces infirmières devaient être tout à fait au courant de la tradition des cadeaux le 25 décembre, après le passage à l'orphelinat de centaines de familles américaines, fin décembre, les bras chargés de présents.

Et l'autre couple américain qui séjournait à l'hôtel avait apporté des cadeaux de Noël. Ces parents-*là* n'avaient pas oublié, ils arrivaient à l'orphelinat avec le genre de choses que ces jeunes Sibériennes n'auraient pu s'offrir – parfum, savon de beauté, gants en cuir. Et pour l'enfant qu'ils désiraient adopter, ces parents avaient apporté des bavoirs, des chaussons et un pull-over tricoté main.

«Oh, mon Dieu», avait dit Holly en palpant le minuscule et délicat vêtement confectionné par la femme du Nebraska – elle en enfilait justement les manches sur les bras roses et potelés du fils qu'elle désirait désespérément. En quelle laine était-il tricoté ? Angora ? Cachemire ? Mohair ? Holly n'y connaissait rien en laine, rien au tricot, quel genre d'animal offrait une telle douceur ? S'agissait-il de bébés chameaux, d'une espèce spéciale de lama ? Les bêtes étaient-elles tondues ou dépecées ? Et comment cette laine pouvait-elle ressembler à du fil dentaire, aussi incassable, tout en paraissant tissée de nuage ?

«C'est charmant, avait déclaré Holly en palpant le pull-over – et elle le pensait sincèrement. Mais en quoi peut-il être ?»

Pourtant la femme du Nebraska ne lui avait jamais vraiment expliqué. Elle avait répondu, comme si Holly tricotait elle aussi et savait ce que cela signifiait : «De petits billions.»

De petits billions ?

Était-ce là une sorte de technique de tricot, ou une marque, ou une maille particulière ?

«Eh bien, c'est incroyable, avait ajouté Holly, refusant d'avouer qu'elle ne savait pas ce que ces "petits billions" étaient et ne souhaitant pas entendre une longue explication de ce qu'ils pouvaient être.

— Merci », avait répondu la femme du Nebraska en écartant son bébé russe rougeaud de Holly, lui tournant le dos. Par-dessus l'épaule de cette femme, le petit garçon avait l'air de pleurer de joie, comme s'il avait enfin trouvé le grand amour de sa vie, et le pull qu'il était né pour porter, et la mère dans les bras de qui il était né pour être porté. La femme du Nebraska était asexuée, sans âge et sans humour, avait pensé Holly – mais elle possédait une âme passionnée que Holly avait découverte pleinement, brillant avec éclat, le matin suivant, quand on avait annoncé à la femme et à son petit mari tranquille que le garçonnet dans le pull-over avait été remis, la veille au soir, à la sœur du père biologique. Apparemment, c'était ce qui avait été prévu depuis le début, mais la sœur avait repoussé la signature des papiers jusqu'à ce qu'on lui apprenne qu'un couple d'Américains était là, prêt à ramener le bébé chez eux.

C'était le second voyage en Sibérie des parents du Nebraska (comme la loi russe le requérait) dans leur désir de prendre possession de ce petit garçon. Jusqu'à ce jour, ils n'avaient jamais entendu parler d'une sœur, et cela se produisait le jour précis où ils pensaient pouvoir reprendre l'avion avec le bébé pour rentrer chez eux, l'emmener dans la chambre d'enfant que Holly n'avait aucun mal à imaginer : remplie d'animaux en peluche, décorée d'avions au pochoir, un berceau garni de draps bleu pâle.

Au lieu de cela, ce matin-là, la femme du Nebraska

s'était approchée du berceau vide du petit garçon à l'orphelinat Pokrovka n° 2, en avait sorti le matelas, l'avait pris dans ses bras (rien d'autre qu'un matelas recouvert de plastique, sans drap) et était sortie par la porte de l'orphelinat, dans la neige, sans s'arrêter pour prendre son manteau. D'après ce qu'en savaient Eric et Holly, elle n'était jamais revenue.

Bien qu'évidemment elle ait dû revenir. Son mari était resté là, pendant un long moment, debout et sans voix devant la fenêtre, avant de prendre les infirmières à partie, exigeant des réponses :

« Où est notre petit garçon ? Où est cette sœur ? ! »

Mais les infirmières avaient refusé de répondre. Les infirmières de l'orphelinat Pokrovka n° 2 semblaient avoir fait vœu de silence. Il aurait été impossible de leur soutirer des informations par la torture, quel que soit le sujet – qu'il s'agisse des autres parents adoptifs, des autres bébés, des parents biologiques des bébés, ou de ce qui se trouvait derrière « cette porte-là » – celle qui était toujours close (et que Holly regretterait d'avoir ouverte, plus tard) – ou de ce qu'il advenait de tous ces bébés qui n'étaient pas adoptés :

Rien.

Tout était secret. Le pays tout entier était un secret, et la Sibérie en était, en son centre, le vaste et blanc secret. À l'orphelinat Pokrovka n° 2, Eric et Holly ne pouvaient être certains que de ce qu'ils voyaient devant eux, de ce qu'ils pouvaient soupeser dans leurs bras et de ce qu'ils pouvaient explorer de leurs sens. Le reste n'était qu'étendue impénétrable au-delà des fenêtres cliquetantes de l'institution, et de la paperasse – des ramettes et des ramettes de documents qui, malgré leur précision méticuleuse, ne révélaient rien à propos de rien.

Plus tard, quand Holly repensa à cette femme du Nebraska (bien qu'elle s'efforçât d'éviter de le faire), elle l'imagina toujours en train de marcher. Cette femme avait pu faire plusieurs fois le tour de l'Asie depuis, serrant ce matelas dans ses bras.

Et qu'en était-il de la tante russe, serrant dans ses bras le petit garçon dans son doux et délicat pull-over ? Où étaient-*ils* aujourd'hui, toutes ces années plus tard ? Holly imaginait un garçon, debout au milieu d'une longue file d'attente. Il aurait une fine moustache, de l'acné, peut-être un tic facial. Et le pull-over que sa mère du Nebraska avait tricoté pour lui devait s'être défait depuis longtemps ou bien avait été vendu. Holly essayait de ne pas non plus penser à lui, parce que alors elle ne pouvait s'empêcher d'imaginer Tatiana dans cette même file derrière lui – les cheveux coupés très court et des chaussures inconfortables, pratiques, couvertes de boue.

« Tragique, avait déclaré Eric.

— Eh bien, ils auraient pu adopter un autre bébé, avait fait remarquer Holly. Il y en avait des milliards.

— C'est ce bébé-là qu'ils voulaient, avait répondu Eric sur le ton de la colère. Tout comme nous voulions Tatiana. Ils avaient déjà tissé des liens. Ils s'étaient imaginé passer une vie entière avec lui.

— Il était temps d'imaginer de nouveau, je suppose », avait rétorqué Holly en ayant le sentiment qu'elle trahirait la chance qu'elle avait eue, la destinée qui avait mené Tatiana sans peine jusque dans ses bras, si elle admettait que ce qui était arrivé au couple du Nebraska aurait pu arriver à n'importe qui. Eric l'avait simplement dévisagée avec ce qui lui avait paru être de la désapprobation, et ils ne reparlèrent plus jamais de ce couple.

* *
*

Holly sortit de la douche. La bonde émettait de forts bruits de succion comme chaque fois que la baignoire se vidait. Elle posa le pied sur le tapis de bain lilas, s'enveloppa dans une serviette et s'approcha de la fenêtre de la salle de bains pour regarder dehors.

Une journée neigeuse. Une journée étonnamment blanche. Habituellement, dans cette partie de l'État, quand le vent soufflait depuis le lac Érié puis au-dessus des usines automobiles délabrées avant de s'abattre dans leur jardin, la neige était grise, rien à voir avec les chutes de neige de son enfance à la Bing Crosby. Habituellement, cette neige grise ne brillait pas dans les branches, elle se contentait de duveter le paysage, qui était, en grande partie, plat et désert à cette époque de l'année, bien que quelques feuilles mortes s'accrochent encore aux branches des arbres, et que çà et là un résineux obstiné pointe sa flèche vers le ciel gris.

Holly repensa à son rêve, et au moment où elle s'en était réveillée, et au besoin d'écrire, pour fabriquer ou créer ou tisser quelque chose à partir du matériau de son âme.

Mais quelle était l'urgence ?

Seigneur, elle avait eu tout le temps qu'il fallait au cours des vingt dernières années, et elle n'avait pas écrit *alors*. Elle avait eu tout un été de congés – l'été précédant l'adoption de Tatty – et qu'avait-elle fait de tout ce temps ? Au lieu d'écrire, elle avait loué un stand dans une galerie locale d'antiquaires et l'avait rempli de camelote qu'elle achetait dans les vide-greniers, des bricoles que personne d'autre qu'elle ne voudrait jamais. Elle avait complètement gâché les mois de juin, juillet et août – ces mois pour lesquels elle avait reçu une belle petite bourse de la fondation Virginia-Woolf sur la base d'un manuscrit de quinze poèmes qu'elle avait soumis, accompagné d'une page expliquant de quelle manière elle allait utiliser l'argent « pour prendre des congés afin d'achever mon premier recueil de poèmes, dont le titre sera *Pays fantôme*, d'après le poème-titre du recueil – une ode à mes défunts ovaires ».

Elle n'avait pas écrit un vers. En revanche, cet été-là, il n'y eut pas un seul grain de poussière sur un seul des objets du stand de Holly dans la galerie des antiquaires. Elle avait ajouté mille cinq cents kilomètres au compteur de la voiture en roulant d'un État à l'autre, se ravissant de ses découvertes :

Une poupée de porcelaine avec des taches rubis à la place des yeux, acquise lors d'une vente familiale dans un parc de mobile-homes. Un coffret des derniers sacrements contenant une bouteille d'eau bénite à moitié remplie, lors d'une vente sur licitation organisée en face d'une église catholique. Elle avait acheté des napperons, des poignées de porte et de petites peintures naïves dans des cadres argentés délabrés. Mais le seul article qu'elle avait vendu cet été était celui qu'elle n'avait pas voulu vendre – une couronne tressée par quelque mère victorienne en deuil avec les cheveux blonds de son petit garçon.

La couronne était collée sur un portrait du garçon qui ressemblait à une fille hideuse dans sa robe de dentelle. Sous son menton, dans une écriture féminine tachée d'encre, on lisait : *Notre bien-aimé fils Charles.*

Un jour, en arrivant à la galerie des antiquaires, Holly avait été stupéfaite de découvrir que la couronne n'était plus là. Elle avait interrogé le propriétaire du stand (Frank, à la moustache en guidon de vélo, qui tenait la caisse dix heures par jour, six jours par semaine) pour savoir qui l'avait achetée, mais Frank ne se souvenait pas de ses clients, jamais. Et l'acheteur n'avait payé ni par chèque ni par carte de crédit, apparemment. Il ne restait rien d'autre que l'étiquette du prix, que Holly avait écrite elle-même, qui avait été ôtée et reposait maintenant dans le tiroir-caisse pour prouver que la couronne de deuil avait été achetée, pas volée. Les trois cent vingt-cinq dollars avaient été crédités au paiement de la location du stand auprès de Frank.

Ce fut à l'époque de cette bourse que Holly comprit que ce n'était pas de *temps* qu'elle avait besoin pour écrire les poèmes qui lui permettraient d'achever son recueil. Ce dont elle avait besoin, c'était d'un enfant, décida-t-elle. Elle vida le stand d'antiquités et se mit à commander sur Amazon des livres traitant de l'adoption à l'étranger.

* *

*

Quand Holly ouvrit la porte, la vapeur flottant dans la salle de bains fut aspirée dans le couloir. Une fois échappée, la buée disparut si vite qu'on l'aurait dite dotée d'une volonté propre, comme s'il s'était agi d'un animal en cage attendant cette occasion pour s'enfuir.

Holly était restée sous la douche plus longtemps que prévu. Dans le miroir de la chambre, elle constata que son visage, son cou et sa poitrine étaient écarlates. Elle brûlait d'une chaleur vive, comme si sa peau avait été scellée – polie, ses pores invisibles. Maintenant qu'elle avait pris sa douche, la journée, la *vraie* journée, devait commencer.

Comment allait-elle s'habiller ? Tatiana avait opté pour le festif et le sentimental en revêtant cette atroce robe de velours. Eric avait quitté la maison en jean et sweat-shirt, qu'il ne quitterait probablement pas de la journée. Ginny et Gramps seraient en noir. À chaque voyage ou réunion quelconque, les parents d'Eric s'habillaient comme des paysans italiens se rendant à un enterrement. Ginny porterait même probablement son vieux châle noir. Le costume noir de Gramps serait froissé et élimé jusqu'à la trame. Les deux vieillards donneraient l'impression d'avoir traversé l'Atlantique en bateau, pas d'avoir voyagé en avion gros porteur de Newark à Detroit.

Un jour, Holly avait suggéré à Eric que ses parents s'habillaient ainsi afin qu'on les croie pauvres.

«Eh bien, ils ne sont pas riches, avait répondu Eric. Je me demande bien pourquoi tu penses ça.» C'était sa manière à lui de dresser un barrage – son refrain chaque fois que Holly sous-entendait que ses parents avaient mis de côté de considérables sommes d'argent (ce qui était vrai, elle le savait pour avoir fouiné) dans une banque de Pennsylvanie (une banque choisie, Holly en était sûre, afin qu'aucun de leurs voisins n'ait vent de ces grosses sommes).

Alors pourquoi ce couple d'octogénaires s'habillait-il en public comme s'ils appartenaient à deux générations avant – comme si c'étaient eux qui avaient débarqué de ce bateau, plutôt que leurs parents ? Gin et Gramps avaient toute une série de pulls en polyester de couleurs vives qu'ils portaient dans leur appartement. Gramps était professeur de lycée à la retraite. Gin avait autrefois vendu des produits Avon en faisant du porte-à-porte. Elle possédait une gigantesque collection de broches en forme de caniches, la plupart d'entre elles roses et voyantes, un certain nombre en plastique, et elle en arborait toujours une chez elle. Alors pourquoi donc faisaient-ils semblant d'être des producteurs d'olives de l'Ancien Monde chaque fois qu'ils devaient monter dans un bus ou assister à une remise de diplôme ? Et que devait porter Holly, sachant comment ses invités d'honneur seraient habillés, sinon pourquoi ?

Les frères d'Eric et leurs épouses – eh bien, ce serait un mélange de cérémonieux et de décontracté, mais ils mettraient d'immenses efforts à contribution et leurs tenues seraient soigneusement étudiées.

Les nièces et neveux auraient été récurés jusqu'aux os. Les trois frères d'Eric seraient pour la plupart en jean, mais au moins l'un d'entre eux arborerait une veste de costume. Les épouses porteraient des pulls fluides, des pantalons en soie. Il se pourrait qu'on voie une sorte de cape au milieu de tout ça. Quelle que soit la tenue de Holly, elle paraîtrait quelconque en comparaison, mais il était hors de question qu'elle titube chez elle en talons hauts. Elle n'avait pas de jolies pantoufles. Il ne lui restait plus qu'à se sentir inélégante et empotée sans chaussures.

Holly parcourut du regard le contenu de sa penderie. Robes portefeuille et jupes noires. Chemisiers à manches longues ou sans manches. Rien ne semblait convenir pour Noël. Les Cox, elle le savait, en feraient trop – costume pour lui, haut en dentelle et boucles d'oreilles d'inspiration victorienne pour elle. Leur fils serait en chemise boutonnée et pantalon beige.

Pearl et Thuy seraient en mode écolo – tenues larges, propres, fades, aux couleurs douces – même si Patty serait déguisée en princesse Disney. Il est vrai que Patty n'en avait que pour les princesses, mais étant donné le nombre de tiares en sa possession (bien plus que ce qu'on pouvait raisonnablement attendre d'une enfant de quatre ans), Holly se demandait si ce n'était pas Pearl et Thuy, au genre neutre, qui désiraient que leur fille ressemble à Cendrillon. Bénis soient leurs cœurs généreux.

Holly décrocha d'un cintre une robe en coton

au motif chargé et la jeta sur le lit. Elle l'avait mise, l'autre jour, au concert de la chorale de Tatty, aussi savait-elle qu'elle lui allait bien.

« Maman ? »

La voix de Tatty surprit Holly, mais elle fut également soulagée de l'entendre. Tatty ne faisait pas la tête dans sa chambre. Dans sa présence, le pardon était implicite.

« Entre, ma chérie », répondit Holly.

Tatty entrouvrit la porte de la chambre puis, les orteils au niveau du seuil, elle jeta un coup d'œil à l'intérieur de la pièce.

« Ton téléphone a sonné pendant que tu étais sous la douche, maman.

— Qui était-ce ?

— Je ne sais pas. Je n'ai pas répondu. Ça affichait Inconnu. »

Holly se cacha derrière la porte de la penderie pour ôter son peignoir et enfiler son soutien-gorge. Elle n'avait pas besoin de porter de soutien-gorge, bien entendu. Elle avait le genre de poitrine qui pointerait toujours vers le ciel même quand elle serait en maison de retraite ou dans son cercueil (de faux seins). Mais porter un soutien-gorge lui donnait le sentiment d'être « plus composée » – une expression que sa mère avait l'habitude d'utiliser pour complimenter des femmes bien habillées, à la coiffure élaborée et raide, et qui n'étaient pas, comme la mère de Holly, malades en phase terminale.

« Eh bien, dit Holly à sa fille. Ça ne doit pas être si important alors. Encore un robot qui appelle pour

vendre une carte de crédit ou un truc dans le genre.»
Elle s'immobilisa dans sa robe et en resserra le lien
autour de sa taille.

«Le jour de Noël? demanda Tatiana.

— Eh bien, les robots ne fêtent pas Noël, répondit Holly. Ils n'ont pas d'âme, tu te rappelles?»

Tatiana ne sourit pas, même si Holly savait que sa
fille avait compris à quoi elle faisait allusion en plai-
santant. Alors qu'elle était en deuxième année de
cours élémentaire, Tatiana avait été obsédée par ce
qui avait une *âme* et ce qui n'en avait pas. Holly avait
tenté de lui expliquer le concept de l'âme, insistant
sur le fait que ça n'avait rien de scientifique, qu'il n'y
avait donc pas de véritable réponse à la question de
Tatiana, à moins qu'elle-même ait une définition pro-
bante de ce qu'elle entendait par *âme*.

Et, en fait, à la grande surprise de Holly, Tatiana
en avait bien une:

L'âme était la chose cachée à l'intérieur de la chose
et qui en faisait ce qu'elle était. On ne pouvait être,
disons, un vrai perroquet sans une âme de perroquet.

«Alors une âme se trouve à l'intérieur d'un
corps?» avait demandé Holly.

Eh bien, avait expliqué Tatiana, parfois l'âme pouvait être *derrière* le corps, peut-être, et parfois elle
pouvait être *à côté* ou *en dessous* ou *au-dessus*, mais
oui, habituellement, elle se trouvait à l'intérieur. Un
livre, par exemple, avait son âme dans le creux entre
les deux pages du milieu. C'était typique des choses
pliables. Comme les papillons qui avaient l'âme là où
leurs deux ailes se rejoignaient.

«Alors, l'annuaire a une âme?» avait demandé Holly en s'efforçant de ne pas paraître trop amusée. Sa fille détestait qu'on la prenne de haut. Elle préférait qu'on la contredise carrément.

«Eh bien, c'est justement ce que je te demande, avait dit Tatiana. C'est pour cette raison que je te pose la question. Je n'en *sais rien*. Je n'ai que neuf ans!

— Eh bien, ma chérie, avait répondu Holly. J'en ai quarante-trois et je n'en sais pas plus, alors ne t'inquiète pas.»

Mais il était rare que Tatiana se contente d'un *je ne sais pas* et passe à autre chose. Souvent, Holly avait le sentiment que c'était par pur entêtement. La question s'était déjà vidée de tout plaisir et de toute curiosité, mais elle perdurait. Une fierté obstinée reprenait le dessus. À ce stade, une duplicité combative était au cœur même de la discussion.

«Alors est-ce que nos poulets ont une âme? avait demandé Tatiana.

— Eh bien, si les livres et les papillons en ont une, je…

— Je n'ai pas dit que *tout* en avait une! Je n'ai pas dit que tous les livres et tous les papillons avaient une âme! Je n'en sais rien! Je te pose la question à *toi*.»

Maintenant, Holly était exaspérée. Tatiana était très jeune, mais elle était trop âgée pour ce genre de discussion illogique. Elle avait dû lire ça quelque part, ou bien voir une comédie inepte pour enfants et en avait retenu un dialogue pompeusement merdique.

«D'accord, avait déclaré Holly, inclinant la tête,

roulant les yeux pour que Tatty comprenne qu'elle n'était pas dupe de son manège. Voici une liste de choses qui ont une âme : les gens, les chats, les poulets et autres mammifères. Les poissons et les insectes ont une âme, et les lilas, mais pas d'autres végétaux. Certaines très belles voitures comme les BMW et le Subaru Outback ont des âmes, mais rien de ce qui sort de General Motors n'en a. Et les pierres n'en ont pas non plus, tout comme les robots. Qu'en penses-tu ?

— C'est tout ce que je voulais savoir, avait répondu Tatty en haussant les épaules. Je voulais juste savoir pour les robots. Merci, maman. »

Il n'y avait aucun sarcasme dans cette réponse. Une fois que sa fille avait eu tourné le dos, Holly avait secoué la tête sans être certaine de savoir si, à ce petit jeu, elle avait gagné ou perdu. Évidemment, quand elle avait rapporté cette discussion à Eric, il avait protesté en soulignant la précocité de leur fille, aussi Holly ne s'était pas donné la peine de lui expliquer combien ce comportement n'était, en réalité, pas précoce mais copié. Tatty avait compris, à la réaction de sa mère, qu'elle passait pour une jeune imbécile avec ses questions, aussi avait-elle joué sa dernière carte, qui consistait à mettre un terme à la discussion d'un haussement d'épaules et d'une petite réponse toute faite. *C'est tout ce que je voulais savoir.* Mais quel intérêt y aurait-il eu à essayer de le faire comprendre à ce papa gâteux ? Que sa fille parfaite pouvait à l'occasion manquer d'originalité et même être manipulatrice ? Inimaginable !

Malgré tout, désormais, chaque fois que Tatty essayait de lancer un débat imitatif («Tous les autres y vont…!»), Holly répondait : «Et les robots n'ont pas d'âme», et les narines de Tatty se dilataient, puis apparaissait ce petit muscle qui battait au niveau de sa mâchoire, et ses paupières bleutées se baissaient à demi sur ses yeux noirs, et Holly se contentait de sourire, mettant fin à la discussion, sachant exactement que sa fille avait compris :

Tu fais semblant, tu as entendu ça quelque part, tu ne fais que répéter ces paroles et je le sais.

*   *
*

«Je pensais juste que tu aurais aimé savoir que ton téléphone avait sonné, dit Tatiana. Ça pouvait être important, même si ça disait Inconnu, même un jour de Noël.

— Chérie, M. Inconnu m'appelle *tous les jours* sur mon portable. M. Inconnu essaie de me contacter depuis que l'identification d'appel a été inventée. Parfois je reçois même des appels de Mme Numéro masqué.

— Tu es marrante, maman. Je veux dire, c'est dingue ce que tu es marrante.»

Holly se sentit piquée au vif, mais pas surprise, que la conversation passe si rapidement du sarcasme à la méchanceté. Elle essaya de ne pas mordre à l'hameçon. Elle essaya de paraître sincère, demandant : «Eh bien, qui essaie de m'appeler d'après toi?»

Tatiana ne répondit pas. Holly soupira et détourna

son regard vers la fenêtre. Elle fut étonnée de constater que les rideaux étaient ouverts. Elle ne se rappelait pas l'avoir fait. Peut-être Eric, alors, avant de partir, et Holly ne s'en était pas rendu compte jusqu'à présent parce que la neige lourde qui tombait au-dehors formait comme une seconde couche de rideaux – en mouvement celle-ci. Particules chaotiques. Étincelles électriques.

Holly se dirigea vers la commode pour y prendre une paire de collants noirs et elle dit à Tatty : « Pourquoi n'as-tu pas répondu à cet appel, chérie, puisque tu es si curieuse ? Je ne t'ai jamais interdit de répondre à mes appels. Fais-le quand tu veux. »

Pourtant Tatiana resta muette. Comme elle levait les yeux vers le plafond, sans cligner des paupières, Holly prit le temps de l'observer attentivement et elle remarqua que Tatty portait les minuscules opales que Pearl et Thuy lui avaient offertes pour ses treize ans. Elle se surpassait vraiment, n'est-ce pas ? Les opales pour Pearl et Thuy, la robe en velours pour Gin. C'était mignon. Tatiana avait toujours été une enfant attentionnée – la première sur le terrain de jeux à se précipiter pour mettre fin à une bagarre, la première à consoler un bébé en pleurs ou un chiot gémissant – mais elle devenait une jeune femme réellement bienveillante.

« C'est très gentil de porter les opales que Pearl et Thuy t'ont offertes », dit Holly, le regard posé sur les lobes de sa fille.

Tatiana toucha aussitôt, comme le font toutes les femmes, la partie de son corps qui était visée par la discussion. Ses boucles d'oreilles, son foulard, le collier autour de son cou. Eric avait l'habitude de repousser la main de Holly de ses cheveux, déclarant que chaque fois qu'il lui disait qu'elle était bien coiffée, elle y portait les mains pour les ébouriffer. Mais il était difficile, en l'absence de miroir, d'être certaine de ce qu'on examinait chez vous si vous ne pouviez pas voir par vous-même. C'était naturel de tenter de le *sentir*.

« Je n'essayais pas d'être gentille, dit Tatiana. J'aime ces boucles d'oreilles. »

Holly se sentit un peu vexée. « Je ne voulais pas entamer de dispute, dit-elle. J'aime que tu penses à porter des boucles d'oreilles qui t'ont été offertes par des invitées que nous recevons aujourd'hui. Je sais que tu as d'autres boucles d'oreilles que tu aimes porter et j'essayais juste de souligner le fait que c'était un joli geste de choisir celles-ci. Mais excuse-moi si j'ai mal compris. »

Tatty tourna alors rapidement les talons de ses chaussons de danse noirs et passa le seuil de la chambre sans voir Holly qui serrait les dents dans son dos.

Holly s'assit sur le bord du lit et remonta une jambe de son collant en la faisant rouler sur sa peau. Elle serait, supposait-elle, punie toute la journée pour avoir dormi tard le matin de Noël. Non seulement sa fille allait la contredire constamment, mais les frères d'Eric et leurs épouses seraient bientôt là, s'inquiétant de l'absence de leurs parents, sous-entendant la responsabilité de Holly dans le fait qu'Eric ait dormi tard (la faute de Holly, d'une certaine manière) et soit arrivé en retard à l'aéroport pour les chercher.

Pourquoi devait-on toujours fêter *chez eux* ? Holly aurait été ravie de se rendre dans le New Jersey ou en Pennsylvanie ou au nord de l'État de New York. Elle aurait aimé passer la journée de Noël à déambuler dans la maison de Tony et de Gretchen – inspectant l'argenterie de cette dernière en quête des résidus collants d'un précédent repas, levant ses verres en cristal à la lumière pour voir s'ils étaient graisseux. Elle aurait été enchantée d'accompagner Eric à l'appartement de ses parents, d'ailleurs, et d'y préparer le dîner ! Elle se serait réjouie d'organiser une réunion de famille dans un hôtel en Floride ! Ou à Cancún ! Ou à Bend, dans l'Oregon !

Mais il semblait que le fait d'avoir fêté Noël chez Eric et Holly la première année de leur mariage impliquait que la famille d'Eric fêterait à tout jamais Noël chez Eric et Holly, même si cette dernière était irrespectueuse et irresponsable au point de ne pas avoir réveillé son mari le matin de Noël.

Holly ne mit ni chaussures, ni parfum, ni boucles d'oreilles, pas même sa montre. Elle se rendit directement, les pieds en collant, dans la cuisine où elle tomba sur Tatty qui regardait dans sa main l'iPhone que Holly avait laissé sur le comptoir. Une lueur bleue et froide émanait de l'écran, donnant à la peau de Tatty une teinte que Holly n'aimait pas – le teint d'une malade ou d'une noyée.

Tatty avait un teint superbe, qu'on aurait dit de porcelaine. Sauf que la porcelaine était plus blanche que la couleur de la peau de Tatty, qui avoisinait plus celle de la bisque de langoustines – ou tout du moins celle que la mère de Holly préparait. Un peu plus grise que l'os. Plus crème que l'ivoire. Crème mélangé à une goutte de violet. Dans certaines lumières et sur certaines photos, on décelait même un soupçon de bleu pâle sur le visage de Tatiana – un peu plus sombre aux tempes, sous les yeux. Parfois ses lèvres donnaient l'impression qu'elle émergeait tout juste du fond glacé de la piscine.

Holly n'avait jamais vu de teint aussi beau. Élégant. Légèrement exotique. Mais la lumière blafarde ne lui convenait pas, ni la lueur du téléphone portable.

« Pose ça », dit Holly.

Tatty leva les yeux, ouvrit la bouche, décalant légèrement ses mâchoires, puis souffla. Elle reposa le téléphone sur le comptoir en marbre de l'îlot, puis lança en désignant l'appareil : « Je *savais* que ça t'énerverait. Tu dis toujours : "Vas-y, réponds à mon téléphone", mais il suffit que je le prenne et tu *es sur mon dos.* »

Holly secoua la tête. Elle en avait tellement assez de ce ton adolescent, de ces accusations machinales. Combien de temps cette phase de la vie de Tatiana allait-elle durer ?

« Seigneur, Tatiana, descends d'un cran, tu veux ? Je ne suis pas *sur ton dos.* Seulement je…

— Non. Seulement tu me réprimandes machinalement ces derniers temps, voilà ce qui se passe ! Je ne fais jamais rien de bien.

— Écoute, dit Holly en prenant le téléphone qui se trouvait entre elles. On n'a pas le temps pour ça. Est-ce que M. Inconnu a rappelé ?

— Non.

— Bon, si et quand ça se reproduit, tu n'auras qu'à répondre. Voilà. Si le téléphone sonne, tu réponds. Et jusque-là, tu as ton propre téléphone et laisse le mien sur le comptoir, où je pourrai le trouver au cas où ton père appelle.

— Je le regardais, *à côté* du comptoir.

— Bien, d'accord, chérie. Tu as gagné. Je suis désolée. Vraiment, nous n'avons pas le temps pour ce genre d'histoires. Il faut que je me mette à la cuisine ou bien nous n'aurons rien à manger.

— Mon Dieu, Maman. Ça fait deux heures que tu devrais y être, dit Tatty. Tous les ans, tu commences à cuisiner à, quoi, huit heures du matin. Il est onze heures et demie.

— Oui, eh bien, cette année j'ai dormi tard ! D'accord ? Cette année, je me suis levée tard ! Tue-moi, Tatty ! Achève-moi simplement ! Je t'en prie ! » Holly se tourna et força un rire contraint hors de ses poumons pour tenter de diluer le vacarme de sa colère, et également pour s'épargner l'indignité d'avoir perdu toute contenance, mais son cœur pulsait violemment, à cet endroit tendre à la base de son cou, ce qui lui donnait l'impression d'être une sorte de créature aquatique. Comme s'il s'y trouvait des branchies affolées. C'est à peine si elle pouvait déglutir. Elle s'apprêtait à informer Tatty en quoi elle pourrait aider pour accélérer la préparation du repas de Noël, au lieu de se plaindre, quand, depuis le comptoir où il était posé, le téléphone se mit à jouer « A Hard Rain's A-Gonna Fall ».

Holly se tourna. Tatiana fixait le téléphone du regard sans le toucher.

« C'est papa ? demanda Holly.

— Non. C'est Inconnu, répondit Tatty.

— Eh bien, vas-y, réponds si tu veux, chérie. »

Mais Tatiana restait là, à fixer le téléphone. Elle s'était assise sur un des tabourets autour de l'îlot de cuisine, si bien que ses pieds dans leurs petits chaussons noirs pendaient à présent à dix centimètres du sol, exactement comme quand elle mesurait un mètre et qu'elle était installée à l'arrière de la voiture dans son siège auto pendant que Holly l'accompagnait à la garderie.

Seigneur. Holly se sentait si triste. Elle avait réprimandé sa fille qui avait dorénavant peur de toucher à son téléphone. Et la pauvre Tatty avait l'air préoccupée. Ses sourcils arqués formaient un V à l'envers sur son front. Ils étaient bruns, un peu broussailleux, les sourcils de Tatty – mais c'était à la mode aujourd'hui, et les traits de son visage étaient si élégants qu'aucun sourcil n'aurait pu les gâcher. Pourtant, un jour, Tatty voudrait probablement les épiler et cette idée attrista également Holly. C'était tellement difficile d'être féminine. Toujours devoir s'arranger, s'épiler et maigrir et se priver et s'inspecter afin de se sentir à l'aise dans ce monde. Bob Dylan continuait de chanter ses paroles d'une voix éraillée – *And where have you been my darling young one?* – et Tatty fixait toujours le téléphone du regard. Une fois encore, son visage prit cette horrible teinte – le bleu argenté d'un poisson jeté sur un quai – et elle ne fit pas le moindre geste pour répondre au téléphone de sa mère.

« Bon, d'accord, dit Holly, et elle prit l'appareil et appuya du pouce sur la barre verte pour répondre. Allô ? »

Mais l'appel avait déjà été transféré vers la messagerie et, s'il existait un moyen pour couper la messagerie et reprendre la communication à ce stade, Holly ne l'avait pas appris. Elle ne savait se servir que de la moitié des fonctions de ce téléphone. C'était comme le cerveau, les spécialistes affirmaient qu'un être humain n'utilisait environ que dix pour cent de ce qui était disponible dans son crâne. Steve Jobs, à l'image de Dieu, lui avait offert tellement plus de fonctionnalités qu'elle ne serait jamais capable de maîtriser.

Elle reposa le téléphone sur le comptoir et inclina la tête vers Tatty, décidée à ne pas lui demander pourquoi elle n'avait pas répondu. Il s'agissait, de toute évidence, d'une sorte de punition après que Holly lui eut ordonné de poser le téléphone quelques minutes plus tôt. Holly n'avait aucune envie d'adopter à nouveau une position défensive, particulièrement parce que sa réaction avait été *irrationnelle*, ce que Tatiana savait tout à fait et pouvait lui rappeler en un éclair. Holly avait demandé à sa fille de reposer le téléphone parce qu'elle n'aimait pas la teinte que l'appareil donnait à sa peau quand elle le consultait. Il n'était certes pas nécessaire d'expliquer *cela*.

«Personne ne va laisser de message, dit Tatty. Il n'y en a jamais dans ce cas.

— Non, répondit Holly. En effet. Il n'y en a jamais. Ce ne sont que des robots qui veulent vendre des choses aux gens. Ils n'aiment pas parler aux autres robots.»

Tatiana bondit alors si vite du tabouret qu'une seconde Holly crut qu'elle était tombée, et elle se précipita instinctivement vers sa fille. Mais Tatiana leva la main comme si elle devait tenir sa mère éloignée, comme si Holly avait dans l'idée de la frapper, non de l'aider.

«Tu n'en sais rien, dit Tatty en secouant la tête. Tu ne sais même pas qui appelle.

— Je sais, répondit Holly. Et je ne le *sais* pas, parce que tu n'as pas *répondu*. Si tu avais répondu, je saurais maintenant qui a appelé.

— C'est toi qui m'as dit de ne pas répondre.»

Holly recula d'un pas en levant brutalement les mains au ciel.

«J'ai *quoi*?»

Tatiana marmonna quelque chose.

«Quoi? Qu'est-ce que tu racontes, Tatiana?»

Les yeux noirs de Tatty fouillèrent l'espace à droite de l'épaule de Holly, sans qu'elle la regarde droit dans les yeux, mais sans vraiment détourner le regard non plus. Son profil était semblable à celui d'une sculpture en marbre. Pâle, poli et un peu froid.

«Je ne tiens pas à poursuivre cette dispute absurde, dit Holly. Tu n'as pas répondu au téléphone pour me contrarier. Ou bien toi non plus tu ne voulais pas te donner la peine de parler avec un robot. »

Tatiana se tourna alors et s'éloigna de l'îlot de cuisine en direction du salon, vers le sapin de Noël dans le coin – ses branches croulant sous le poids de toutes les décorations et guirlandes lumineuses. Toute la scène – le sapin, les lumières, sa fille dans sa robe de Noël – parut triste aux yeux de Holly dans la lueur de la neige se répandant par la baie vitrée, qui n'était plus à présent qu'un rideau de gaze. Qui savait combien de temps Eric mettrait pour revenir de l'aéroport, et où ses frères et leurs familles se trouvaient à présent alors qu'ils convergeaient tous vers la maison depuis les divers hôtels où ils avaient passé la nuit ? Que Dieu lui vienne en aide si elle devait faire trop longtemps la causette aux Cox sans l'aide de personne. Au moins, Thuy, Pearl et Patty n'habitaient qu'à quelques kilomètres. Elles n'auraient certes aucune raison d'être en retard, quelle que soit la quantité de neige qui tombait.

Les loupiotes de Noël se noyaient dans leur propre éclat terne tandis que Tatty les contemplait, d'un air étrange, comme elle l'avait fait avec le téléphone de Holly, comme si quelque chose de merveilleux ou de terrible pouvait s'y cacher.

« Qu'est-ce qui ne va pas, ma chérie ? Ne nous disputons pas. Je t'aime tellement. C'est Noël et nous avons des tas de choses à faire. »

Elle attendit que sa fille se tourne vers elle. Quand elle le ferait, pensa Holly, elle prendrait Tatiana dans ses bras. Elle la serrerait contre elle jusqu'à ce qu'elle se réchauffe et s'attendrisse dans son étreinte. Elles prendraient un nouveau départ dans cette journée.

Mais Tatty ne se retourna pas. Au lieu de cela, elle marmonna dans sa barbe, ce que Holly décida d'ignorer, et comme il devint évident qu'elle pouvait rester plantée là toute la journée à attendre, que Tatiana ne se retournerait pas, ce fut Holly qui le fit, se dirigeant vers le réfrigérateur pour en ouvrir la porte.

Seigneur. Le réfrigérateur était tellement plein à craquer des courses de la veille que Holly dut reculer pour considérer entièrement son contenu. C'était le rôti qu'elle cherchait mais, pour l'atteindre, elle allait devoir se faufiler au milieu du lait de poule et du jus pétillant (Tony, le frère d'Eric, ne buvait pas d'alcool) et des bouteilles de champagne (mais sa femme, oui, sans aucun doute) et de la crème fouettée et de la salade de fruits. Le rôti se trouvait tout au fond, encore emballé dans le sac en plastique dans lequel elle l'avait rapporté de l'épicerie la veille.

Comme toujours, Tatty avait grimacé quand le garçon de l'épicerie avait glissé le rôti (soixante dollars, de premier choix) dans le sac en plastique («Ces sacs ne sont pas biodégradables ! Ils ne disparaissent *jamais* de la Terre !»).

Mais Holly lui avait lancé un regard noir avant de déclarer : «Il faut qu'il soit emballé dans du plastique, Tatty. Pour éviter que le sang coule partout dans le réfrigérateur», ce à quoi sa fille avait réagi en affichant une expression de dégoût encore plus théâtrale avant de s'éloigner rapidement de la queue à la caisse pour aller contempler la cage en verre remplie d'animaux en peluche, près des portes automatiques.

Combien de dollars, au fil des années, Holly avait-elle dépensés dans cette machine afin que Tatty puisse tenter d'attraper un ours en peluche ou un chat rose miniatures ? Une babiole bon marché et synthétique, probablement fabriquée en Chine, bourrée de quelque substance imbibée de formaldéhyde et interdite dans ce pays depuis des années ? Et il fallait reconnaître que cela avait été remarquable, vraiment, le nombre de fois où Tatty, petite fille, était parvenue à accrocher un de ces prix à l'aide de la griffe métallique. Même les caissières, qui avaient l'habitude de commenter ses exploits, disaient qu'elles n'avaient jamais vu quelqu'un l'emporter contre la machine aussi souvent que Tatty.

Sur le parking, Tatty avait aidé sa mère à vider le Caddie dans la voiture, en évitant le rôti dans le sac en plastique, que Holly avait jeté sur la banquette arrière (essayait-elle d'agacer sa fille ?), où le paquet avait atterri avec un bruit sourd, ridicule, de guillotine. Tatty était assise en silence à côté d'elle pendant que Holly manœuvrait pour sortir du parking, mais une fois sur la route et la limitation de vitesse atteinte, Tatiana avait dit : « Avant que les sacs en plastique existent, il devait bien y avoir un moyen d'éviter que la viande *saigne* partout dans le réfrigérateur. » Elle avait prononcé *saigne* d'une telle manière que Holly s'était attendue à ce que Tatiana lui annonce prochainement qu'elle était végétarienne.

«C'est vrai, avait répondu Holly. Je parie qu'il y avait d'autres moyens mais je parie qu'ils n'étaient pas aussi efficaces que les sacs en plastique», et elle avait alors allumé la radio sur la station NPR au moment où un musicien populaire, dont Holly n'avait jamais entendu parler, était interviewé en détail sur ses influences, qui incluaient, sans s'y limiter, le tic-tac des pendules et le bruit de la chasse d'eau. Elle avait baissé le volume jusqu'à ce que les voix se réduisent à un arrière-fond sonore de chuchotements et elle avait essayé de bavarder avec Tatty, lui demandant si elle connaissait ce musicien, mais Tatty s'était contentée de lui répondre : «Non.» Puis, comme pour aggraver le cas de Holly, elles étaient passées devant le plus grand arbre de la ville – un pin blanc qui dominait l'église près de laquelle il poussait, même le clocher. Quasiment accroché à la cime de l'arbre, telle une étoile de Noël goguenarde, un sac en plastique blanc s'agitait dans le vent.

* *
*

Holly sortit la viande du réfrigérateur en la tenant à deux mains, comme s'il s'agissait d'un bébé endormi, et la posa, toujours dans son sac en plastique blanc, sur le comptoir de la cuisine.

Comme elle s'en était doutée, le fond du sac baignait dans le sang, mais elle résista à l'envie d'appeler Tatty pour lui montrer quel était l'intérêt de ce vilain sac en plastique. Elle s'interrogea sur ces nombreux instituteurs qui, au fil des ans, avaient remporté chez eux leurs leçons sur la durabilité, le biodégradable et les oiseaux migrateurs, aux pattes empêtrées dans des sacs de courses en plastique – dans quoi rapportaient-ils leur viande chez eux ? Un petit ruisseau de sang chemina sur le côté du plan de travail en granit, jusqu'au carrelage près des pieds de Holly.

Holly vit le sang et décida de l'ignorer. Elle nettoierait ça plus tard. Le carrelage était rouge, et le sang – aussi foncé que du sang de menstrues ou du sirop de cerise – y était camouflé. À part elle, personne ne saurait qu'il était là. Elle ouvrit le sac en plastique et découpa l'emballage en cellophane autour de la viande, souleva le rôti de la barquette en polystyrène et ôta la bande aux allures de protège-slip Kotex du dessous du rôti. Puis elle souleva et plaça doucement la viande (de nouveau, l'image du bébé endormi lui vint à l'esprit) dans le plat de cuisson qu'elle avait laissé la veille sur le comptoir.

Évidemment, le rôti n'avait rien d'appétissant. On aurait dit un accident, pensa Holly. Ça ressemblait à ce que c'était – un animal, exposé, n'importe lequel d'entre eux, supposait-elle, si on lui enlevait tous ses organes externes. Quelques champignons, des oignons et des pommes de terre arrangeraient ça, et du poivre et, tandis que Holly s'activait avec le moulin au-dessus du rôti, elle appela Tatty par-dessus son épaule : « Tu pourrais sortir les champignons du bac à légumes et les laver ? »

Il n'y eut aucune réponse. Holly se tourna et lança un regard sévère à Tatty, auquel cette dernière réagit

en affichant une expression d'une telle infinie lassi-
tude que Holly eut envie de rire.

C'était l'expression de Tatty chaque fois qu'on
lui demandait de faire une corvée à laquelle elle
rechignait – une sorte de dégonflement triste, qui
aurait pu être l'expression d'une princesse esclave
qu'on aurait conduite, enchaînée, au cachot. Holly
se rappela alors ses propres années d'adolescence, et
quelques amis qui se comportaient à l'identique. Des
filles qui roulaient les yeux d'un air si indolent ou
si fréquemment qu'il semblait que leurs globes ocu-
laires eussent pu disparaître à jamais derrière leurs
sourcils. Elle se souvint d'avoir été allongée par terre
dans la chambre de Cindy Martin, écoutant Billy Joel
sur un transistor posé entre elles deux, et de la façon
dont Cindy avait entrouvert les lèvres, le visage vers
le plafond, en une sorte de cri silencieux, plissant
les yeux et enfonçant davantage ses épaules dans la
moquette blanche à poils longs, quand sa mère avait
crié du rez-de-chaussée : « Cindy ? Tu dois donner à
manger au chien ! »

Holly avait été jalouse. La mère. La corvée. Le
chien. Les petits pièges ordinaires d'une enfance normale. On ne lui demandait jamais de faire quoi que ce
soit chez elle, parce qu'elle avait deux sœurs aînées,
qui s'étaient chacune fixé comme objectif de laisser
Holly vivre une « enfance normale », malgré la mort
de leur mère et l'alcoolisme « secret » de leur père.
C'est pourquoi Holly ne réprimandait pas Tatty pour
ses élans rancuniers quand on lui demandait de vider
le lave-vaisselle ou de sortir la poubelle. C'était un

luxe, ces petites tâches. C'était un luxe d'être capable de distribuer de telles tâches. Alors que Tatiana se dirigeait vers le réfrigérateur et le bac à légumes, Holly lança, sur un ton joyeux : « Merci, Tat », s'efforçant de faire comprendre à sa fille qu'elle reconnaissait que c'était un effort pour elle, cette corvée indigne, mais également qu'il était ridicule, presque charmant, que cette tâche requière un tel effort de sa part.

Dehors, un chasse-neige passa en grondant et Holly perçut le bruit de ses lames raclant le trottoir. C'était vraiment du blizzard, alors ? Ces dernières années, les chasse-neige ne sortaient plus que pour les urgences, semblait-il. On faisait des économies. Et c'était Noël ! Imaginez les heures supplémentaires que la ville allait devoir payer à un conducteur de chasse-neige le jour de Noël. Comme les services postaux américains, le passage des chasse-neige était un service que Holly avait toujours considéré comme acquis. À une époque (à peine dix ans plus tôt ?), les chasse-neige paraissaient juste sortir pour le spectacle.

Donnez-nous quelques rafales, du saupoudrage, du verglas, auraient-ils pu clamer, *et nous leur ferons maudire ce jour !*

Mais, aujourd'hui, cette époque paraissait remonter à plus d'une décennie – comme ces jours anciens où on vous servait vos repas dans l'avion ou votre essence à la station-service, où on vous portait vos courses jusqu'à votre voiture. Et aujourd'hui, évidemment, on parlait de fermer le bureau de poste.

Combien de centimètres de neige était-il tombé pour que la ville veuille bien payer des heures supplémentaires aux conducteurs de chasse-neige un jour de Noël ?

Holly jeta un coup d'œil vers Tatty, qui fixait, perplexe, la barquette de champignons entre ses mains.

« Tu as entendu ? demanda Holly.

— Entendu quoi ? » répondit Tatty, dans sa barbe, les yeux toujours baissés sur les champignons.

Ce profil :

Les yeux baissés. Le regard fixe. Une beauté ancienne sculptée par une personne dont l'identité s'était perdue dans le temps. Et le message ancien qu'elle portait, qui semblait être : *Contemple-moi, je suis là sans être là, issue de toi mais séparée de toi.*

Le profil de marbre froid de Tatiana perturbait Holly. Elle dit : « Allez, pose-les, Tatiana. Je vais m'en occuper. »

Mais Tatiana continua de fixer du regard la barquette de champignons.

Holly demanda trop fort : « Tu m'as entendue ? »

Tatiana parut alors entendre sa mère, mais comme si elle avait perçu la voix de Holly par le biais d'un talkie-walkie, à des kilomètres d'elle. Elle secoua légèrement la tête, déposa soigneusement la barquette dans l'évier, regarda Holly – et cette dernière comprit que ce qu'elle avait pris pour de l'agacement du fait qu'on lui ait demandé de faire quelque chose n'en était nullement :

Tatiana pleurait !

« Chérie ! » dit Holly, se détournant de la viande vers sa fille, essuyant ses mains ensanglantées sur sa robe – car après tout, qui s'en souciait ? Il y avait des choses plus importantes, et le motif floral de la robe était tellement chargé qu'un peu de sang paraîtrait simplement s'intégrer à l'imprimé ridicule. « Oh, mon Dieu, qu'est-ce qui ne va pas ? »

Elle prit sa fille par les épaules si brusquement qu'elle manqua de la faire tomber – ce corps si mince, si frêle ! – et elle l'attira fort contre elle, épousant de la paume l'arrière du crâne de Tatiana comme quand Bébé Tatty était encore assez petite pour être portée sur la hanche d'une pièce à l'autre, du berceau au bain, de la voiture au terrain de jeux. « Qu'est-ce qui ne va pas, ma chérie ? » répéta-t-elle.

Tatiana posa son front sur l'épaule de sa mère, mais elle ne dit rien et ne leva pas non plus les bras pour répondre à l'étreinte de Holly. C'était comme de serrer contre soi un mannequin, sauf que Tatiana sentait l'huile d'arbre à thé et les agrumes et les champs emplis de fleurs mystérieuses – des fleurs qui avaient été cultivées dans des usines et trafiquées jusqu'à ce que leurs senteurs soient conformes à l'idée du parfum de la fleur parfaite développée par quelque inventeur.

Et autre chose. Quelque chose de pas net. Un peu comme un fruit pourri, encore. Juste une pointe. C'est alors que Holly ressentit cette urgence revenir en elle :

Quelque chose les avait suivis depuis la Russie jusque chez eux !

Il y avait *quelque chose* dans tout ça. Quelque chose *au sujet* de tout ça qu'elle craignait de ne jamais comprendre si elle ne trouvait pas le temps de s'asseoir à un bureau et de le découvrir en mots avec un stylo ! Et pourtant, ce qu'elle était en train de faire – étreindre son enfant – l'empêchait de s'éclipser, de trouver un stylo et du papier ou d'allumer l'ordinateur.

Et quand bien même elle aurait eu le temps – alors quoi ? Qu'écrirait-elle ? Quelque chose les avait suivis jusque chez eux depuis la Russie ? Ça n'avait aucun sens ! Ça n'expliquait rien ! Et Holly n'était plus écrivain, n'en était plus un depuis des années et des années, n'avait pas écrit une phrase décente ou un véritable vers depuis des lustres, depuis l'époque des repas servis pendant les vols, l'époque où on pouvait attendre à une porte que ses proches débarquent de l'avion et où les chasse-neige rugissaient dans les rues aux premiers flocons. Holly savait qu'elle pouvait avoir tout le temps d'écrire au monde, et en dépit de cette conviction qu'elle avait quelque chose à écrire mais pas le temps pour le faire, cela ne donnerait rien. Combien de *débuts* avait-elle griffonnés ces dix-huit dernières années, et combien de ces débuts n'avaient mené à rien d'autre que la frustration et une mauvaise humeur qui durait des jours ? *Des centaines* de débuts, ne menant à rien. Quel aurait été l'intérêt de briser son angoisse de la page blanche, rien de moins que le jour de Noël ?

Et pourtant elle ressentit le besoin de repousser (en douceur) sa fille. Serrer Tatiana contre elle, lui demander ce qui n'allait pas – ça ne servirait encore à rien, ça ne mènerait encore à rien. Sa fille, même si elle savait ce qui clochait, ne lui fournirait aucune explication à ses larmes ou au fait qu'elle broyait du noir et était maussade. Si Holly insistait, elle réamorcerait simplement la dispute sur le fait que sa mère avait dormi trop tard, ou à propos du sac en plastique. Ce serait une perte de temps pour toutes les deux.

Holly relâcha son étreinte autour de sa fille, et Tatiana, qui était restée raide tout ce temps, se redressa, s'écarta de sa mère et repartit en silence dans sa chambre. Holly entendit la porte se fermer avec un cliquetis net, puis se pouvait-il (ça n'était pas possible) qu'elle ait entendu Tatiana glisser le crochet dans son anneau ? Ce crochet et cet anneau dont elle avait tout bonnement refusé de reconnaître la présence depuis que Holly les avait installés pour elle ? Alors c'était à *ça* qu'allait ressembler cette journée ? Ne lui pardonnerait-on donc *jamais* d'avoir dormi trop tard ?

Elle secoua la tête vers l'endroit où sa superbe, insupportable, insupportablement superbe fille avait disparu dans le couloir et resta à contempler ce vide jusqu'à ce que le four annonce, en bipant dans son dos, qu'il avait suffisamment préchauffé pour qu'on y glisse le rôti. Holly prit la barquette de champignons, arracha le film plastique qui la recouvrait, passa les petits boutons charnus sous l'eau froide et les ajouta au rôti dans le plat de cuisson. Elle pariait qu'il lui restait encore au moins une heure pour s'occuper des pommes de terre et des oignons, et elle avait acheté quasiment tout le reste déjà préparé – la purée de pommes de terre douces, la salade de fruits et les petits pains. Ce ne serait pas son repas de Noël le plus impressionnant. Après tout, quelle différence cela faisait-il ? Elle se fichait complètement de ce que les Cox pensaient d'elle, comme la famille d'Eric – bon, combien de repas de Noël impressionnants était-elle vraiment obligée de leur cuisiner en une seule vie ? –, et Thuy, Pearl et Patty se contenteraient de quelques bières (Thuy), de quelques patates douces (Pearl) et de salade de fruits (Patty).

Holly tourna le dos à la cuisine et s'approcha de la fenêtre pour se faire une idée de la chute de neige. Comme elle s'y était attendue après le passage du chasse-neige, la neige s'était étonnamment accumulée depuis la dernière fois qu'elle avait regardé au-dehors. Le vent soufflait les flocons de côté, et pourtant la masse semblait d'une certaine manière s'organiser sur le sol, comme si quelqu'un se donnait beaucoup de peine pour répartir la neige de façon égale sur la pelouse. Le bassin des oiseaux – un ange en plâtre portant un récipient entre les mains – était complètement recouvert. Holly comprit que la neige devait être collante et humide car elle s'accrochait à la moindre surface de l'ange, même au bas de ses ailes, et tout son visage paraissait enveloppé de bandages. L'ange étant à peine plus petit que grandeur nature, on aurait dit, déguisé ainsi, un enfant ou un petit adulte, gelé dans le jardin, tendant pourtant cette assiette en une attitude implorante, comme s'il quémandait quelque chose devant la baie vitrée et, au-delà, l'intérieur douillet et confortable. *S'il vous plaît ?*

*   *

*

À leur arrivée en Sibérie lors de leur première visite, un chauffeur était venu les prendre à l'aéroport pour un trajet de trois heures les conduisant jusqu'à l'hôtel tenu par l'orphelinat – et ce, après avoir voyagé en avion, en train, en car puis de nouveau en avion pendant presque vingt-quatre heures. Dans la voiture, sur la banquette arrière, Eric s'était immédiatement endormi, mais Holly avait été tout à fait incapable ne serait-ce que de fermer les yeux. Elle ne s'était jamais sentie aussi éveillée de toute sa vie. Pendant la totalité de ces trois heures, il se peut qu'elle n'ait même pas cligné des paupières. Elle avait contemplé au-dehors, la neige et le paysage, le paysage et la neige, alors qu'ils se fondaient l'un dans l'autre en défilant. Les gens et leurs maisons et leurs véhicules et leurs animaux de ferme – tout était enterré, flouté. Des fantômes de neige, toute personne, toute chose, sur trois cents kilomètres. Ne parvenant à distinguer aucun détail, Holly avait cessé très vite d'essayer, sans pourtant jamais éprouver le moindre désir de fermer les yeux. C'était une manière de réconfort, vraiment, de regarder ce pays et de découvrir qu'il n'était peuplé que d'apparitions.

* *
*

À présent, une main posée sur la baie vitrée, elle regardait l'espace entre ses doigts chauds se remplir de brume contre la vitre froide. C'était comme ce paysage au-dehors. Le bassin aux oiseaux en forme d'ange était une impression, pas une silhouette, et le reste n'était qu'effacement. Puis elle se secoua, se rappelant le rôti et les invités et les tâches qu'il lui restait à faire, et elle retira sa main de la fenêtre, consulta sa montre et étouffa un cri de surprise en voyant l'heure. Les invités devraient arriver dans une heure. Ou moins. Même si, elle s'en rendit compte, cela faisait presque une heure qu'elle n'avait pas eu de nouvelles d'Eric. Et l'aéroport n'était qu'à une heure de route. À moins que l'autoroute n'eût été fermée, il aurait dû être à la maison avec ses parents. Ils seraient certainement là d'une minute à l'autre. Et les frères et leurs familles suivaient. Holly avait invité les Cox à venir un peu plus tard que les autres, afin qu'ils ne risquent pas d'arriver avant que Gin n'ait eu le temps d'embrasser ses fils et ses petits-enfants et de verser quelques larmes, comme elle le faisait chaque fois.

Thuy, Pearl et Patty assistaient à une messe qui ne finirait pas avant treize heures trente, et elles devraient ensuite s'arrêter chez elles pour prendre les cadeaux et le pudding que Pearl avait confectionné. Elles seraient donc les dernières mais, pour Holly, les plus attendues de tous les invités. Holly savait que Thuy apporterait un pack de six bouteilles d'une quelconque bière d'import, et qu'elle s'appliquerait à les boire toutes avec régularité tout au long de l'après-midi jusqu'au soir et au point d'être bêtement ivre. Pearl passerait son temps à flatter Tatiana – à la supplier qu'elle lui chante son dernier air de madrigal, qu'elle lui montre toutes ses photos sur son iMac et qu'elles écoutent ensemble toutes les chansons qu'elle avait téléchargées sur iTunes. Toute cette attention de la part de sa chère « tante » la sortirait sans aucun doute de sa mauvaise humeur.

Et Patty ! Patty serait un bonbon, une princesse fée, une petite reine de beauté ! Elle tiendrait la main de Holly et raconterait une histoire de fille sans queue ni tête et drôle. Toutes les histoires que Pearl et Thuy n'en pouvaient plus d'entendre, Holly serait ravie de les écouter un million de fois. À l'exception de Tatiana, il n'existait personne au monde que Holly aimât plus que sa filleule et, même si elle espérait ardemment que Thuy et Pearl mènent une longue et saine existence, elle ne pouvait non plus s'empêcher d'imaginer qu'elles puissent mourir (sans souffrir !) afin qu'elle ait la garde de Patty. Holly en plaisantait avec Thuy et Pearl, qui lui pardonnaient sa malveillance, lui étant pathétiquement reconnaissantes de tant aimer leur fille unique, mais Holly ne leur avait pas vraiment confié qu'il lui arrivait assez fréquemment de se tenir sur le seuil de la chambre d'ami et de réfléchir, au cas où ses chères amies mourraient, à la manière dont elle arracherait les bibliothèques encastrées et peindrait les murs couleur écume de mer pour leur fille, qui deviendrait alors la fille de Holly, et décorerait la pièce sur le thème des sirènes. Elle songeait au joli portrait que Patty et Tatiana, devenues sœurs, formeraient entre Eric et elle.

L'une brune, élégante et sculptée dans le marbre, et l'autre, douce avec un sourire en coin, lumineuse.

Bien que Patty ne soit pas, Holly le sentait, la fillette la plus intelligente qu'elle ait connue (en premier lieu, elle n'était jamais tranquille ou immobile suffisamment longtemps pour pouvoir *penser*), elle était de loin la plus agréable. C'était une enfant purement *américaine*. Elle s'attendait à ce que tout se passe bien, parce que tout s'était *toujours* bien passé. Comme il était merveilleux de côtoyer un être humain aussi serein !

Holly se détourna de la baie vitrée et traversa le salon pour se rendre devant la porte de la chambre de Tatiana, où elle se tint aussi discrètement que possible, retenant son souffle à l'affût du moindre son provenant de l'autre côté. Le léger tapotement de son clavier, des tiroirs qu'elle ouvrirait et fermerait ?

Non. Tout ce que Holly entendait, même en retenant sa respiration, c'était la neige tombant à l'extérieur – sur le toit, sur la pelouse, contre la vitre. À l'oreille, elle ne lui paraissait pas humide, comme elle l'avait supposé d'après la couverture collante dont elle avait enrobé l'ange du bassin. Elle produisait plutôt un son sableux. Croustillant. Holly inspira, se frotta les yeux, retourna dans le salon, près de la baie vitrée, et inspecta plus précisément le jardin au-delà.

Oui, la neige était caillouteuse à présent. Granuleuse. Elle tombait continuellement, cette neige. Elle ne voyait plus du tout l'ange.

Elle retourna dans la cuisine et regarda à l'intérieur du four.

Le rôti, commençant tout juste à grésiller, dégageait une odeur de nourriture et pas de chair. En général, Holly évitait la viande rouge, pour des raisons de santé lues dans des magazines féminins, mais chaque fois qu'elle sentait l'odeur de viande en train de rôtir, elle admettait qu'elle était carnivore dans l'âme. En face du pressing dans le centre-ville, il y avait un mauvais snack-bar, le Fernwood, qu'on avait cité plusieurs fois au cours des dernières années pour infractions sanitaires – mais l'aération de la cuisine du Fernwood donnait sur le trottoir, et chaque fois que Holly passait récupérer des vêtements au pressing, elle sentait les steaks en train de frire et s'imaginait aisément dans une forêt, habillée de peaux de bêtes, arrachant un gros morceau de viande d'un os avec ses dents, ainsi que le plaisir incroyable que ses ancêtres avaient dû éprouver.

Holly jeta un coup d'œil à son iPhone, toujours posé sur le comptoir de la cuisine. Apparemment seul Inconnu avait appelé (deux fois) depuis le coup de fil d'Eric. S'il n'était pas à la maison d'ici une heure, elle lui téléphonerait. Bien qu'elle espérât ne pas avoir à le faire. S'il était sur l'autoroute avec ses parents aux idées embrouillées, elle craignait que la distraction n'arrange rien, surtout par ce temps. Soit il arriverait bientôt, soit il l'appellerait. Holly n'était pas le genre de femme encline à imaginer des accidents de voitures mortels, des catastrophes soudaines. D'après son expérience, la tragédie frappait toujours après de nombreuses semonces – parfois des siècles, vraiment – et, à la fin, vous étiez en général surpris par le nombre de signes annonciateurs qu'elle vous avait donnés, par l'espace accordé à la souffrance. Non. Eric ne mourrait pas dans un accident de voiture le jour de Noël. Au pire, il serait bloqué dans une congère.

Holly s'éloigna de l'îlot de cuisine vers le buffet où elle rangeait le service en porcelaine du mariage de sa mère ainsi que les verres en cristal – ou ce qu'il en restait depuis que trois des verres à eau irisés avaient été brisés. Elle ouvrit les portes vitrées. De petits boutons de rose peints ornaient les assiettes, les tasses et les soucoupes blanc crème, bordées d'or. Janet, sa sœur aînée, avait reçu la vaisselle à la mort de leur mère, puis l'avait transmise à Melissa, la sœur cadette, quand elle avait su avec certitude qu'elle allait, elle aussi, mourir. Mais Melissa ne pouvait supporter cette vaisselle, disait-elle, qui lui rappelait leur mère et leur sœur, toute cette vaisselle pleine d'espoir, et elle l'avait abandonnée devant la porte de Holly, enveloppée de papier bulle, dans des cartons.

Au début, Holly avait pensé qu'elle non plus ne pourrait la supporter et elle l'avait laissée, pendant des années, dans les cartons au sous-sol.

Jusqu'à ce qu'ils reviennent avec Tatiana.

Holly s'était alors sentie tiraillée par le passé, elle était descendue au sous-sol, avait ouvert les cartons et découvert, comme par miracle, que toutes les années passées au sous-sol avaient lavé la vaisselle de son association avec sa mère et ses sœurs. La vaisselle de sa mère était prête à ressusciter.

Holly et Eric achetèrent spécialement un buffet pour la ranger, et, depuis ce jour, à chaque occasion particulière, Holly la sortait et se réjouissait qu'elle lui appartienne, d'être en vie pour en profiter après la disparition des autres femmes dont la jouissance avait été écourtée par un gène défectueux. Elles ne lui en gardaient pas rancœur, elles ne hantaient pas ce buffet mais, parfois, et surtout au moment de fêtes comme Noël, Holly sentait son propre fantôme, debout à côté d'elle, regrettant de ne pouvoir elle aussi tendre la main dans le vaisselier pour toucher quelque chose d'aussi solide et délicat qu'une assiette, la tenir dans ses mains.

Mais le fantôme de Holly en était incapable, fait de destinée comme il l'était – alors que la Holly de chair et de sang, grâce à la médecine moderne, avait pu se débarrasser de sa destinée comme d'un manteau, d'un haussement d'épaules.

*　*
*

Bon, évidemment, ça n'avait pas été *aussi* simple.

Il y avait eu, par exemple, la chambre de réveil glaciale où Holly avait repris conscience seule, clignant lentement des paupières pour réintégrer le monde, comprenant qu'elle n'avait plus ni ovaires, ni seins, ni mamelons sous tous ces bandages. Que ses parties les plus intimes lui avaient été enlevées et qui savait où elles se trouvaient à présent, sans elle ?

Et pendant les tout premiers mois qui suivirent l'opération, Holly avait eu l'atroce sentiment d'avoir été transformée en une sorte de machine, un robot indestructible. Elle faisait des rêves terribles dans lesquels elle cherchait des parties de son corps sur des étagères supportant des milliers d'organes flottant dans des milliers de bocaux. Dans ces rêves, Holly était persuadée que son âme avait été localisée dans l'une de ces parties de corps, et qu'elle était à présent piégée pour toujours dans le formol et le verre.

Mais tout cela était passé avec le temps et grâce au génie artistique de son chirurgien esthétique qui lui avait modelé des seins bien plus beaux qu'elle n'en avait jamais eu en vrai, et grâce au conseil de l'infirmière qui avait assisté sa double mammectomie et ovariectomie (pourquoi ce mot devait-il comporter deux «o» comme deux œufs?) et qui lui avait confié avoir vécu, elle aussi, une sorte d'expérience extracorporelle pendant l'opération de Holly, comprenant que, dans ce bloc opératoire, ils avaient brisé la chaîne de fatalité qui avait tourmenté les ancêtres féminins de Holly durant un millénaire. «Nous vous arrachions à cette longue lignée de femmes à la mort prématurée.»

Après l'opération, à son chevet, cette infirmière vêtue de blanc avait expliqué à Holly, tout en lui frottant la main, qu'il n'y aurait probablement eu aucune autre issue, que même si Holly n'était pas morte à cause de la mutation (ou ne s'était pas tuée de désespoir, comme sa sœur aînée Melissa l'avait fait), elle l'aurait transmise à ses enfants qui l'auraient perpétuée. Il fallait arrêter ce processus. Toute cette souffrance. On pouvait aujourd'hui remonter la trace de sa mutation 185delAG BRCA1 jusqu'à la seule femme indo-égyptienne qui l'avait portée et transmise à Holly.

«Pensez à cette femme, avait dit l'infirmière, ses yeux vert sombre se remplissant de larmes. Dieu merci, vous êtes née en Amérique à la fin du XXe siècle. Nous vivons une époque fantastique.»

Et Dieu merci, Tatiana ne pouvait certainement pas être porteuse d'un tel gène. Holly transmettrait un jour la vaisselle non contaminée à Tatiana qui la transmettrait à son tour à sa propre fille exempte de mutation.

*   *
*

Holly souleva avec précaution les soucoupes de la pile et les déposa sur la table de la salle à manger derrière elle. Eric et elle avaient installé la rallonge avant d'aller se coucher et Holly avait jeté la nappe par-dessus.

« Tatty ? appela-t-elle. C'est l'heure de mettre la table, Tatty ! »

Pas de réponse. Tatiana se trouvait toujours dans sa chambre, la porte close.

(Mais certainement pas verrouillée ?)

« Tatty ? » appela Holly d'une voix plus forte – si forte que Tatiana n'aurait pu l'ignorer à moins de porter des écouteurs sur les oreilles, braillant le genre de musique que Holly n'écoutait jamais. « Tatty ? Hé ! J'ai besoin que tu viennes m'aider, chérie ! Papa va arriver d'une seconde à l'autre avec Gin et Gramps ! Il faut qu'on dresse la table ! »

Holly sortit les assiettes à salade. Puis elle s'immobilisa pour prêter l'oreille au moindre bruit sortant de la chambre de Tatty. Le crissement des pieds de chaise sur le plancher. Mais il n'y eut aucun bruit. Holly éprouva alors un sentiment familier d'abattement, se déployant depuis son estomac jusqu'à sa gorge.

C'était une manière de tristesse qui lui rappelait, de façon écœurante, ses années de lycée – être abandonnée par des amis ou plaquée par un garçon. Elle avait presque oublié ce type de désespoir – combien il était physique et absolu, et elle dut s'appuyer d'une main sur le dossier d'une des chaises de la salle à manger pour garder l'équilibre, se sentant véritablement faible et sotte en plus du reste. Qu'est-ce qui clochait chez elle ? C'était ridicule, ce chagrin abject pour *rien*, bien pire aujourd'hui que l'agacement ordinaire qu'elle ressentait, et s'était habituée à ressentir, chaque fois que Tatty prenait son temps pour répondre à une question ou rendre un service. Ce *sentiment-là*, Holly s'y était complètement préparée en devenant mère. Elle se souvenait très précisément des expressions exaspérées de sa mère, avant sa mort, chaque fois que Holly était grossière, ou arrivait en retard, ou rechignait. Mais se sentir à ce point blessée, *peinée*, par sa fille et son comportement, qui était, bien entendu, complètement normal de la part d'une adolescente ? Voilà qui était déplacé, vraiment, et elle devait s'en débarrasser avant que Tatty ne le devine sur son visage.

« Bon sang, Tatty ! »

Holly inspira, s'éloigna du buffet et se dirigea vers la porte close de la chambre de sa fille. Là, elle frappa des jointures des doigts, fort, puis recula pour écouter :

Toujours rien.

« Tatty. Qu'est-ce que tu *fabriques* ? Tu n'as pas entendu que je t'appelais pour que tu m'aides à dresser la table ? »

Cette fois, Holly perçut ce qui ressemblait à un soupir et fut rassurée. Au moins sa fille était…

Quoi ? Était toujours en mesure de réagir à la voix de sa mère, même si elle n'était que source de contrariété ?

Malgré tout, si Tatty était allongée sur son lit derrière cette porte, elle ne broncha pas, elle ne roula même pas sur le côté. Après toutes ces années à vivre ensemble dans cette petite maison, Holly savait bien interpréter tous les bruits et la signification du moindre grincement du sommier de sa fille. Et sa fille ne bougeait pas dans cette chambre.

« Tatiana. »

Cette fois, Holly s'efforça de paraître patiente. Elle allait accorder le bénéfice du doute à sa fille. Tatiana s'était peut-être profondément endormie. Elle souffrait peut-être de douleurs menstruelles. Holly connaissait bien les cycles de sa fille et, bien que cela parût trop tôt pour un syndrome prémenstruel, le corps n'était pas un ordinateur parfaitement programmé. Holly n'avait pas eu ses règles depuis l'âge de vingt-quatre ans, mais elle n'avait jamais oublié celles qu'elle avait eues. La douleur nette qui précédait le sang, comme si toute cette argile tendre contenue dans le triangle de ses hanches se durcissait. La vague nausée également – et toujours un picotement aux tempes, pareil à des électrodes, autour des yeux et des sinus, comme si elle avait aspiré de l'eau salée. La douleur n'avait jamais été forte au point de crier, mais elle avait toujours suffi pour que Holly se sentît prisonnière de son propre corps, comme une esclave croulant sous les chaînes. Aujourd'hui, l'expression du visage de sa fille quand elle souffrait de maux de ventre ravivait ce souvenir chez Holly en vagues de douleur fantôme, là où ses ovaires s'étaient trouvés.

« Tatiana. »

Holly posa la main sur la poignée. Seigneur. Elle allait devoir faire exactement ce qu'elle avait dit à Tatiana qu'elle ne ferait pas – entrer dans sa chambre sans sa permission. Mais elle avait suffisamment averti sa fille. Cette situation était ridicule. On ne pouvait pas la laisser se terrer ou se morfondre toute la journée dans sa chambre. Holly prononça le prénom de sa fille en tournant la poignée (« *Tat...* »), mais la syllabe se bloqua dans sa gorge, et la porte ne s'ouvrit pas, et Holly comprit que le crochet était passé dans l'anneau de l'autre côté du battant.

Elle lâcha la poignée et recula. *Seigneur.* Holly soupira si profondément que cela sonna, dans sa gorge, comme un grognement quand l'air s'échappa de son corps, des profondeurs de son être, passant ses amygdales pour retrouver le monde extérieur. Seigneur. Dieu. D'accord. Tatiana était donc *résolue* à punir Holly *toute la journée* pour avoir dormi tard le jour de Noël. *Va au diable*, eut envie de dire Holly. Au lieu de cela, elle s'écarta de la porte en disant, aussi calmement que possible : « Quand tu auras décidé de grandir, s'il te plaît, joins-toi à nous. »

Joins-toi à *nous*.

Bien sûr, il n'y avait personne d'autre pour le moment dans la maison, et Holly ressentit toute la faiblesse de son commentaire. Pour la première fois de la journée, elle fut submergée par une vague de soulagement en songeant à la compagnie en chemin vers la maison, même les Cox. Il n'y avait pas la moindre chance que Tatty, étant donné la jeune fille qu'elle était, se comportât de la sorte en présence des invités. Elle serait polie avec tous et ravie de les voir, et elle communiquerait poliment avec Holly pour la même raison, et quand la journée toucherait à sa fin, la fausse Holly et la fausse Tatty (« Ma chérie, pourrais-tu préparer la crème fouettée ? – Bien sûr, maman ») se seraient de nouveau transformées en vraie Holly et vraie Tatty.

Elle consulta de nouveau sa montre.

Elle allait devoir dresser cette fichue table elle-même.

* *
*

Dresser la table pour un grand repas était une tâche que Holly et Tatiana avaient toujours accomplie ensemble. Même à l'époque où Tatty était trop petite pour toucher la vaisselle ou les verres en cristal, les bras tendus vers le haut, elle faisait claquer les couverts en argent sur la table à côté des assiettes. Il n'y avait eu qu'un incident, le jour où Tatty, qui devait avoir six ans, s'était précipitée, un peu trop excitée, dans le buffet pour y prendre la saucière. La saucière (un cygne en céramique blanche avec un trou dans le bec d'où coulait la sauce) avait survécu, mais ça n'avait pas été le cas de trois verres à eau irisés de sa mère. Holly n'avait jamais vraiment compris ce qui s'était produit. Tatty était trop hystérique – à la fois sauvagement sur la défensive, désolée et en pleurs – pour raconter toute l'histoire mais, quand Holly s'était retournée, les verres étaient sur le plancher devant le buffet, chaque globe si précisément détaché du pied que cela tenait plus de l'amputation chirurgicale que de l'accident.

« Ça n'est pas grave, avait-elle dit à Tatty. J'en ai encore neuf. Les choses cassent, c'est comme ça.

— *Tu ne m'as pas surveillée*, avait hurlé Tatty. Tu aurais dû *m'avertir*. »

Holly s'était efforcée de ne pas paraître ennuyée par le tort causé. Non seulement Tatty avait brisé ses verres à eau, mais elle reportait à présent la responsabilité sur Holly, alors que cette dernière essayait simplement de lui pardonner. Pour consoler sa fille, Holly avait tenté de trouver une anecdote où elle aurait elle aussi cassé quelque chose de précieux, mais elle n'était pas parvenue à se souvenir d'un tel incident. Jusqu'à l'âge adulte, Holly n'était jamais restée suffisamment longtemps en présence de choses cassables pour les briser. Pourtant, un jour, elle s'était apparemment emparée d'un crayon bleu avec lequel elle avait gribouillé tout un mur, et c'était devenu une plaisanterie familiale, bien que Holly n'en eût aucun souvenir. Quand elle avait annoncé qu'elle prévoyait de poursuivre ses études de troisième cycle afin de devenir écrivain, Janet avait éclaté de rire : « Tu as toujours voulu être une gribouilleuse ! »

Très drôle.

Alors Holly avait raconté cette histoire à Tatty pour la consoler, pour lui prouver que les choses pouvaient être abîmées à la fois volontairement mais aussi accidentellement. Elle lui avait raconté comment sa mère avait récuré le mur avant que son père ne le voie, et avait attendu des semaines avant de lui en parler. Ce n'est que parvenue à la moitié de son histoire (alors qu'elle jetait les verres brisés et que Tatiana reniflait, le visage dans les mains, à la table de la salle à manger) que Holly s'était rappelé qu'elle avait déjà raconté cet épisode à sa fille, l'été passé, quand elle avait tenté de lui faire admettre qu'elle avait rayé tous les CD d'Eric et Holly. En les griffonnant avec une épingle de nourrice peut-être ? Quelle autre explication y avait-il ?

Mais l'anecdote n'avait été d'aucune aide – ni pour faire admettre à Tatiana qu'elle avait rayé les CD l'été passé, ni pour qu'elle se sente mieux après avoir brisé (avec une telle précision que cela paraissait franchement volontaire) les trois verres à eau à Noël. En revanche, Tatty avait plissé les yeux comme si l'histoire de la méchanceté de sa mère la perturbait et peut-être la dégoûtait.

Et il en avait quasiment toujours été ainsi au fil des années, chaque fois que Holly tentait de soulager sa fille au sujet de quelque chose qu'elle avait fait en décrivant de quelle manière elle avait, elle-même, autrefois, agi de manière aussi maladroite, ou mauvaise, ou irréfléchie. Le pire ayant été quand, alors que Tatty et Tommy sortaient ensemble depuis six mois et que le jeune homme venait d'avoir dix-sept ans, Holly avait suggéré à Tatiana qu'elle garde un préservatif dans son sac, juste au cas où.

« *Quoi ?* » s'était exclamée Tatiana. Ses lèvres vermeilles bleutées s'étaient entrouvertes en une expression de pure horreur.

Holly avait répété sa suggestion. Le préservatif. Elle avait dit qu'il valait mieux que Tatiana et Tommy attendent, bien sûr, mais elle savait aussi que parfois les adolescents…

« *Oh, mon Dieu*, maman », avait dit Tatiana. Elle écarquillait ses grands yeux noirs, sa bouche formant un zéro stupéfait. Holly voyait même ses dents. Une chaîne de montagnes d'un blanc parfait. Tatiana n'avait jamais eu besoin de porter des bagues, ces dents-là étaient absolument parfaites. Refoulant ses larmes, semblait-il, Tatiana avait dit : « Je n'ai aucune idée de ce que tu faisais à mon âge, mais ce n'est pas ce que Tommy et moi faisons.

— Très bien, Tatiana », avait répondu Holly, et elle avait alors expliqué qu'à l'âge de Tatiana son petit ami et elle n'avaient pas non plus prévu d'avoir des rapports sexuels mais, puisque personne n'avait eu l'esprit assez ouvert dans son entourage pour lui parler de contraception, elle n'avait pas été préparée, était tombée enceinte et avait subi un avortement. Cela avait été une terrible expérience, Dieu merci, avait-elle dit à Tatty, il était alors possible de se faire avorter au planning familial à quinze ans sans la permission des parents, parce que si son père en avait eu vent…

Tatiana s'était alors effondrée en larmes sur son

lit et avait refusé que Holly la console à moins de lui promettre de ne plus jamais aborder le sujet. Holly avait accepté, mais insisté pour que Tatiana sache qu'elle pouvait venir voir sa mère en cas de besoin…

«Je sais! Je sais! Mais tais-toi donc! Je ne veux rien savoir de tes histoires! Je ne veux pas que tu me racontes tes erreurs! Je ne suis pas du tout comme toi!»

Le temps d'une terrible seconde, Holly avait été certaine que Tatiana allait prononcer les paroles qu'elle redoutait et avait attendues toutes ces années:

Tu n'es pas ma mère.

Mais elle ne l'avait pas dit. Pas ce jour-là. Jamais.

Une fois peut-être, à l'âge de quatre ans, Tatiana avait demandé en hésitant: «Maman, tu sais qui était ma vraie mère?»

Les yeux de Holly s'étaient instantanément emplis de larmes à l'association des mots «vraie» et «mère», la réaction physique se manifestant avant que sa conscience n'eût traité ces deux mots.

Mais, comme elle avait toujours prévu de le faire, Holly avait dit la vérité à Tatiana – qu'elle ne savait rien de sa mère biologique. Qu'étant donné les conditions de vie dans la ville où Tatiana était née, il était fort probable que sa mère ait été une adolescente, peut-être elle-même orpheline, probablement très pauvre et sans aucune éducation.

Toute la région d'Oktyabrski Rayon grouillait d'enfants abandonnés. Les orphelinats, bien sûr, en étaient remplis, mais il y en avait également de plus âgés partout, soit qui n'avaient jamais été pris en charge dans une institution ou qui en avaient été libérés, et ils se ruaient sur les passants à chaque arrêt de bus ou passage piéton, en demandant de l'argent ou autre chose – votre montre, votre barre chocolatée, votre foulard –, vous suivant au pas de course, les mains en coupe, vous hurlant au visage. On avait conseillé à Eric et Holly de ne pas parler à ces enfants des rues et de ne s'arrêter en aucune circonstance pour leur donner de l'argent, si vous le faisiez ils étaient capables de vous voler votre sac alors que vous étiez en train de chercher dedans. Ou pire. On racontait l'histoire d'un couple qui était allé en Sibérie pour adopter un bébé et qui avait été méchamment molesté par un groupe d'enfants dans une ruelle après qu'ils s'étaient arrêtés pour leur donner à manger. La mère potentielle avait définitivement perdu la vue à la suite d'un coup porté à la tête. La question à laquelle Holly avait désiré une réponse – le couple avait-il malgré tout adopté le bébé ? – restait, semble-t-il, en suspens.

Aux États-Unis, avant leur départ pour la Sibérie, quand la responsable des voyages à l'étranger de l'agence d'adoption leur avait donné ce terrible avertissement, Holly n'aurait pu s'imaginer hâter le pas devant un enfant abandonné à un arrêt de bus. Mais cela s'était révélé simple. Il y en avait *tellement*, si mal vêtus, si sales, si grossiers, qu'ils ne ressemblaient pas à des enfants. Et il s'était avéré que les Russes eux-mêmes avaient une attitude identique envers eux – ils n'étaient pas exactement des enfants, même les plus jeunes d'entre eux. Ils se comportaient pareillement envers les *tout-petits,* et Holly et Eric avaient appris que c'était pour cette raison qu'il y avait autant de bébés disponibles à l'adoption en Russie. Les Russes ne voulaient pas de ces laissés-pour-compte. Même les Russes qui désespéraient de ne pas pouvoir avoir d'enfants refusaient d'adopter ceux-là.

« Les Russes sont exactement comme les Américains, leur avait dit la responsable des voyages à l'étranger (qui était, elle-même, bolivienne), sauf qu'ils ont traversé des siècles de pur enfer. Comme les Américains, ils sont affectueux et sentimentaux et égoïstes (à ces mots, Eric et Holly avaient échangé un regard, amusés par cette description d'eux-mêmes, qui était clairement une insulte), mais ils sont loin d'être aussi naïfs. C'est pourquoi c'est si simple pour les Russes de profiter des Américains. Ils comprennent les Américains parce qu'ils sont comme eux, mais ils pensent que les Américains choisiront toujours de ne pas voir des vérités basiques que les Russes ont intégrées depuis leur naissance. »

Bien sûr, elle n'avait rien dit de tout ça à Tatiana, mais Holly imaginait que son père et sa mère pouvaient être de ces enfants sibériens de la rue. L'avortement était tellement banal et si accessible comme méthode de contrôle des naissances en Russie (il n'y avait, semblait-il, aucun tabou à ce sujet et on les pratiquait si tard au cours d'une grossesse que certains enfants des orphelinats n'étaient rien d'autre que le résultat d'avortements qui n'avaient pas fonctionné) qu'à moins que la mère soit trop accro aux drogues ou à la vodka pour suivre la procédure, elle devait être simplement trop jeune pour comprendre qu'elle était enceinte jusqu'à la naissance du bébé. Et puisqu'on leur avait assuré à l'orphelinat Pokrovka nº 2 qu'aucune drogue n'avait été décelée dans l'organisme de Tatiana à sa naissance, et qu'elle ne présentait de toute évidence aucun des symptômes du syndrome de l'alcoolisme fœtal, il semblait qu'elle pouvait tout à fait être l'enfant abandonné d'une autre, voire de deux, de ces milliers d'autres enfants abandonnés.

« Nous ne saurons jamais, avait dit Holly en parlant de sa mère biologique. Mais je serais honorée d'être ta vraie vraie vraie maman pour toujours toujours toujours. » Elle avait pris sa fille dans ses bras, et elles étaient restées ainsi, leurs visages collés l'un contre l'autre, mélangeant leurs larmes, et cela avait été, et resterait à jamais, le plus doux moment de toute la vie de Holly.

* *
*

Après avoir posé la vaisselle, les verres et l'argenterie sur la nappe (Holly comptait toujours sur Tatiana pour mettre le couvert), elle jeta de nouveau un regard vers la baie vitrée.

À présent, absolument tout dehors, à l'exception de la neige elle-même, avait été effacé par les rafales de neige. Seigneur, pensa Holly, ce n'est plus une simple *chute de neige*. C'est un blizzard. Holly n'avait pas entendu un seul mot à propos d'un *blizzard* le jour de Noël. Aucune alerte météo à la radio ou à la télévision. Hier encore, quand on avait annoncé quelques «flocons», il avait même été suggéré qu'il n'y aurait pas de Noël blanc cette année.

Holly se dirigea vers l'îlot de cuisine pour prendre son iPhone et, à ce moment précis, Dylan se remit à chanter son avertissement hautain, *it's a hard, it's a hard, it's a hard, it's a hard, it's a hard rain* (toute cette prémonition captée, d'une manière ou d'une autre, dans un espace aussi petit que la paume d'une main d'enfant), et l'écran illumina le nom *Thuy*.

«Thuy, fit Holly dans l'appareil.

— Holly, lui dit son amie. Joyeux Noël. Seigneur, tu as jeté un coup d'œil dehors?

— Je sais, je sais, répondit Holly. Je n'arrive pas à y croire. Eric est toujours sur la route de l'aéroport, où il est allé chercher ses parents. Et je m'attendais à ce que ses frères et leurs familles commencent à arriver une voiture après l'autre, mais il n'y a personne d'autre ici que Tatty et moi.

— Ma chérie, l'autoroute est fermée. Si vos proches ne sont pas déjà en ville, ils n'arriveront pas avant des heures. Tu ferais mieux de passer quelques coups de fil. Et ne sors pas de chez toi! Patty, Pearl et moi sommes tout juste parvenues à rentrer à la maison après le service à l'église. Il nous a fallu une heure pour parcourir quinze kilomètres. Pearl est allongée sur le dos par terre à l'heure qu'il est. C'est elle qui conduisait.»

Holly entendit Pearl parler derrière Thuy et son téléphone portable: «Dis-lui que ce blizzard restera dans les annales.

— Vraiment ? demanda Holly à Thuy, pas tout à fait prête à gober ce compte rendu. Je veux dire, il vient d'où, ce blizzard ? Je croyais qu'il n'était pas censé neiger aujourd'hui.

— Eh bien, les alertes ont commencé à environ six heures ce matin, mais il neigeait à peine quand nous sommes parties à l'église à onze heures et on a pensé : Bon, d'accord, combien de centimètres de neige peut-il tomber en une heure et demie ? Eh bien, je peux te le dire. Beaucoup. Et ça n'est pas fini. Tu devrais allumer ta radio.

— Oh, mon Dieu… » Holly comprit soudain ce que cette discussion impliquait. Elle porta la main à son front. « Thuy, ne me dis pas que tu appelles pour m'annoncer que vous ne venez pas. »

Il y eut un silence et Holly en profita pour y caser quelques bruits de chiot gémissant.

« Holly, c'est impossible…

— Oh, mon Dieu, vous allez m'abandonner le jour de Noël ! Louez un traîneau ! Je vais venir vous chercher ! J'ai besoin de ma Thuy, de ma Pearl et de ma petite fée Dragée. »

Thuy rit un peu, mais pas trop. Elles savaient toutes deux que Holly plaisantait à moitié, que le fait de ne pas venir le jour de Noël brisait une tradition qui avait plus d'importance pour Holly que pour elles. Holly s'efforçait, avec son ton mélodramatique, de paraître moins désespérée qu'elle ne l'était.

« Holly, c'est impossible. Même s'il cesse de neiger dans la minute, ce qui n'est pas près d'arriver, les routes ne seront pas assez dégagées pour…

— J'ai entendu un chasse-neige ! s'exclama Holly. Il y a peut-être une demi-heure. Je parie que notre rue est dégagée.

— Chérie, ce chasse-neige, ça n'est qu'un doigt pour colmater la brèche. N'y vois aucun jeu de mots graveleux. Et de plus, il est inconcevable que je relève Pearl de l'endroit où elle se trouve pour la faire remonter en voiture aujourd'hui, même si notre vie en dépendait. »

Holly entendit alors Pearl crier : « Dis à Holly que nous sommes vraiment désolées ! Nous viendrons avec les cadeaux et la fée Dragée demain ou après-demain ! »

Pearl, Holly le savait, essayait de libérer Thuy de la situation et de la communication. Holly savait qu'elles auraient aimé être là pour Noël, mais l'impossibilité de venir ne leur gâcherait pas la journée. Elles prévoyaient sans doute de faire un feu dans leur poêle à bois, de se pelotonner sur le canapé avec Patty. Elles avaient probablement rempli leur réfrigérateur et leur congélateur de provisions avec lesquelles se préparer un repas de Noël, dans l'éventualité où cela se passerait exactement ainsi. Il se pouvait même qu'elles se sentent soulagées de rester à la maison, rien que toutes les trois, au lieu d'être là, à supporter sa belle-famille et les Cox. Mais Holly ne put s'en empêcher. Elle dit : « Tu es sûre ? Ce sera le premier Noël en quatorze ans où vous ne viendrez pas à la maison. Cela va briser le cœur de Tatiana. Elle est déjà d'une humeur terrible.

— Oh, Holly, répondit Thuy, et Holly l'imagina

en train de faire une grimace à Pearl, désignant peut-être le téléphone, secouant la tête. C'est impossible. Vraiment. Sinon nous serions avec toi, ma chérie. Ça n'est vraiment pas possible.» Elle prononça et accentua chacun des trois derniers mots comme si c'était Holly, et non Thuy, dont l'anglais n'était pas la langue maternelle.

«Bouh, fit Holly. Je vous déteste. Je vous aime. Vous fichez ma vie en l'air.»

Thuy éclata alors de rire, interprétant le trait d'humour de Holly comme la permission de pouvoir bientôt raccrocher et reprendre le cours de sa vie, avec sa famille à elle, et son Noël à elle.

«Eh bien, dis à Tatiana que nous l'aimons, dit-elle.

— Je le ferai, répondit Holly, si elle sort de sa chambre aujourd'hui.» Elle voulait parler de Tatiana à Thuy. De sa mauvaise humeur. Elle avait enfermé Holly hors de sa chambre! Bien que Thuy soit mère depuis moitié moins longtemps que Holly, elle était toujours de bon conseil.

«Oh non, fit Thuy. Qu'est-ce qui arrive à Tatty?» Mais son ton n'invitait pas vraiment Holly à rentrer dans les détails. La conversation s'essoufflait, elle ne prenait pas un nouveau départ. Cela faisait vingt ans que Holly connaissait Thuy, avec qui elle avait passé des centaines d'heures au téléphone. Elle savait quand Thuy se tenait au comptoir de sa cuisine, prête à sortir, et, inversement, quand elle s'installait dans son fauteuil, prête à bavarder pendant des heures, à la longueur des pauses entre ses phrases (bien qu'en vérité ces occasions se fassent de plus en plus rares depuis l'emménagement de Pearl, et que cela n'arrive presque plus depuis qu'elles avaient eu un enfant ensemble).

« Je ne sais pas, répondit Holly. Elle est juste grognon, j'imagine.

— Tout va bien avec Tommy ?

— Je crois, dit Holly, mais en vérité, elle n'avait pas envisagé qu'il ait pu y avoir un problème avec Tommy. C'est une bonne piste, malgré tout. Je vais lui poser la question.

— D'accord, Holly. Joyeux Noël, ma chérie. Appelle plus tard si tu as besoin de décompresser. Mais franchement, à ta place, je ne m'emballerais pas trop à l'idée d'une grande fête chez toi aujourd'hui. Ce n'est pas le Noël blanc de nos grand-mères.

— Hmm, fit Holly. Ce qui pourrait arriver de mieux, ou de pire. Je te dirai. Au revoir.

— Au revoir, chérie. »

Et ce fut tout. La ligne entre elles fut rompue – ou, à présent qu'il n'y avait plus de lignes téléphoniques, le ruban d'énergie, l'onde fantôme qui avait porté leurs voix de l'une à l'autre – quoi ? s'éteignit ? Comment cela fonctionnait-il ? Holly n'avait même jamais compris comment l'*ancien* système fonctionnait – comment le son avait voyagé le long de câbles tendus d'un poteau à l'autre au travers du pays, encore moins s'était transporté de l'autre côté de l'océan. Mais ce système-là, au moins, autorisait une certaine compréhension intuitive. Le son se trouvait dans les câbles et, si on appelait à l'étranger, le système était plus complexe, et incroyablement cher, de sorte qu'on ne le faisait pas souvent, et quand on le faisait, les voix qu'on entendait paraissaient très lointaines – échos et bourdonnements accompagnaient les voix – et parfois on percevait même les murmures d'autres conversations sous la conversation qu'on avait, et tout cela avait rendu possible, physique, le fait de parler à une personne désincarnée à une grande distance.

Mais aujourd'hui, la voix de quelqu'un en Sibérie paraissait aussi proche ou aussi lointaine que celle de quelqu'un appelant du coin de la rue. Souvent, quand Tatiana téléphonait sur son portable depuis la maison de Tommy, à deux rues de là, on avait l'impression qu'elle se trouvait en Sibérie. Inversement, quand Eric avait appelé de son téléphone portable depuis Tokyo, deux étés plus tôt, on aurait cru qu'il se tenait juste derrière la porte close.

*   *
*

Eric.

Seigneur, à cause de tout ce mélodrame avec Tatiana, Holly avait fini par oublier Eric et ses parents dans la voiture, essayant de revenir de l'aéroport en pleine tempête de neige. Elle consulta de nouveau sa montre. Et si Eric était bloqué avec ses parents dans une congère ou avait eu un petit accrochage ? Son imagination ne la mènerait pas plus loin, mais cela la glaça. Pourquoi ne lui avait-il pas téléphoné pour lui dire où il se trouvait ?

« Tatiana ? » appela Holly. Il lui fallait encore

annoncer à sa fille les nouvelles concernant Pearl, Thuy et Patty, mais elle avait aussi besoin de compagnie maintenant. Elle avait besoin de quelqu'un avec qui parler des changements de plan de la journée. Devait-elle dorénavant se donner la peine de préparer la purée de pommes de terre ? Est-ce que quelqu'un allait réussir à venir pour le repas de Noël ? Devait-elle passer quelques coups de fil ? Et si oui, à qui ? « Tatty ? »

Toujours rien.

Qu'elle aille se faire voir. Cette petite garce. Holly décida de se laisser aller à sa colère. Habituellement, elle s'efforçait de la ravaler, de se rappeler que Tatty était encore une enfant, et qu'elle-même n'avait pas été une partie de plaisir au même âge. Chaque fois qu'elle se sentait autant en colère contre Tatty, elle essayait de se remémorer combien elle avait désiré avoir un enfant. Alors ? Avait-elle cru que ce ne serait qu'arcs-en-ciel et boules de gomme ?

Bon, Eric et elle avaient presque vécu quatorze années d'arcs-en-ciel et de boules de gomme, et de bisous tous les jours, et de cartes à chaque fête et chaque anniversaire, des cartes en papier cartonné soigneusement décorées aux crayons de couleurs : *Je t'aime très fort, maman. Papa, je t'aime grand jusqu'à la lune !* Holly se disait alors qu'il lui suffisait de se concentrer sur ces souvenirs tandis que Tatty traversait ces quelques années au cours desquelles elle faisait ce que les ados sont censés faire, se séparer du mieux qu'ils pouvaient de leurs parents afin d'être capables de se lancer tout seuls dans le monde.

Pourtant, Holly sentait la colère occuper son esprit, non ? Elle se l'autoriserait aujourd'hui. On était libre de penser ce qu'on voulait, n'est-ce pas ? Ce n'était pas comme si Tatty et elle étaient liées psychiquement. Tatty ne pouvait pas entendre ses pensées. Holly ne s'était pas exprimée à voix haute, n'avait même pas remué les lèvres en silence, mais encore une fois, elle pensa :

Va te faire voir, Tatiana.

Avait-elle *besoin* de se comporter comme une petite garce moralisatrice le jour de Noël ?

Est-ce que *tout* devait tourner autour d'elle ?

N'y avait-il pas en elle une *once* de gratitude ?

Avait-elle *jamais* réfléchi à ce à quoi sa vie aurait ressemblé si Eric et Holly n'étaient pas passés par là ? Voilà quelque chose que Holly ne dirait jamais, au grand jamais, à sa fille, mais elle avait le droit de le penser, non ?

« Tatty ? »

Cette fois, elle cria le nom de sa fille suffisamment fort pour qu'il n'y ait aucun doute sur le fait qu'elle attendait une réponse – mais elle n'eut pas le temps d'entendre si elle en reçut une quand « A Hard Rain's A-Gonna Fall » se mit à jouer dans la paume de sa main. Elle baissa les yeux sur le téléphone : Inconnu.

Holly eut un petit sourire satisfait, secoua la tête et dit, d'une voix forte (pas gentiment, elle savait que ce n'était pas *gentil*) : « Hé, Tatty. C'est M. Inconnu. Je réponds pour toi ! »

Elle appuya sur la touche verte et leva l'appareil

à son oreille. «Allô? dit-elle assez fort pour que Tatiana entende.

— Allô madame Judge?»

Chose étonnante, ça n'était pas un robot. Mais une jeune femme. Non anglophone. Bien qu'elle n'eût pas suffisamment parlé pour que Holly pût déterminer quelle était sa langue natale, elle ne marqua pas de pause entre «allô» et «madame». Elle prononça «Judge» comme si le nom rimait avec *stooge* et pas *fudge*.

«Oui, c'est bien Holly Judge», dit-elle en prononçant correctement son nom de famille. Judge était son nom de jeune fille. Elle n'avait jamais pris le nom d'Eric – Clare – parce que, honnêtement, elle avait cru à l'époque de leur mariage qu'elle avait une carrière devant elle en tant que poète publié, et «Holly Clare» sonnait davantage comme un nom de beignet que comme celui d'un auteur sérieux.

«Joyeux Noël, Holly Judge.

— Merci. Que puis-je faire pour vous? Je suis occupée. Si vous vendez quelque chose…

— Non, non, madame. J'appelle de…» La correspondante dit un nom qui ressemblait à May-um. *May-hem. Maim*[1]. Maine? La femme à la voix jeune s'arrêta là. Elle paraissait attendre une réaction de Holly au nom de cet endroit (quel qu'il soit), comme si elle savait ce qu'il signifierait.

«Quoi? Du Maine?» demanda Holly. Il était grand temps, supposa-t-elle, de devenir franchement

---

1. *Mayhem* signifie «désordre», et *maim*, «mutiler». *(N.d.T.)*

hostile. Quelle société ou quel organisme de vente par correspondance se trouvait dans le Maine ? Garnet Hill ? Land's End ? Holly avait bien commandé une veste dans le catalogue Land's End pour l'anniversaire d'Eric, quelques mois plus tôt. Leurs services n'appelleraient pas un jour de Noël ?

Mais encore une fois, pourquoi pas ? Dieu savait à quel point capitalisme rimait avec folie furieuse ces derniers temps. Avec l'économie qui s'effondrait, pourquoi, le jour de Noël, ne pas faire appeler des Américains par des employés étrangers – des employés qu'on pouvait payer quelques pence l'heure – pour vendre des biens et des services ?

« Que vendez-vous ? demanda Holly.

— Je vous dis que j'appelle de *mayum*. J'ai déjà trouvé votre numéro de téléphone. »

Le ton de la voix n'était pas professionnel, pensa Holly. Une voix jeune, sans caractère officiel et inexercée.

« Bon, je vais raccrocher, déclara Holly. Je ne sais pas de quoi vous parlez et comme vous ne m'expliquez pas...

— Je rappellerai Mme Judge dans quarante minutes quand je trouverai *lab-i-lus*. Je suis tellement contente d'avoir pu vous joindre et *lab-i-lus* en parlera.

— Non, fit Holly. Ne rappelez pas. » Elle appuya du pouce sur la barre FIN de son iPhone. Cependant, les secondes continuèrent de s'égrener sur le petit écran, indiquant que la communication n'avait pas été coupée. Elle appuya de nouveau sur la touche, puis porta l'appareil à son oreille, écoutant son bruit de coquillage, puis un halètement suivi enfin par le vide, et elle se tourna, l'iPhone toujours collé à l'oreille, et poussa un cri…

Holly n'avait même pas pris conscience qu'elle criait avant de parvenir à fermer la bouche pour contenir son cri, le rattrapant presque au vol, quand elle comprit que ce n'était que Tatiana, debout à quelques centimètres d'elle. «Mon Dieu, dit Holly. D'où sors-tu? Je ne t'ai pas entendue.» Son cœur battait encore à tout rompre, pulsant fort à ses tempes. «Je ne voulais pas crier, mais tu m'as vraiment fichu la trouille.»

Les yeux de Tatiana étaient à la fois sombres et lumineux, comme des pierres noires polies. Quand Holly était enfant, peu de temps après que sa mère eut été diagnostiquée, son père avait acheté un tonneau rotatif polisseur et s'était pris de passion pour la collection de pierres, et Holly se rappelait s'être endormie de nombreuses nuits au bruit du broyage et de la trituration. C'était un miracle, la façon dont il mettait un morceau gris et ordinaire dans le tonneau pour le sortir, une semaine plus tard, brillant, plein de couleurs qui avaient dû être là depuis le début, mais cachées. En plongeant dans le regard de sa fille, Holly pensa à ces pierres, et comment elles ressortaient du tonneau en paraissant ne plus avoir aucun rapport avec celles qui y avaient été mises.

Ce n'était pas comme si Holly ne remarquait pas chaque jour la beauté des yeux de sa fille, mais avaient-ils jamais été *aussi* beaux? Elle ne pouvait en détacher le regard. C'étaient les plus beaux yeux du monde.

* *
*

La première fois qu'ils avaient vu Tatiana lors de cette visite de Noël à l'orphelinat Pokrovka n° 2, Holly et Eric avaient tous deux été stupéfaits par ses yeux. Dans le lit de l'hôtel ce soir-là, ils s'étaient répété peut-être vingt fois l'un à l'autre : « Mon Dieu, tu as vu les yeux de cette enfant ? »

Ces yeux !

Avant leur départ pour la Sibérie, tout le monde avait dit à Eric et Holly de ne pas trop s'attacher à un enfant en particulier, que des parents adoptifs étaient déjà passés par là quatre ou cinq fois. Vous pouviez être convaincu, par exemple, d'être destiné à avoir un enfant en particulier pour découvrir après l'examen médical que quelque chose clochait radicalement chez cet enfant. Et même quand celui-ci passait l'examen médical, il demeurait encore des risques. Que les médecins qui procédaient à l'examen soient qualifiés, ou simplement sobres, était même discutable dans un pays comme la Russie. Que ces médecins aient intérêt à cacher la vérité aux parents occidentaux potentiels était également envisageable. Des couples – un grand nombre ! – étaient revenus en Sibérie après les trois mois requis pour découvrir, horrifiés, que des anomalies qu'ils n'avaient pas relevées – troubles de l'attachement, retard de croissance, maladies des poumons, du cœur, autisme, atrophies musculaires, dysplasie osseuse, syndrome d'alcoolisme fœtal – ne pouvaient désormais être contestées.

Et même si les infirmières des orphelinats faisaient mine de rester froides, elles étaient souvent très attachées aux enfants et à leurs propres fantasmes des vies américaines qui les attendaient. Elles pouvaient refuser de reconnaître ces anomalies, ou bien essayer de les dissimuler. Parfois elles rougissaient les joues des enfants malades ou bien couvraient leur crâne aux plaques chauves avec des bonnets de tricot, ou bien encore maquillaient les hématomes qui pouvaient être le signe de troubles sanguins. Si un couple était déjà tombé complètement amoureux d'un enfant en particulier, il était alors facile de berner les futurs parents. Ce ne serait que de retour aux États-Unis avec l'enfant qu'ils remarqueraient qu'il y avait un problème.

Mais Eric et Holly avaient toujours plaisanté par la suite du fait qu'ils s'étaient comportés exactement comme on leur avait déconseillé de le faire. Ils étaient tombés, complètement et profondément, amoureux de Tatiana au premier regard. C'était la faute de ces yeux. C'étaient ces yeux que Holly avait mémorisés lors de leur première visite en Sibérie, et elle les avait gardés au premier plan de ses pensées durant trois longs mois avant qu'ils puissent retourner en Sibérie prendre la garde de ces yeux.

Quand ils étaient revenus pour leur seconde (et dernière) visite à l'orphelinat Pokrovka n° 2, on était encore à un mois de Pâques. Cette fois, Holly n'avait rien négligé. Elle avait rempli deux valises uniquement de cadeaux. Il y avait des lapins blancs en peluche pour les orphelins – dix-sept ! –, des chocolats pour les infirmières, des œufs en marshmallow, des Dragibus et des petits biscuits fourrés au beurre de cacahuètes Reese dans leurs emballages de fête, ainsi que des cadeaux moins de circonstance. Holly avait acheté une demi-douzaine de petites bouteilles du parfum le plus cher qu'elle avait pu trouver au grand magasin, ainsi que des colliers et des boucles d'oreilles en argent et des collants. Eric et elle avaient débarqué dans cet orphelinat – son odeur de serviettes détrempées, d'urine, d'eau de Javel –, les bras chargés de ces cadeaux et de trois bouquets de fleurs qu'ils avaient achetés à la gare, rien que pour venir chercher la fillette avec ces yeux.

Et elle était là !

Leur fille !

Elle était toujours dans le même berceau – le quatrième à partir du mur, le septième à partir du couloir –, avec son nom inscrit, au marqueur sur un morceau de carton, en alphabet cyrillique, tout en tourbillons et pics : *Tatiana*. (Holly avait fermement insisté pour qu'on appelle leur fille *Tatiana*, et pas Sally, pendant ces trois mois.) Elle n'avait pas semblé les reconnaître (comment aurait-elle pu ?) mais Tatiana n'avait émis aucune protestation – aucun son, en fait – quand Holly s'était ruée sur elle pour l'arracher du berceau.

Elle avait changé, bien sûr. Trois mois, c'est long dans la vie d'un nourrisson. Ce n'était plus le même bébé que celui qu'ils avaient laissé, évidemment.

C'était, à présent, une version plus âgée et plus stoïque du bébé affectueux, aux yeux énormes, qu'ils avaient laissé derrière eux. Ses cheveux étaient plus longs, plus luxuriants. Ses membres n'étaient plus potelés, comme ceux d'un bébé, elle était plus mince, comme une petite fille.

Mais elle *était* toujours Tatiana/Sally. Holly l'avait respiré, avait versé des larmes dans les cheveux brillants de sa fille, puis s'était écartée pour contempler son visage en cœur.

Évidemment, il était normal que ses yeux ne soient pas aussi surprenants à vingt-deux mois qu'ils l'avaient été à dix-neuf. Les cils n'étaient peut-être pas aussi longs. Ils ne paraissaient pas aussi grands. Le visage de l'enfant avait grandi, bien entendu, avec le reste de son corps. C'était comme ça que ça fonctionnait pour tout le monde, non ? C'était doréna-vant sa chevelure qui différenciait Tatiana des autres orphelins : Raiponce Noir de Jais. Et le bleu laiteux de son teint. Sa maturité, également. Tellement de choses avaient changé en trois mois ! Tatiana n'avait plus besoin de biberons. Elle ne portait même plus de couches. Elle n'aurait deux ans que dans deux mois et elle tenait sa fourchette comme un adulte dans un restaurant cinq étoiles. Elle s'essuyait la bouche avec une serviette quand elle avait fini de manger !

Elle était magnifique. Magnifique à couper le souffle, en ce jour de printemps, à l'orphelinat Pokrovka n° 2, tout comme elle l'était aujourd'hui, debout, une main sur le comptoir de la cuisine, tour-nant de l'autre une boucle d'oreille dans son lobe, pas mécontente, semble-t-il, de s'être approchée silencieusement de sa mère et de lui avoir fait suffisamment peur pour qu'elle hurle.

«Tatty», dit brusquement Holly. Ce n'était pas tant qu'elle ne voulait pas donner à sa fille la satisfaction de l'avoir désarçonnée, plutôt qu'elle avait honte de lui en avoir laissé l'occasion. Elle s'efforça de prendre un ton sérieux. «J'ai de mauvaises nouvelles. Thuy, Patty et Pearl ne viendront pas. Le blizzard est vraiment mauvais. C'est pour ça que tous les autres sont en retard. Il va falloir appeler papa pour savoir ce qui se passe.»

Tatiana resta muette. Elle se contenta de fixer sa mère du regard. Il y avait une pointe de satisfaction dans la courbe de ses lèvres, mais ses yeux…

Est-ce qu'elle avait pleuré? Était-ce pour cela que ses yeux étaient si grands et…

Quoi?

Si tristes? Elle semblait afficher l'expression d'une enfant abandonnée. Toutes ces émotions étaient peut-être bien liées à Tommy? Était-il possible qu'ils se soient disputés? Tatiana insistait toujours sur le fait que Tommy et elle («Au contraire de papa et toi») ne se disputaient jamais, mais il y avait un début à tout.

Ou c'était peut-être ses règles, qui arrivaient en avance. Holly remarqua que Tatiana avait changé de robe. Elle en portait une noire à présent, plus décolletée. Elle avait l'air plus mince et beaucoup moins festive, mais au moins elle n'avait pas cet horrible col en dentelle qui l'étranglait et que Ginny choisissait toujours de fixer à n'importe quel vêtement de femme qu'elle confectionnait. Holly ne reconnaissait pas la robe noire, en fait, mais Tatty possédait au moins une vingtaine de robes et elle pouvait avoir acheté celle-ci au centre commercial sans Holly – ou peut-être à cette boutique de vêtements d'occasion pour ados qu'ils affectionnaient tous (Plato's Closet) et que Holly désapprouvait (poux, punaises, morpions).

«Je suis désolée, Tatty. Je sais que tu avais envie de les voir, et de voir Patty.»

Tatiana avait également changé de boucles d'oreilles. Elle portait désormais des dormeuses en argent au lieu des opales de Thuy et Pearl. Holly eut envie de soupirer ou de rouler des yeux inutilement. Elle ne pouvait s'empêcher de penser que Tatiana avait changé de boucles d'oreilles parce que sa mère avait souligné que c'était gentil de sa part de les porter. Apparemment la mère d'une adolescente n'était pas même autorisée à la complimenter pour sa prévenance sans graves conséquences. Mais Holly ne dit rien. Les relations entre elles deux semblaient être redevenues normales, et elle ne souhaitait pas briser cette trêve. Au moins sa fille était sortie de sa chambre.

«Qui était-ce?» demanda Tatiana en regardant l'iPhone dans la main de Holly.

Holly baissa également les yeux sur son téléphone. «Thuy, dit-elle. Je viens de te le dire. Elles rentraient en voiture de l'église et…

— Non, dit Tatty. Après cet appel. Il y en a eu un autre.

— Oh, répondit Holly en hochant la tête. Désolée. C'était ta connaissance, Mme Inconnue. Elle a dit qu'elle rappellerait dans quarante minutes environ, après avoir appris à parler anglais. Il semblerait que les artistes de l'arnaque ne soient pas en vacances le jour de Noël.

— Pas de repos pour les méchants », dit Tatty.

Holly cligna des yeux et secoua un peu la tête. Quoi ? Avait-elle bien entendu ? Ça ne ressemblait pas à Tatty de dire ça. Un tel cliché aurait paru plus naturel dans sa bouche à *elle* que dans celle de sa fille. Elle haussa les épaules et dit : « Je suppose que c'est vrai.

— Ne réponds pas quand elle rappellera, dit Tatty.

— Non, fit Holly, et elle acquiesça de nouveau devant le bon sens de sa fille et son changement d'humeur. Aucune loi n'oblige à répondre au téléphone chaque fois qu'il sonne. Aujourd'hui, il existe les messageries vocales. Et Inconnu, c'est toujours une mauvaise pioche.

— C'est vrai, dit Tatty. Et ça n'est pas Noël en Russie aujourd'hui, de toute façon. »

Holly hocha la tête mais fut surprise que Tatiana connaisse, ou se rappelle, ce détail. Quand Tatty avait été toute petite, Holly avait pensé qu'il serait amusant de fêter aussi Noël le jour du Noël orthodoxe russe, en l'honneur des origines de Tatiana – mais, en colère et confuse, Tatiana avait tout d'abord repoussé les cadeaux que Holly lui tendait en disant : « Ce n'est pas Noël.

136

— Ça l'est en Russie ! » avait répondu Holly
qui avait commencé à ouvrir les cadeaux de sa fille
à sa place. Eric était au travail, elles n'étaient donc
que toutes les deux, Tatiana ne voulait pas toucher
les cadeaux sortis de leurs paquets – une poupée
gigogne russe, une boîte russe en laque sur laquelle
était peinte une Demoiselle des Glaces avec un grand
sourire, et une paire de moufles en vison noir. Holly,
qui avait procédé à quelques recherches, avait essayé
de lui expliquer le concept de Grand-père Gel, mais
Tatty avait porté ses mains à ses oreilles et répété :
« Ce n'est pas Noël », et, à la connaissance de Holly,
elle n'avait plus jamais posé les yeux sur ces jouets
russes, bien que Holly les dépoussiérât régulièrement
pour elle sur une étagère de sa chambre.

« Non, tu as raison, dit Holly. Ça n'est pas Noël
en Russie. Mais ça l'est ici, pourtant. Ça t'ennuierait
de dresser la table maintenant ? Tant qu'on ne sait
pas si personne ne vient, nous devons faire comme si
le repas de Noël avait lieu comme d'habitude, d'accord ?

— D'accord, » répondit Tatty et, bien que cette
réponse paraisse évasive et froide, elle se dirigea
docilement vers la table.

À l'intérieur du four, le rôti émettait le bruit de la
graisse qui crépite et, quand Holly en ouvrit la porte,
l'odeur succulente fondit sur elle, ainsi que la chaleur qui transforma la chaîne en argent autour de son
cou en un filet brûlant de conduction thermique. Le
rôti, éclairé par l'ampoule du four, était encore sai-
gnant, mais à présent brunissait au moins un peu

à chaque extrémité. Bien que l'odeur déclenchât l'interrupteur de la carnivore primitive en elle, la vision de la viande dégoûtait encore Holly. Elle avait vu pas mal d'animaux écrasés ressemblant à ça sur le bord de la route – et aussi des photos de carnages, des scènes horribles dans des films violents avec des moignons de jambes, des cadavres de bébés, des restes humains.

Malgré tout, le ventre de Holly gronda. Elle avait faim. Ni Tatiana ni elle n'avaient mangé de la journée. À peine eut-elle refermé le four, qu'elle s'imagina assise avec un couteau manger cette viande. « En tout cas, le rôti sent bon, non ? » dit Holly par-dessus son épaule à Tatty.

Mais il n'y eut aucune réponse. Holly regarda dans la salle à manger. Tatty n'était pas là. Le couvert n'était pas mis. Aucune assiette, aucun verre à eau ni aucun autre ustensile n'avait été déplacé et Tatty avait disparu.

« Tatty ? »

Pas de réponse.

La maison était petite. Si Tatty n'entendait pas la voix de sa mère, c'était soit qu'elle se trouvait dans la salle de bains, la porte fermée, ou bien qu'elle était sortie ou descendue au sous-sol, ou encore qu'elle avait, une nouvelle fois, fermé la porte de sa chambre et ne répondait pas volontairement. Holly s'engagea dans le couloir, secouant la tête et prête à la dispute qu'elle avait essayé de réprimer toute la journée, mais si c'était ce que cherchait Tatty, et elle vit que la porte de la salle de bains était ouverte et que la lumière y était allumée (combien de fois avait-elle demandé à Tatty de penser à éteindre le plafonnier quand elle sortait d'une pièce ?), puis elle continua jusqu'à la chambre de Tatiana :

Porte close.

« Tatty ? » demanda-t-elle à travers la porte pour la – quoi ? – la *millième* fois de la journée ? Holly leva la main pour frapper, puis elle pensa : *Je m'en fous.* Ce n'était pas comme si elle n'était pas capable de dresser le couvert et de préparer le repas de Noël et de tout ranger ensuite toute seule. Elle y était parvenue pendant des années, avec cette brève petite période entre les neuf et quinze ans de Tatty où cette dernière était assez âgée pour ne pas être dans les pattes de sa mère et désirait vraiment aider. Voilà, pensa Holly, ce qui risquait d'être la nouvelle normalité des quelques années à venir. Tous lui avaient bien dit : « Essaie de te rappeler comme elle était adorable pour tenir quand elle sera adolescente ! » Holly se rappelait combien les autres mères avaient paru se réjouir de lui adresser de tels propos quand la belle Tatty de quatre ans courait vers elle dans le parc pour se jeter dans ses bras, en criant : « Maman, je t'aime ! »

Pourquoi Holly était-elle tellement surprise que ces mères aient eu raison ?

*　*
*

À présent, derrière la baie vitrée, la neige ressemblait davantage à un mur statique, à quelque chose qui montait du sol, qu'à quelque chose qui tombait du ciel. À présent, soit le vent ne soufflait plus – et les lourds flocons flottaient simplement, dans toute leur densité –, soit les flocons étaient si nombreux qu'ils se remplaçaient les uns les autres plus vite que l'œil ne pouvait le détecter. Holly sut, quelques secondes avant que la chanson ne résonne, que son téléphone s'apprêtait à jouer «A Hard Rain's A-Gonna Fall», mais ça n'était pas de la prémonition. L'écran du téléphone avait émis un éclair de lumière, si fugace qu'il en était presque subliminal. Elle regarda l'iPhone au moment où Bob Dylan se mit à chanter, et reconnut l'indicatif régional. C'étaient les Cox :

«Holly. C'est Tom. Tu as vu ce qui se passe dehors dernièrement ?» Tom Cox éclata de rire comme s'il venait de faire un bon mot, peut-être aux dépens de Holly. Il savait certainement qu'elle ne l'aimait pas. Il devait avoir compris, depuis toutes ces années, qu'elle avait été informée de quelques-uns des conflits d'Eric au bureau. Et Tom Cox n'était pas un complet abruti. Il ne pouvait pas ignorer que c'était une chose qu'un homme décide de rester pote avec un de ses collègues tout en le méprisant, mais que l'épouse de cet homme n'était pas obligée de l'aimer.

«Ouais, en fait, je suis en train de regarder par la fenêtre, Tom, dit Holly. Il neige.

— Il neige, ah ! Elle est bonne, celle-là ! Eh bien, oh, juste une minute, Mindy veut te parler, dis à Eric que je…

— Holly, c'est Mindy. Je suis *vraiment* désolée. Je suis sûre que tu t'es tuée à la tâche afin de préparer

140

ce repas de Noël pour nous tous, et nous étions *tellement* contents de nous joindre à vous, mais nous venons juste de sortir pour évaluer la situation et, mon Dieu, on ne *voyait* même pas la rue depuis notre allée. Je peux t'assurer qu'aujourd'hui *rien* n'ira nulle part. »

Mindy Cox se confondit à tel point en excuses et donna un si grand nombre de détails sur le blizzard, et sur la route, et sur leur voiture, et sur l'impossibilité même de dégager à la pelle un chemin pour accéder à la voiture, que Holly comprit enfin quelque chose qu'elle avait été trop myope pour voir jusque-là – que Mindy ne l'aimait pas, ni elle ni Eric, d'ailleurs. Qu'elle n'avait pas eu envie de venir passer Noël chez eux. Qu'elle redoutait ce moment peut-être depuis des jours. Que son cœur s'était serré quand Tom lui avait annoncé qu'ils étaient invités et peut-être s'étaient-ils disputés à ce sujet, mais que pouvaient-ils faire ? Voilà le genre de relation qu'entretenaient Tom et Eric, et leur gagne-pain dépendait de la longévité de cette relation. Tom aurait le sentiment d'être redevable envers Eric, qui ne se serait pas seulement senti froissé mais désarçonné si Tom avait décliné son invitation, et Mindy Cox avait prié toute la nuit pour qu'il y ait une tempête de neige, et Dieu avait intercédé en sa faveur.

Après avoir copieusement rassuré Mindy, Holly lui dit au revoir, épuisée par toute cette comédie, toute cette fausse cordialité. Et pourtant, après que Mindy Cox eut raccroché, Holly continua de tenir l'iPhone contre son oreille, se sentant inexplicablement en deuil. Elle était encore plus triste que lorsque Thuy et Pearl avaient annulé leur venue ! Ridicule ! Qu'est-ce que cela disait d'elle, le fait qu'elle soit bouleversée d'être rejetée par des personnes dont, tout d'abord, elle n'avait pas désiré la compagnie ?

Mais avec qui, soudain, elle *eut* envie d'être. Holly prit subitement conscience que les Cox avaient fait partie intégrante de cette journée, de sa vie, de ce qui était prévu – et le fait qu'elle eût à les supporter ne concernait qu'elle, et personne d'autre. Leur compagnie n'était-elle pas – le jour de Noël, mais aussi tout simplement sur terre ! – une des consolations de la condition humaine ? Elle comprenait trop tard qu'elle avait même réellement désiré préparer la salade végétarienne pour leur ennuyeux fils. Ce pauvre enfant affreux avec une coupe de cheveux tout droit sortie de *Gatsby le Magnifique* mais un visage comme un enchevêtrement de câbles.

Pourtant, se rassura-t-elle, le repas de Noël n'était pas encore une affaire classée. Aucun des frères d'Eric n'avait appelé pour l'informer qu'ils ne pouvaient venir. L'appel de la tribu pouvait être assez fort pour qu'ils se sentent capables d'affronter n'importe quelle situation et qu'ils se retrouvent là, tous ensemble, avec leurs parents, le jour de Noël. Ils pouvaient encore arriver, une voiture après l'autre, affamés, se plaignant en tapant leurs pieds pleins de neige dans son entrée. Il fallait que Holly fasse cuire les pommes de terre !

Posant l'iPhone sur le comptoir de la cuisine, Holly songea à appeler de nouveau sa fille – mais c'était juste par habitude. Elle ne s'attendait pas à ce que Tatiana réagisse et avait-elle même encore envie que Tatty l'aide, sachant combien ce serait fait à contrecœur ? Une meilleure mère, Holly le savait, obligerait son enfant à sortir de sa chambre afin d'interagir avec elle. (N'avait-elle pas lu un article à ce sujet dans *Good Housekeeping* ? Une des règles n'était-elle pas de ne jamais laisser son enfant s'isoler, de rester proche physiquement même si la mère et sa fille étaient en colère l'une contre l'autre ?) Une meilleure mère emploierait toute l'énergie nécessaire pour amener son enfant à confier ce qui n'allait pas (une histoire avec Tommy ? ou bien avait-elle eu ses règles ?) – mais c'était, honnêtement, bien plus d'énergie qu'il n'en restait à Holly après cette longue matinée de dispute, et sa légère gueule de bois.

Elle avait également peur.

Tatiana était, semblait-il, d'humeur à dire n'importe quoi. Peut-être pas la chose la plus blessante qui soit (*Tu n'es pas ma vraie mère !*), mais elle pourrait y faire allusion (*Je ne suis pas du tout comme toi !*), ou bien elle pouvait, comme elle l'avait déjà fait plusieurs fois aujourd'hui, sans un mot, provoquer Holly avec cette histoire de marijuana.

Voilà un sujet qui ne manquait jamais de placer Tatiana carrément dans le bon camp et Holly carrément dans le mauvais – l'*unique fois* où Holly s'était autorisé *une taffe* depuis que Tatiana était revenue avec eux de Russie. Une énorme erreur, sans aucun doute, mais plutôt restreinte dans le grand ordre des choses, non ? Roberta, la collègue préférée de Holly, de quatorze ans plus jeune qu'elle, mourait d'envie de voir son aînée défoncée («Putain, ce serait marrant!») depuis que les deux femmes avaient un jour échangé leurs histoires de fac, littéralement autour de la fontaine à eau du bureau.

«Peut-être que ça t'inspirerait pour écrire de nouveaux poèmes!» avait déclaré Roberta.

Holly s'était hérissée à cette suggestion et avait regretté d'avoir raconté à Roberta qu'elle avait autrefois écrit de la poésie.

«Je ne pense pas que la lucidité soit ce qui fasse obstacle à mon inspiration poétique, avait répondu Holly.

— Eh bien, comment tu peux le savoir si tu ne t'es jamais défoncée?»

Roberta avait insisté en affirmant qu'il serait amusant de se défoncer toutes les deux, et finalement Holly s'était laissé envahir par un genre de nostalgie – inconséquence, jeunesse, camaraderie. Aussi, un samedi soir, alors qu'Eric était en déplacement et que Tatiana était sortie, Roberta était passée à la maison avec un joint, que Holly et elle avaient allumé dans le patio – un brouillard immédiat de distraction irréelle (Holly avait senti ses pieds nus se changer en caoutchouc, ce qui, au lieu de l'inquiéter, s'était avéré hilarant), mais soudain, au centre du nuage de fumée suave, des gloussements, des Doritos et de l'histoire incompréhensible de la première fois où Roberta avait fait de la plongée, défoncée, Tatiana et Tommy étaient apparus dans le patio, de retour bien plus tôt que prévu du match de football du lycée.

144

Holly ne se sentait vraiment pas capable d'affronter une nouvelle fois cette condamnation-là aujourd'hui, qu'elle le méritât ou non. Elle laisserait sa fille bouder dans sa chambre jusqu'à ce qu'Eric, ses parents et ses frères arrivent enfin.

* *
*

Les carottes, quand Holly les sortit du bac à légumes, avaient l'air plus velues que dans son souvenir. De petits poils délicats les couvraient à présent et les fanes vertes semblaient avoir poussé depuis qu'elle avait rapporté les légumes de l'épicerie, deux jours plus tôt. Les nettoyer et les râper risquait de lui donner maintenant plus de travail pour préparer la salade de carottes (d'après la recette traditionnelle bien trop sucrée de Gin). Comme tout le reste, elle aurait dû s'en occuper la veille au soir au lieu de finir cette bouteille de sauvignon blanc au dîner avec Eric. Puis le lait de poule.

Elle tint les carottes dans ses mains. Était-ce bien la botte qu'elle avait rapportée de l'épicerie? Était-il possible qu'il y en ait eu une plus vieille, achetée une autre fois, qu'elle aurait stockée puis oubliée pendant des mois? Holly posa les carottes sur le comptoir, retourna au réfrigérateur, tira et repoussa l'autre bac à légumes. Pas d'autres carottes.

Bon, se dit-elle, il était normal que les carottes continuent de pousser après avoir été conservées dans le noir glacial du bac à légumes pendant quelques jours. Ne disait-on pas que les cheveux et les ongles des morts continuaient de pousser dans la tombe ? Les carottes étaient, après tout, des racines. C'était dans le noir glacé qu'elles avaient grandi avant d'être arrachées du sol. Pourquoi ne confondraient-elles pas le réfrigérateur avec la terre ? Tenant toute la botte sous le robinet et laissant l'eau se déverser sur elle, il était facile de les imaginer sous terre – la manière dont elles progressaient à tâtons là-dessous, tels de longs doigts insidieux.

Mais, Seigneur, comme il devait être affamé, celui qui avait le premier déterré et mangé une carotte ! Rien n'égalait des tranches de rôti de bœuf. Rosé et veiné. Qui fut la première personne à goûter cette chose sale avant d'appeler le reste des membres du clan et de les convaincre d'essayer à leur tour ?

Holly sortit la planche à découper de sous l'évier, la posa sur le meuble et prit un couteau dans le tiroir. Elle détestait découper, vraiment. Elle savait qu'il existait des cours rien que pour apprendre à tenir un couteau – elle n'en avait jamais été capable. Si jamais elle en avait le temps, peut-être s'y inscrirait-elle, mais en attendant elle se contentait de tenir maladroitement le couteau d'une main et une carotte poilue de l'autre.

Au contraire de Tatiana, elle n'avait jamais aidé sa mère à la cuisine – ou, si elle l'avait fait, elle n'en gardait aucun souvenir. Holly avait appris seule à cuisiner à force d'essais et d'erreurs. À l'époque où Holly aurait été assez grande pour aider, ou pour se rappeler avoir aidé, sa mère avait baissé les bras et laissé ses sœurs prendre le relais pour faire tourner la maison. Aussi les souvenirs de cuisine de Holly se limitaient principalement à en être gentiment expulsée par Janet ou Melissa alors que quelque chose qui tenait de la brique décongelait dans le four ou bien que quelqu'un inspectait une miche de Wonderbread pour s'assurer qu'elle n'avait pas moisi. (Ce contre quoi le Wonderbread semblait perversement immunisé, mais tout de même...) « Va regarder la télé, Holly. On t'appellera quand ce sera prêt. » Alors c'était ce que Holly avait fait.

Durant les années de la longue agonie de sa mère et de la servitude de ses sœurs et de l'asservissement de son père au service de la Poste américaine et de l'ennuyeux et inexorable suicide de son grand frère par ingestion de Beefeaters et soda (bien plus théâtral et prolongé que Janet tuant le temps et elle-même un soir dans le garage !), Holly était restée allongée sur un canapé au motif floral, le plaid de sa défunte grand-mère remonté jusqu'au menton, à regarder *L'Île aux naufragés* pendant qu'un des chats de la maison dormait sur ses chevilles.

Si seulement, pensa Holly, elle pouvait remonter le temps avec Tatty jusqu'à cette époque, à cette famille condamnée (vraiment, comme dans un horrible conte de fées, de quelle manière ils étaient morts les uns après les autres dès la naissance de Holly !) et lui montrer cette enfant solitaire sur le canapé, l'enfant qu'elle avait été. Elle dirait à Tatiana : « *Voilà* pourquoi tu devrais te réjouir que ta mère te demande de l'aider à préparer le repas de Noël. Quand ta mère avait ton âge, sa propre mère, sa sœur et son foutu frère étaient morts. Et le reste de la famille était en bonne voie de l'être. »

« Tatty ? » appela-t-elle alors (à nouveau, par réflexe) par-dessus son épaule. Pourquoi ne pas essayer une fois encore ? Tatty finirait bien par être obligée de sortir de sa chambre. Elle aurait besoin d'aller aux toilettes, au moins. Elle finirait par avoir faim, non ? Et même avec une chambre remplie d'appareils électroniques (une connexion Internet qui lui permettait, en quelques nanosecondes, d'établir un lien avec n'importe quel coin du globe et n'importe quelle personne connectée sur ce globe), elle finirait bien par s'ennuyer, non ? De toute façon, quand Gin et Gramps arriveraient, Tatiana serait à leurs côtés. Gin et Gramps avaient sept autres petits-enfants, tous biologiques, mais aucun d'eux ne leur était aussi dévoué, n'était aussi amoureux d'eux, n'était aussi respectueux, aussi révérencieux envers ses grands-parents que Tatiana. Trois ans plus tôt, à Noël, le frère d'Eric avait fait poser tous les petits-enfants autour de Gin et Gramps pour une photo qu'il avait postée ensuite, bien sûr, sur Facebook. Sur cette photo, on voyait sept enfants, taches de rousseur et yeux bleus, allant de trois à vingt ans, se tenant en demi-cercle autour du vieux couple en habits noirs. Chaque enfant affichait une ressemblance édifiante avec un ou les deux grands-parents – comme si ce portrait chuchotait : *Voici vos futurs visages, ces ancêtres habillés de noir, voici ce qui arrive aux jolis petits enfants pleins de taches de rousseur qui survivent sur cette planète pendant quatre-vingts ans, voyez comme le temps*

et le soleil et la gravité vous flétriront et vous courbe-
ront, prenez garde – à l'exception de Tatiana.

Elle était Raiponce Noir de Jais au centre de cette
photographie. Et bien qu'il ne pût être plus évident
que Tatty n'avait aucun lien biologique avec ses
grands-parents, c'était *elle* qui se tenait au centre de
la photo, les mains posées sur les épaules du vieux
couple assis. C'était elle la plus proche, mais aussi la
plus heureuse d'être là. Gin avait un bras croisé sur
sa poitrine et sa main tavelée reposait sur le poignet
de Tatiana. Gramps inclinait la tête vers elle comme
s'il essayait, tendrement, de percevoir les batte-
ments du cœur de sa petite-fille. Un jour, Holly en
était certaine, un descendant déterrerait (ou, dans le
cas des photos numériques, *téléchargerait*?) ce portrait et désignerait Tatiana en se demandant à voix
haute : *D'où vient cette fille ?* Mais il serait également
évident que l'histoire que cette photo racontait était
que Tatiana, cette étrangère dans un pays étranger,
était celle qui aimait le plus et était la plus aimée.

« Tatty ? » appela à nouveau Holly. Puis parlant
aussi fort que possible sans se sentir stupide : « Je
m'inquiète pour Gin, Gramps et papa, pas toi ? Ils
auraient dû arriver depuis longtemps. »

Holly arrêta l'eau et ne bougea pas, une carotte
dans une main et le couteau dans l'autre. Elle tendit l'oreille à l'affût des grincements du sommier de
Tatty, mais ne perçut rien. Elle déposa la carotte et le
couteau au fond de l'évier, se sécha les mains sur un
torchon et se dirigea de nouveau vers l'iPhone, vérifia
ses messages. Personne n'avait appelé. Et bon sang,

pourquoi donc ? Ils avaient tous des téléphones portables. Il devait y avoir au moins quatre téléphones portables dans chaque voiture des frères d'Eric ! Ils étaient *tous* en retard, *très* en retard maintenant – et même si c'était parce qu'ils se trouvaient sur l'autoroute dans le blizzard, un retard était un retard et on appelait la maîtresse de maison pour expliquer pourquoi on était en retard. Pas vrai ?

Holly chercha le nom d'Eric dans sa liste de contacts. Elle n'avait jamais compris comment programmer un numéro abrégé, et n'avait jamais pris la peine de mémoriser son numéro puisque tout ce qu'elle avait à faire pour le joindre, c'était d'appuyer sur son nom (bien qu'elle se demande de temps à autre ce qui se passerait si son téléphone tombait au fond d'un lac et qu'elle avait besoin de trouver une cabine téléphonique pour le joindre).

Eric décrocha à la troisième sonnerie. « Allô. » Pas une question. Il savait qui c'était grâce au nom apparaissant sur son téléphone à lui, et il attendait de toute évidence son appel.

« Eric, dit Holly. Que se passe-t-il ? Vous êtes coincés sur l'autoroute ?

— Non, répondit-il. Plus maintenant. J'attendais d'avoir une idée de ce que je devais t'annoncer pour téléphoner. Nous sommes aux urgences. À St Joseph's Mercy. Maman ne va pas bien. Nous sommes dans une chambre avec elle, là, on attend le médecin.

— Quoi ? »

Ce fut le seul mot qui vint à l'esprit de Holly. Elle

ne demandait pas vraiment à Eric de répéter, mais quand elle entendit son soupir d'impatience, elle comprit qu'il croyait qu'elle le lui demandait, qu'elle n'avait pas entendu. Il détestait les téléphones portables, devenait fou quand une communication commençait à couper ou que son correspondant n'avait pas entendu ce qu'il lui avait dit. Il était intarissable sur les services de téléphonie qui n'avaient fait que se dégrader ces dernières années et comment, avant, on était peut-être connecté à un cordon, certes, mais on pouvait au moins avoir *une putain de conversation*. Et cela ne servait à rien de lui faire remarquer qu'on pouvait aujourd'hui se tenir au cœur d'une forêt et parler à quelqu'un au sommet d'une montagne. Il demandait quelle différence cela faisait s'il était impossible de *communiquer*. Pour son anniversaire, elle lui avait offert un iPhone qu'il avait rapporté à la boutique. Il s'était excusé, disant que c'était un cadeau attentionné mais qu'il ne souhaitait pas transporter sur lui une minuscule et puissante unité centrale sur laquelle il pouvait calculer des algorithmes astronomiques ou bien consulter Facebook. Il voulait simplement un téléphone.

« Eh bien, avait rétorqué Holly, plus blessée que de juste, puisque cela n'était pas un cadeau très romantique – malgré tout, elle avait été excitée à l'idée de le lui offrir ! C'est aussi un téléphone, même si c'est plus qu'un téléphone. » Elle s'était rendu compte, au moment où les mots quittaient ses lèvres, à quel point sa réponse était proche du slogan publicitaire.

« Et Steve Jobs est plus qu'un être humain, avait

dit Eric. C'est pourquoi les esclaves chinois qui travaillent pour lui sont heureux de se jeter du haut des toits de ses usines comme sacrifices humains aux iDivinités.» Eric détestait Steve Jobs.

«Quoi, chéri?» demanda de nouveau Holly. Elle pensait entendre une quelconque machine d'hôpital ronronner en fond sonore.

«Tu n'as pas entendu ce que je t'ai dit?» demanda Eric, l'agacement nettement sensible dans sa voix. La communication en elle-même était, de fait, claire comme du cristal – une de celles qui permettaient même de percevoir jusqu'au cliquetis des dents du correspondant dans sa bouche quand il prononçait les consonnes.

«Si, j'ai entendu, répondit Holly, à présent concentrée. Je suis désolée. J'ai entendu ce que tu disais à propos de Gin et de l'hôpital. C'est juste, c'est juste que je ne sais pas quoi dire. Faut-il qu'on vous rejoigne? Est-ce que je peux…»

Eric éclata d'un rire qui parut à Holly amer et condescendant. Il dit: «Tu plaisantes, n'est-ce pas? Je suppose que tu n'as pas encore jeté un coup d'œil dehors aujourd'hui?

— Je sais qu'il neige, Eric.

— Dire qu'il neige ne me paraît pas décrire exactement ce qu'il se passe, Holly. *N'essayez* même pas de quitter la maison.»

Holly n'aimait pas son ton, mais se sentit aussi touchée qu'il exprime son inquiétude pour la sécurité de sa femme et de sa fille, en dépit de son état de confusion, de son angoisse et de son agacement.

Son esprit protecteur faisait partie des centaines de choses que Holly aimait chez Eric. Lors de leur premier rendez-vous, déambulant de l'endroit où il avait garé sa voiture jusqu'au restaurant, il avait échangé sa place avec elle sur le trottoir et Holly avait compris que c'était pour que, si jamais une voiture bondissait sur le trottoir, ce soit lui et non elle qui soit tué.

« Oh, chéri, dit-elle, plus du tout fâchée. Que s'est-il passé ? Qu'est-ce qui est arrivé à Gin ?

— Je ne peux pas vraiment te l'expliquer maintenant.

— Parce que Gramps est là ?

— Oui, dit-il.

— Tu peux me rappeler ?

— Plus tard. Attends, il faut que j'y aille. Je…

— Eric, personne n'est encore arrivé à la maison. Est-ce que tu as des nouvelles de tes frères ?

— Mes frères ? Bien sûr. Personne ne vient, Holly. Ils sont là où ils peuvent avoir un toit au-dessus de leurs têtes. Et s'ils vont quelque part, ce sera ici, à l'hôpital. Ils ne viendront certainement pas pour le repas de Noël. Reste à la maison, Holly. Je t'appellerai quand j'en saurai plus. À tout à l'heure. »

Avant que la communication ne soit coupée, Holly entendit Eric saluer d'une voix grave quelqu'un qui devait avoir passé la porte, puis quelque chose qui ressemblait à un coq interrompu en plein cocorico – mais ça n'était sûrement pas ça. Ce devait être le bruit de pieds de chaise crissant sur le lino, ou les gonds grinçants d'une porte se refermant. Mais cela inquiéta Holly. Elle réprima son envie de rappeler, pour demander quel avait été ce bruit à l'arrière, mais rappeler Eric ne ferait que rajouter aux divers motifs de confusion. Il avait dit qu'il la rappellerait. Et ils étaient au St Joseph's Mercy Hospital, avait-il dit. Même si ce son était la pire chose que Holly pût imaginer (une sorte d'appel à l'aide agonisant ?), ils se trouvaient dans un *hôpital*. Rappeler Eric serait égoïste, comme si cette crise avait quelque chose à voir avec elle. Ça n'était pas le cas, elle le savait, et lui aussi. Bien que Holly eût toujours apprécié Gin et Gramps, ils n'étaient pas ses parents. Elle ne les *aimait* pas. Elle le savait, et ils le savaient, et ils éprouvaient la même chose envers elle.

De fait, Holly avait le sentiment de connaître à peine les parents d'Eric, en réalité. Ils avaient toujours habité à des centaines de kilomètres des endroits où elle avait vécu depuis qu'elle était mariée à leur fils. Combien de temps avait-elle passé dans la même pièce qu'eux durant toutes les années de son mariage avec Eric ? Plus de deux cents heures ? Peut-être même pas ! Et jamais toute seule. Elle ne s'était jamais trouvée avec eux dans une pièce qui n'ait été occupée par au moins dix autres membres, teint pâle et taches de rousseur, du clan Clare.

Malgré tout, elle le savait, ce serait terrible pour Eric, et terrible pour Tatty, si quelque chose arrivait à l'un des deux grands-parents. Surtout le jour de Noël.

Puis Holly stoppa net, comme si elle avait pilé en voiture avant de percuter une congère, et elle comprit que Noël était fichu – vraiment fichu. Ou, plus précisément, que ça n'allait vraiment pas être un Noël habituel cette année.

Puis, comme si elle percutait la congère en dépit du brusque coup de frein, Holly songea au fait qu'aucun membre de la famille d'Eric n'avait pensé à l'appeler, pour lui annoncer, à elle en personne, qu'ils ne seraient pas là pour Noël. Ils avaient tous appelé Eric, pas elle.

Bon, pensa-t-elle, ça se comprenait, non ? Elle s'efforça de refouler un terrible sentiment de rejet, et la sensation d'échec qui l'accompagnait, en se disant que c'étaient peut-être les frères, pas les épouses, qui avaient appelé. Il était on ne peut plus normal que les frères appellent leur frère, Eric, plutôt que sa femme, pour le tenir au courant de leur progression dans le blizzard, ou en l'occurrence de leur absence de progression. Ils avaient dû supposer qu'Eric avertirait Holly (et plus tard, une fois la crise de Gin passée, elle pourrait toujours discuter avec lui de la raison pour laquelle il ne l'avait pas avertie). Les frères d'Eric n'avaient même pas son numéro de portable, supposa Holly. Et qui appelait encore sur un fixe de nos jours ? De toute évidence, même les robots appelaient les portables maintenant.

Ou (évidemment !) Eric les avait appelés *eux*, avant même qu'ils aient une chance de le contacter – ou Holly, ou d'appeler chez eux. C'est ça. Eric les avait appelés depuis l'autoroute, tout comme il avait appelé Holly, quand ses parents et lui avaient quitté l'aéroport, pour les informer de la situation de « confusion ». À ce moment-là, ils avaient annoncé à

Eric qu'il leur était impossible de venir jusque chez eux aujourd'hui sous cette neige. Eric se trouvait en voiture, en plein blizzard, sur l'autoroute, gérant une crise avec Gin, il n'avait bien sûr pas pensé à appeler Holly pour la prévenir.

Malgré tout, il était difficile de se défaire de ce sentiment de rejet. Les frères d'Eric ainsi que leurs épouses auraient dû savoir qu'elle était à la maison en train de cuisiner, de dresser la table, de préparer, de les attendre. N'aurait-il pas été logique de l'appeler, de s'excuser, même s'ils étaient sûrs qu'Eric la mettrait au courant ? Ce qu'il n'avait pas fait. Un cliché s'était logé dans sa gorge – une boule – et, dans ses yeux, des larmes, qu'elle retint en clignant des paupières.

Holly baissa les yeux sur ses pieds. Ils étaient froids et contractés, sans pantoufles sur le carrelage de la cuisine. À travers le nylon noir, Holly distinguait la structure osseuse complexe sous la peau. Ses pieds étaient devenus, soudainement lui sembla-t-il, décharnés. C'était quelque chose de nouveau dans son corps. Elle le remarquait seulement maintenant. C'étaient les pieds d'une vieille femme.

Pendant toutes ces années, Holly n'avait aperçu les pieds nus de Gin qu'en une seule occasion – il y avait longtemps, lors d'une visite de Gin et Gramps en été, quand Tatiana, quatre ou cinq ans à peine, avait supplié sa grand-mère de venir avec elle dans la piscine gonflable installée dans le jardin.

La pauvre vieille Gin n'aurait jamais pu, bien entendu, s'opposer à une telle requête, bien qu'elle ne pût rien faire de plus qu'ôter ses chaussures orthopédiques et ses chaussettes couleur chair (Holly était certaine que, même enfant, cette femme n'avait jamais possédé de maillot de bain). Mais Gin avait réussi à rejoindre sa petite-fille dans la petite piscine en vinyle, et c'était à cette occasion que Holly avait vu les pieds nus de sa belle-mère.

Ils ressemblaient à d'horribles oiseaux déplumés. Des choses émaciées et sans ailes, préparées pour un maigre repas de prison ou une soupe du tiers-monde. Holly avait même cru voir le sang couler dans les veines de ces pieds, se rassemblant en petits amas de la taille d'une pastille avant de pulser. Ces pieds l'avaient rendue malade de pitié. Elle s'était dit que ce n'était *pas étonnant* que la vieille femme clopine de la sorte. Comment Gin arrivait-elle même à marcher ? Et combien de temps encore des pieds si abîmés, si épuisés pouvaient-ils tout bonnement marcher sur cette terre ?

Holly baissa les yeux sur ses pieds et admit qu'ils ne ressemblaient pas encore à ceux de Gin, mais que, si elle vivait assez longtemps – au contraire de sa mère, de ses sœurs –, ils seraient ainsi un jour – et c'est alors qu'elle remarqua, tout autour de ses pieds, quelque chose de sombre, ou de sale, répandu sur le sol.

Poussière ? Cendre ? Qu'était-ce donc ?

Holly souleva un pied et en reposa la plante pour voir si elle était mouillée, si elle se tenait au milieu d'une flaque de quelque chose. Ce n'était pas le cas. Ça ne pouvait pas provenir du peu de sang de la viande qui avait coulé par terre. Ce petit filet de sang ne pouvait justifier cette tache noire qui s'étalait autour d'elle. Elle prit une éponge dans l'évier, s'agenouilla et essuya le sol :

Rien.

Elle ne ramassa rien avec l'éponge, et quelle que pût être cette tache foncée, elle n'était ni collante ni crasseuse. Elle fit courir sa main autour de la tache et découvrit que rien ne semblait s'être répandu à cet endroit, du moins récemment. Ce cercle était simplement d'un noir plus foncé que le reste du carrelage.

Merde.

Les carreaux de céramique (chers, en argile cuite, bordeaux, posés depuis deux ans) avaient-ils commencé à se décolorer ? Ou bien étaient-ils décolorés depuis le début et elle ne le remarquait qu'aujourd'hui, dans la lumière aveuglante de la neige se répandant par la baie vitrée sur les surfaces brillantes de la cuisine ?

Elle frotta plus fort avec l'éponge mais rien n'y fit.

Ou bien si ?

Était-ce son imagination ou le cercle sombre s'élargissait-il, s'épanouissait-il, alors qu'elle passait l'éponge sur sa surface ?

« Mais qu'est-ce que tu *fiches* ? »

Surprise, Holly leva les yeux et découvrit Tatiana se tenant au-dessus d'elle, de nouveau vêtue de sa robe en velours rouge, les yeux baissés sur Holly avec une expression fâchée, comme si Holly venait de renverser quelque chose que Tatiana avait désiré boire, ou bien comme si elle avait brisé un plat que Tatiana aimait tout particulièrement et qu'elle en ramassait à présent maladroitement les morceaux. Ce devait être, pensa Holly, l'expression dont Tatiana avait dû écoper une centaine de fois de sa mère au cours des cinq ou six premières années de sa vie dans cette maison – Holly, baissant les yeux sur elle du haut de sa taille d'adulte, regardant les verres brisés, le livre déchiré ou le jus de fruits renversé, et disant : «Qu'est-ce que tu as *fait*?»

«Seigneur, s'exclama Holly. Tu m'as surprise. Je te croyais encore dans ta chambre.

— Maman, qu'est-ce que tu fais? redemanda Tatiana, avec la même expression de surprise agacée.

— Eh bien, on dirait qu'il y a quelque chose sur le carrelage, répondit Holly. Mais je n'arrive pas à l'éponger. Tu vois comme c'est plus sombre, tout ce cercle? On dirait une tache ou une décoloration ou peut-être…

— C'est *toi*.»

Holly leva les yeux vers sa fille.

«C'est *toi*, maman.»

Holly ne voulut pas demander à Tatiana ce qu'elle entendait par là. Elle ne lui faisait pas confiance. Il semblait qu'elle était capable de critiquer sa mère, quoi que Holly fasse ou dise. Qui sait ce qu'elle trouverait ridicule dans son attitude cette fois-ci. Quelle plaisanterie elle ferait aux dépens de sa mère. Holly ne demanda pas à Tatiana de s'expliquer, mais continua de la dévisager.

Holly voyait, sur la joue de sa fille, un pli laissé par l'oreiller. Elle fut soulagée, Tatty avait apparemment dormi dans sa chambre. Une sieste. Voilà pourquoi elle ne répondait pas aux appels de sa mère. Elle avait dormi profondément – le genre de sieste au sommeil de plomb qu'on fait au beau milieu de la journée, quand il neige. Tatiana était simplement fatiguée. Très fatiguée. Voilà pourquoi elle était si grincheuse, pourquoi elle s'était comportée de cette manière. Holly constata pourtant avec surprise qu'elle avait ôté la robe noire pour repasser celle en velours rouge de Gin – mais pourquoi avait-elle en premier lieu changé de robe, puis s'était-elle de nouveau changée ? N'était-ce pas ce que faisait parfois Holly, deux ou trois fois en une matinée, avant d'aller travailler ? La situation n'avait rien d'anormal, c'était celle de n'importe quelle mère coincée par la neige, un jour de Noël, avec sa fille adolescente, se persuada Holly, puis elle trouva le courage de demander à Tatty : « C'est *moi*, que veux-tu dire par là ?

— Maman, tu ne vois pas ce que tu es en train de faire ? »

Holly secoua la tête. Son regard passa de Tatiana à l'éponge qu'elle tenait dans la main, puis de l'éponge au rond sombre par terre autour d'elle.

« Maman, tu essaies d'effacer ton ombre.

— Quoi ? » fit Holly.

Pourquoi ces larmes soudaines dans ses yeux ?

Pourquoi, une fois encore, éprouvait-elle ce sentiment d'abandon total, d'avoir été rejetée, abandonnée par *tous* ?

Holly laissa tomber l'éponge et porta la main à ses yeux.

«Lève-toi, maman», dit Tatiana. Sa voix était désormais douce. Ce n'était pas la voix de la petite fille aimante qu'elle avait été – véritablement, la veille encore! – mais il y avait de la gentillesse, de la compassion néanmoins dans son ton. Tatiana tendit la main pour aider Holly à se relever (sur ses pieds décharnés!) et elle dit: «Passe de l'autre côté du comptoir, maman.» Holly obéit puis Tatiana dit: «Regarde», en désignant le sol, les carreaux de céramique bordeaux, qui avaient à présent retrouvé leur teinte d'origine. Il n'y avait rien sur le sol à l'endroit où s'était trouvée…

Où s'était trouvée l'*ombre* de Holly.

«Mon Dieu, s'exclama Holly, et elle sentit alors une vraie larme rouler le long de son nez, vers ses lèvres, qu'elle ne prit pas la peine d'essuyer. Je dois devenir sénile, Tatty. J'étais prête à aller chercher l'eau de Javel au sous-sol. J'allais essayer de blanchir ma propre ombre sous moi, c'est ça?»

Tatiana s'approcha de sa mère et posa la main sur son dos, entre ses omoplates, et Holly se sentit s'affaisser un peu sous le doux contact de sa fille. Tatty lui tapota le dos, rit un peu, et le son de ce rire était charmant, comme une cuillère en argent tapant un petit coup contre une cloche de cristal. Holly rit, elle aussi. Malgré ses larmes, et son sentiment de honte et d'abandon, elle se moquait aussi d'elle-même. Et elle était tellement, tellement soulagée:

Tatty était de retour.

Tatty avait fait une sieste, et même si elles n'étaient que toutes les deux pour Noël…

Eh bien, ce pouvait être merveilleux ! Mère et fille ! Ce serait peut-être le Noël le plus mémorable d'entre tous ! En attendant qu'Eric rentre à la maison avec Gin et Gramps (parce que Gin irait certainement mieux), Holly et Tatiana pourraient jouer au Scrabble, ou lire. Ou peut-être que, pendant que Tatiana lirait, Holly pourrait écrire un peu. Si Tatty décidait de faire une autre sieste, ou bien si elle pianotait des textos à Tommy, bien pelotonnée dans le plaid sur le canapé, Holly pourrait simplement dire : « Je reviens dans quelques minutes, Tatty. Je dois écrire quelque chose. » Tatiana comprendrait. Bien qu'on lui en ait peu parlé, Tatty savait que sa mère écrivait, qu'elle avait étudié l'écriture, avait eu un master de beaux-arts, et qu'à une époque elle avait travaillé sur un recueil de poèmes. Holly lui en avait même confié le titre, *Pays fantôme* – bien qu'elle n'ait pas expliqué à Tatty de quoi parlaient les poèmes. Mais Tatiana était assez âgée à présent pour être vraiment fière de sa mère si celle-ci se remettait à écrire. Elle apprécierait sûrement de l'entendre dire : « Je crois que je vais aller dans ma chambre pour jeter quelques idées par écrit… » Ce serait peut-être le jour, le jour de Noël, où Holly se remettrait à écrire.

Elle se tourna alors pour prendre Tatiana dans ses bras – et bien que ce ne soit pas l'étreinte la plus chaleureuse que la mère et la fille aient partagée, leurs corps se rejoignirent néanmoins complètement, ils allaient encore parfaitement ensemble. Sa fille était de quelques centimètres plus petite que Holly et elle le serait toujours. Holly n'était pas une grande femme, mais la mauvaise alimentation des mois prénataux de Tatiana et les vingt-deux premiers mois de son existence avaient sans aucun doute affecté sa croissance. Et que savait-on de la taille de ses parents biologiques ? On ne saurait jamais rien des gènes influant sur la taille de Tatiana. Tatty serait toujours un bébé dans les bras de Holly. Holly serait toujours capable de se pencher pour embrasser le sommet de la chevelure soyeuse de sa fille, inhalant cette odeur de shampoing à l'huile d'arbre à thé et de lait de toilette L'Occitane. Serrant sa fille dans ses bras, Holly sentait également son souffle suave – menthe, lait et autre chose. Fruit ? Un fruit qui se serait ramolli sous la chaleur d'une lampe ?

« Tu as pris un petit déjeuner ? demanda Holly. Quand nous dormions encore, ce matin ? Tu as faim ?

— Je n'ai pas faim », répondit Tatiana, et Holly prit soudain conscience de l'évidence même :

C'était *ça*, le problème ! Tatiana n'avait pas petit-déjeuné ! Elle était affamée ! « Oh mon Dieu, Tatiana, il faut que tu manges quelque chose tout de suite. »

Holly s'était efforcée de ne pas adopter un ton moralisateur – Tatiana l'ado détestait qu'on lui dise qu'elle avait faim et qu'il fallait qu'elle mange, ou bien qu'elle était fatiguée et qu'il fallait qu'elle aille se coucher, ou qu'elle avait froid et qu'il fallait qu'elle s'habille plus chaudement (« Je mettrai mes gants si j'ai froid aux mains, maman. Tu crois vraiment que j'ai encore deux ans ? ») – mais sa fille se raidit, recula d'un pas et déclara : « Je t'ai dit que je n'avais pas faim », fort, comme si elle s'adressait à une sourde. Elle étrécit les yeux.

« D'accord, d'accord ! Tu n'as pas faim, rétorqua Holly en levant les mains. Mais tu serais certainement de meilleure humeur si tu mangeais quelque chose.

— Je ne suis pas de mauvaise humeur ! » Tatty écarta les cheveux de son visage d'un geste théâtral, avant de se détourner, et Holly remarqua alors qu'elle portait à nouveau les opales.

« Oh, fit-elle, sachant qu'il valait mieux ne pas émettre le moindre commentaire à ce sujet alors même que c'était ce qu'elle s'apprêtait à faire. Tu as remis les boucles d'oreilles en opale. Quel dommage que Thuy et Pearl ne puissent pas venir. » Holly fit une tête de clown triste, avançant la lèvre inférieure. C'était une manière de faire la paix, cette attitude rigolote.

« Quoi ? s'exclama Tatiana, faisant volte-face. Où sont-elles ?

— Je te l'ai dit il y a une heure, chérie – à cause de la neige. Quand elles ont quitté l'église, elles ont compris qu'il leur serait impossible de venir jusqu'ici dans ce blizzard. » Holly désigna la baie vitrée d'un geste de la main mais quand elle regarda dans la direction qu'elle montrait, elle vit que la neige était simplement immobile au-dehors, comme s'il s'agissait d'une peinture de neige. Elle paraissait bénigne, tout à fait praticable, une sorte de mirage ordinaire de neige.

« Tu ne m'as jamais dit que Thuy, Pearl et Patty ne venaient pas ! hurla Tatiana.

— Bien sûr que si, répondit Holly.

— Non, tu ne m'as rien dit ! répéta Tatty, et elle serra les poings, les agitant près de son visage comme si elle voulait se frapper. *Bordel !*

— Tatiana ! » Holly savait qu'elle aurait dû avancer d'un pas, prendre ces poings dans ses mains, mais, par réflexe, elle recula et porta la main à sa bouche, comme si le juron était sorti de ses lèvres.

Tatty secoua la tête, comme si elle était elle-même surprise d'avoir prononcé ce mot. Ses sourcils s'étaient soudés, cette fois cependant de pur désarroi.

« Mais qu'est-ce qui ne va pas chez toi, jeune fille ? demanda Holly.

— Je n'y crois pas ! répondit Tatty, ses épaules s'affaissant de désespoir. Je voulais les voir ! » Elle était au bord des larmes. Holly le voyait bien. Exactement comme lorsqu'elle était petite, ses narines s'étaient dilatées et le bout de son nez parfait rougissait. Parfois, à l'époque où elle n'était encore qu'une toute petite fille, si Holly ou Eric réagissait aussitôt, ils étaient en mesure d'éviter une débâcle en pleine épicerie ou juste avant de déposer Tatty à la crèche. Si on brandissait « Chatouille-moi, Elmo » à pic, ou s'il se trouvait un biscuit Graham à portée de main, on pouvait interrompre le processus avant qu'il ne commence – les narines dilatées qui suivaient menant au hoquet, lui-même précédant un gémissement avant que les sanglots ne démarrent sérieusement pour ne plus s'arrêter, comme en réaction à une blessure mortelle ou à un chagrin insoutenable.

Holly n'oublierait jamais les premières fois qu'elle

avait déposé Tatiana à la crèche Les Tout-Petits – qui n'était en fait qu'une appellation fantaisiste pour une sorte d'orphelinat de jour, car il n'existait aucune véritable école, maternelle ou autre, acceptant une enfant de deux ans. Tout le monde savait ça. Les Tout-Petits était simplement un endroit où d'autres femmes – plus pauvres et qui étaient payées pour – couchaient votre enfant à l'heure de la sieste et s'assuraient tout au long de la journée qu'il ne se cognait pas la tête contre une rambarde de parc ou contre le genou d'un autre enfant.

Le premier matin où Holly l'avait déposée, Tatiana avait été surexcitée au point de faire pitié. Elle s'était précipitée dans le sous-sol défraîchi de l'église où était installé Les Tout-Petits, et avait regardé tout autour d'elle, enthousiaste, les autres enfants – dont plusieurs pleuraient – et les jouets, rangés pour la plupart sur des étagères trop hautes pour qu'elle puisse les atteindre. Mais Tatiana était émerveillée par ce nouveau lieu, ces personnes nouvelles, la promesse de ce sous-sol, et elle n'avait même pas tourné la tête quand Holly était partie.

Pourtant, le matin suivant, Tatiana savait ce qu'il en était d'être déposée aux Tout-Petits – qu'elle ne reverrait pas Holly avant neuf heures une fois qu'elle aurait passé la porte – et les narines de Tatty (de minuscules perfections – son nez étant le plus beau de tous les traits parfaits dont son visage était exclusivement constitué) avaient commencé à se dilater avant même qu'elle eût franchi le seuil avec sa mère, puis ce fut le hoquet, le sanglot étouffé puis, alors que Holly se dirigeait sur ses talons hauts vers la sortie, Tatty avait émis un cri si perçant qu'on aurait cru qu'on venait de la poignarder dans le dos à l'aide d'un long et fin couteau.

« Allez-y ! avait dit la directrice de la crèche, souriant et riant de manière inexplicable. Elle ira mieux dès que vous serez partie. Mais si vous prolongez le moment de la séparation, ça durera toute la journée ! »

Holly, allant à l'encontre de tous les instincts de son corps et de son âme, avait donc passé la porte en vitesse. Le silence qui avait suivi de l'autre côté, une fois la porte refermée, avait été pire que d'entendre encore un cri comme le précédent.

Holly avait sangloté par intermittence toute la journée. Elle avait appelé Eric, qui lui avait dit que le pire qu'elle puisse faire était de retourner à la crèche pour y prendre Tatty. Ce ne serait que la récompenser pour sa propre tristesse.

« La crèche n'est peut-être pas une bonne idée, avait dit Holly.

— Tu en as une meilleure ?

— Je devrais peut-être quitter mon emploi et rester à la maison avec elle ?

— Seigneur, dit Eric. Il aurait fallu que nous économisions bien plus que nous ne l'avons déjà fait pour que *ça* puisse se passer ainsi. »

Il avait raison, évidemment. Il y avait les voitures, le prêt immobilier. Comment s'imaginait-elle qu'ils pourraient survivre avec un seul salaire ? Et sans savoir comment, Holly avait réussi à tenir bon toute la journée – qui lui avait paru, en fait, plus longue que les quatre-vingt-treize jours qu'ils avaient dû attendre avant que leur adoption soit approuvée et qu'ils repartent en Sibérie voir Tatty, si bien que la crèche Les Tout-Petits lui avait alors paru bien plus éloignée que l'orphelinat Pokrovka n° 2.

Mais, quand Holly était retournée aux Tout-Petits ce soir-là, les dames de la garderie lui avaient raconté en gloussant que, bien que Tatty eût pleuré pendant un bon bout de temps – pleuré jusqu'à s'endormir debout au beau milieu de la crèche –, elle avait été tout à fait joyeuse le reste de la journée. Elle avait regardé *Dora l'exploratrice*. Elle avait demandé un deuxième cookie. Elle n'avait pas prononcé un mot au sujet de sa mère. Et elles aimaient toutes Tatiana. Ses cheveux noirs. Les mots russes qui lui échappaient encore quand elle était surexcitée, frustrée ou fatiguée. Les dames de la crèche l'aimaient comme on l'avait aimée à l'orphelinat Pokrovka n° 2.

* *
*

Maintenant, alors que Holly observait le visage affligé et bleu pâle de sa fille presque adulte, et bien que ce ne soit ni le moment ni la situation adéquate (Tatty était triste que Thuy, Pearl et Patty ne soient pas là pour Noël, elle n'était plus la petite fille qu'on emmenait à la crèche), elle pensa : *Mon Dieu, faut-il que je sois punie pour toute l'éternité de l'avoir laissée là-bas en pleurs, aux Tout-Petits ? De ne pas avoir « économisé davantage » ? De ne pas avoir eu le cou-*

rage de dire à Eric que peu importait, qu'ils allaient
devoir se mettre à économiser parce qu'à partir de ce
jour elle n'abandonnerait plus jamais sa fille dans cet
endroit ?

Et pourquoi n'avait-elle *pas* quitté son emploi ? !
Au moins le temps de ces premières années avant la
maternelle ? Pour garder sa toute petite fille auprès
d'elle, pour lui épargner cette séparation ? Eric et
Holly avaient vécu avec *presque rien* quand ils avaient
une vingtaine d'années – une bagnole pourrie, un
deux pièces, et leurs existences avaient été remplies
à ras bord de conforts et de joies bon marché ! Pourquoi n'en avaient-ils pas été capables quelques années
plus tard ?

Mais, bien entendu, personne n'agissait ainsi !
Certaines des mères qui amenaient leurs enfants (certains même plus jeunes que Tatiana) aux Tout-Petits
arrivaient dans des voitures qui coûtaient le salaire
annuel de *deux* des employées de la crèche qui s'occupaient de leurs enfants, *neuf, dix, onze heures par*
jour. Elle ne savait pas pourquoi ces mères faisaient
cela, mais *elle, Holly, pourquoi l'avait-elle fait ?*
Comme ces années étaient passées vite ! Et à quoi
s'était-elle consacrée pendant ces heures et ces jours
des premières années de Tatiana, pendant que sa fille
regardait *Dora l'exploratrice* dans un sous-sol coloré,
en compagnie d'inconnus – sa timbale vide, les yeux
secs, son petit menton pointé vers le haut, vers la télévision, comme pour signifier qu'elle avait souffert
davantage, qu'elle avait déjà souffert, qu'elle en était
encore capable…

Non. Sûrement pas. Cela n'avait pas été si terrible. Tatiana s'était fait des amis (*quoique, où étaient ces amis aujourd'hui ?*) et elle s'était attachée aux dames de la crèche (*quoique, où étaient ces dames aujourd'hui ?*). Et après cet unique et terrible matin, Tatiana n'avait plus jamais pleuré quand on la déposait aux Tout-Petits ! Les colères qu'elle avait piquées par la suite (et elle en piquait *bien*, des colères !) se produisaient généralement quand des proches quittaient la maison.

Thuy pouvait passer chez eux, pour la visite la plus courte ou la plus longue qui soit, mais il suffisait qu'elle reprenne sa veste sur une chaise de la cuisine et l'enfile pour que Tatiana blanchisse et titube vers elle, en l'implorant comme une enfant laissée seule sur le *Titanic* : *Ne t'en va pas.* Il y avait même parfois des mots russes – des mots que Holly supposait que sa fille avait oubliés depuis longtemps – sanglotés ou hurlés. Parfois on parvenait à la calmer en sortant à propos «Chatouille-moi, Elmo» ou un biscuit Graham, mais le plus souvent on la laissait pleurer jusqu'à ce qu'elle s'endorme, pelotonnée sur le canapé ou debout, la tête appuyée contre un mur. C'étaient de terribles sanglots, les sanglots du deuil complet, mais ces larmes n'avaient rien à voir avec celles versées aux Tout-Petits, n'est-ce pas ?

*   *
*

Une larme unique glissa sur la joue de Tatiana. La lumière vive du blizzard se répandant à travers la baie vitrée la transforma en argent, si bien qu'on aurait dit une goutte de mercure.

« Mon cœur ! »

Holly prit à nouveau sa fille de force dans ses bras – et cette fois, ce fut une étreinte dure. Cette étreinte était une *revendication*. Cette étreinte, Holly le sut en s'y livrant, était volée à Tatiana contre son gré. Tatiana, en réponse, se raidit davantage et leva les mains à la hauteur de son visage, de sorte que ses avant-bras et ses coudes se trouvaient entre le corps de Holly et le sien. Elle eut une inspiration déchirée, puis les larmes argentées parurent se déverser hors d'elle, dans ses mains, glissant entre ses doigts, sur sa poitrine. C'était comme si Tatiana contenait soudain une minuscule cascade.

« Mon Dieu, dit Holly. Mon cœur, mon cœur, ma chérie. Nous allons passer un bon Noël. Je te le promets. Et demain, Thuy, Patty et Pearl viendront et nous fêterons Noël comme d'habitude. Regarde ! dit-elle, et elle lâcha Tatiana et se dirigea vers le four, tourna le bouton pour l'éteindre. Regarde ! Je vais réserver le rôti jusqu'à ce que la neige fonde, pour quand nous serons tous réunis. On n'aura qu'à manger la salade végétarienne du fils des Cox ! Je vais la préparer ! Qu'est-ce que tu en dis ? Tu aimeras ça, non ? On va piocher dans les petits pains et le hareng à la crème et le cheddar. Et quand Papa, Gin et Gramps arriveront, nous…

— Quoi ? demanda Tatiana, levant les yeux de derrière ses mains, plus posée à présent, compréhensive. Où sont-*ils* ?

— Tu ne m'as pas entendue parler au téléphone avec papa ?

— Non.

— Eh bien, mentit prudemment Holly. Eh bien, tout va bien. Malgré tout, ils ont dû s'arrêter à cause de la neige. »

Il ne servait certes à rien d'annoncer à Tatty que Gin avait un quelconque problème de santé, n'est-ce pas ? Ni qu'ils se trouvaient tous au St Joseph's Mercy Hospital ? Aux urgences ? Si on devait finir par annoncer quoi que ce soit à Tatiana (Holly espérait encore qu'il s'agissait d'une fausse alerte et qu'ils passeraient tous la porte d'une minute à l'autre), cela pouvait certainement attendre encore un peu.

« Les Cox ne viennent pas non plus ? demanda Tatiana.

— Non, dit Holly. C'est la bonne nouvelle du jour. »

Ah ! Merci, mon Dieu ! Holly avait trouvé « Chatouille-moi, Elmo » ! Le biscuit Graham ! Malgré elle, Tatiana souriait à présent.

Et quel sourire ! En dépit de la mauvaise alimentation de sa petite enfance et du fait que Holly (tout en sachant qu'elle aurait dû le faire) n'avait jamais interdit les bonbons ou les sodas à Tatty, ces dents-là était d'un blanc éclatant. Sans avoir à les blanchir ! Et parfaitement droites, sans bagues ! Ceux qui ne la connaissaient pas commentaient presque toujours son sourire avant de prendre congé. « Waouh », disaient-ils quand Tatty les regardait, leur adressant ce sourire en échange d'une glace ou quand on lui remettait quelque chose. « C'est un sourire qui vaut un million de dollars » ou « Ton sourire fait plaisir à voir ! » ou « De qui tiens-tu ce sourire ? ».

Bien sûr, c'était ce dernier commentaire qui peinait Holly, car Tatiana « ne tenait » ce sourire ni d'elle ni d'Eric. Les origines de ce sourire se trouvaient quelque part à l'est de l'Oural et à l'ouest du lac Baïkal sur le plateau de l'Oukok. Il n'était pas, de fait, impossible que ce sourire ait été porté par les gènes de guerriers mongols (Raiponce Noir de Jais) ou des prostituées de Moscou et de Saint-Pétersbourg qui avaient été repoussées au-delà de l'Oural pendant la révolution. Quand ils avaient commencé à se renseigner sur l'orphelinat Pokrovka n° 2, Holly était tombée sur d'étranges histoires sur Internet : on disait que les petites filles de cette région étaient les plus belles de Sibérie parce qu'elles descendaient de ces prostituées.

Qui savait d'où venait le sourire de Tatiana ? En 1993, on avait exhumé, du permafrost de ce plateau, une des plus anciennes momies. On l'avait appelée la Vierge de Glace et on avait confectionné un buste en fonte, à partir de la reconstruction de son visage, qu'on pouvait admirer derrière une vitre au musée régional de l'Altaï et, bien que Holly et Eric ne l'aient pas visité, ils avaient acheté une carte postale représentant ce buste à un vendeur, près de la gare routière. Holly gardait la carte postale dans un dossier, avec tous les papiers de l'adoption de Tatiana. Cette demoiselle ne souriait pas mais elle aurait parfaitement pu être la mère de Tatiana – son visage en cœur et son nez élégant –, bien qu'elle ait vécu et soit décédée au Ve siècle avant notre ère.

Bien sûr, ceux qui demandaient à Tatiana : « De qui tiens-tu ce sourire ? » n'avaient pas l'intention d'en interroger la génétique ? Ou bien si ? Parfois Holly se posait la question. Demandaient-ils d'où elle tenait ce sourire parce qu'ils pouvaient deviner que Holly n'était pas la mère biologique de Tatiana ?

« Bien sûr que non ! s'était exclamée Thuy. Seigneur, personne ne fait *ça*. Plus de nos jours, en tout cas. La moitié des gamins de cette ville sont adoptés. Ou métis ! Il n'y a aucun sous-entendu quand on demande à Patty : "De qui tiens-tu tes boucles blondes ?" Et on le lui demande tout le temps ! On sait parfaitement que je suis sa mère et qu'elle ne les tient pas de moi ! »

Holly avait acquiescé et feint d'accepter l'appréciation de Thuy comme point final à ce sujet, mais elle savait qu'il en allait différemment avec Thuy et Patty. Dans leur cas, personne ne sous-entendait quoi que ce soit de ce genre – mais Thuy était vietnamienne et c'était une femme mariée à une femme. Il aurait été politiquement incorrect de *sous-entendre* une telle chose dans une telle situation. En revanche, il était difficile de manquer Tatiana et Holly, lâchées dans le monde. Elles étaient blanches et, bien que Holly soit grande et blonde avec un nez court, des yeux bleus et une peau pâle piquetée de taches de rousseur, on *pouvait* trouver d'autres raisons pour justifier les différences entre une fille et sa mère. Un père brun au sourire fabuleux ? Un homme qui serait marié à sa mère blonde ? Quand le réparateur de vélos lançait : « Waouh, de qui tiens-tu ce sourire ? », ne s'inter-

rogeait-il pas, de manière tout à fait sincère et ano-
dine, sur le matériel héréditaire de Tatiana ? Si cette
interrogation traversait aussi l'esprit de Tatiana, elle
n'en montrait rien. Elle se contentait de hausser les
épaules avec modestie, les yeux baissés, répondant :
« Je ne sais pas », sans se départir de son sourire.

« Eh bien, ton dentiste doit t'adorer », avait un
jour commenté une vieille bénévole de la biblio-
thèque, et Holly avait entraîné Tatty à sa suite avant
que la femme n'ajoute quoi que ce soit d'autre. De
fait, Holly n'avait emmené Tatiana qu'une seule fois
chez le dentiste. Quand le cabinet avait refusé que
Tatiana revienne pour un détartrage sans avoir procédé à une radio dentaire, Holly ne l'avait pas ramenée. Il était hors de question que Holly expose sa
fille à ce type de radiation, dirigée sur son visage,
pour rien. Tout le monde pouvait voir que ses dents
étaient saines, parfaites. Celles de Holly étaient, elles
aussi, en parfait état et cela faisait vingt ans que
Holly n'avait pas consulté un dentiste. Elle prenait
simplement soin de ses dents – et, aujourd'hui, de
celles de Tatty. Il lui suffisait de jeter un rapide coup
d'œil dans la bouche de sa fille pour voir qu'il ne s'y
trouvait aucune carie, que ses dents étaient imma-
culées. Eric, évidemment, n'aurait pas apprécié, mais
Holly évoquait suffisamment souvent le nom du
dentiste d'une ville voisine (pas celui que consultait
Eric) pour qu'il suppose qu'elles se rendaient chez
lui environ deux fois par an. Ce qui aurait été complètement superflu :

Ce sourire en était la preuve.

Là, réagissant à la plaisanterie de Holly au sujet des Cox, Tatiana affichait ce sourire – et Holly lui en fut pathétiquement reconnaissante, comme si elle venait d'être graciée dans le couloir de la mort. Elle se sentait encore dans le rôle coupable et suspicieux de celle qui avait dormi trop tard, mais était ravie d'imaginer que, malgré tout, cette journée ne serait peut-être pas un désastre. Que sa fille ne la haïssait pas, qu'elle n'irait pas se terrer dans sa chambre (avec la porte verrouillée !) toute la journée. Qu'elles s'amuseraient plutôt à un jeu de société sur la table – n'ayant plus aucune raison d'y dresser le couvert – et puis, cet autre petit rêve, que peut-être Holly trouverait un moment pour filer dans sa chambre avec un stylo, déterrerait son carnet de notes du fond du tiroir de sa commode et se mettrait à écrire.

De manière pas tout à fait inattendue, l'iPhone de Holly se mit alors à jouer « A Hard Rain's A-Gonna Fall ». Ce devait être Eric, pensa-t-elle. Ou un de ses frères. Ou une des épouses. Égoïstement, Holly n'était pressée de parler à aucun d'entre eux maintenant que Tatiana souriait et qu'il semblait que leur Noël pût prendre un tour suffisamment heureux sans la compagnie de qui que ce soit. Évidemment, si elle avait pu aider Eric avec ses parents, elle l'aurait fait mais, puisqu'elle était de toute façon coincée par la neige, que pourrait-elle dire à son mari pour l'aider ?

Holly jeta un regard vers l'iPhone sur le comptoir de la cuisine mais ne fit pas un geste pour le prendre. «Je ne vais peut-être tout simplement pas répondre, dit Holly. Comme tu me l'as conseillé.

— Quoi? fit Tatiana.

— On va juste faire semblant d'être toutes les deux sur une île déserte pour le reste de la journée. En cas de besoin, on n'aura qu'à nous laisser un message.»

Holly sourit, bien que Dylan continuât à chanter, et Tatiana, l'air inquiet, demanda: «*Quoi?* Qu'est-ce que tu racontes, maman?»

Son épaule cogna contre le bras de Holly, quand Tatty dépassa rapidement sa mère pour atteindre le comptoir et l'iPhone. Elle plongea sur l'appareil comme s'il était en plein vol, comme si elle essayait de l'attraper plutôt que de simplement le ramasser sur le comptoir, avant que l'appel ne soit transféré vers la messagerie.

«Tatty, dit Holly. Pour l'amour de Dieu. Si c'est papa, nous le rappellerons tout de suite, et si ce n'est pas…»

Puis, comme si, en effet, le téléphone possédait des ailes et une volonté propre, ou comme si on l'avait jeté, il s'envola du comptoir de la cuisine et traversa en planant, bas et vite, la cuisine jusque dans la salle à manger et la table où il percuta un des verres à eau de la mère de Holly, qui tomba par terre où il se fracassa finalement d'une façon qui sembla prédestinée, ou délibérée, voire les deux.

«Tatiana!» cria Holly.

Que s'était-il passé ? Et c'était arrivé si vite ! De toute évidence, dans sa précipitation, au lieu de prendre le téléphone, Tatiana l'avait en quelque sorte *jeté* – l'avait tapé, fait voler à travers la pièce jusque dans la pièce voisine.

« Nom de Dieu ! »

Holly se rua hors de la cuisine jusqu'à la table de la salle à manger. Le téléphone portable reposait, sans dommage, sur le plateau, mais le verre à eau irisé de sa mère n'était plus un verre à eau. C'était à présent un millier de morceaux chatoyants, parsemés. Ce verre à eau n'était plus là – et il était partout. Qui sait jusqu'où ses petits éclats de verre avaient bien pu voler ? Holly balaierait et aspirerait, pendant des années, ces petits milliards dans les coins et sous les meubles, et même sur les rebords de fenêtre. Le verre avait *explosé* en heurtant le sol. Atomisé.

L'iPhone, quant à lui, complètement et facilement remplaçable (Holly avait même pris une assurance), était intact. En fait, il était même encore allumé et affichait le fond d'écran de Holly – une photo de Tatiana et Eric devant une cascade. Sur le téléphone, sur cette photo, le père et la fille était illuminés, en miniature, et la cascade, dans leur dos, donnait plus l'impression de plumes que d'eau – comme si quelques centaines d'oreillers avaient été éventrées derrière eux pendant qu'ils souriaient sur le téléphone portable de Holly. La précision de ce cliché était incroyable. D'une certaine façon, l'appareil photo de l'iPhone n'avait pas seulement capturé la seconde précise de ces sourires uniques sur le visage de son mari et de sa fille, mais également chaque goutte, pétrifiée à mi-chute, de cette cascade d'eau écumante. La photo donnait la scène exactement pour ce qu'elle était – quelque chose de léger et de violent à la fois, un instant passant à toute allure, tout en étant complètement figé à jamais. Et tout ça stocké pour l'éternité sur un appareil de la taille de la main ! Si ce machin n'était pas aussi omniprésent, il en aurait été surnaturel.

Holly recula, s'éloigna de la scène du bris de verre en secouant la tête, et, quand elle se retourna, elle constata que sa fille n'avait pas bougé de là où elle se trouvait quand l'iPhone s'était envolé de sa main. Mais Tatiana tenait désormais sa main contre sa bouche, la pressant contre ses lèvres, comme si elle s'était blessée ou qu'elle essayait de réprimer un cri.

«Bon sang de bonsoir», dit Holly – optant pour la légèreté car elle ne voyait pas l'intérêt de se mettre en colère. Elle avait eu douze verres à eau, jusqu'à ce que Tatty en brise trois, puis elle en avait eu neuf, et bon, maintenant elle en avait huit. Au moins c'était à nouveau un chiffre pair ! Les paroles de Thuy revinrent à Holly : *Tu ne peux pas faire entendre raison à un tout-petit, alors pourquoi se mettre en colère contre lui ?*

Telle avait été la réponse de Thuy quand Holly l'avait complimentée – pour sa patience incroyable avec Patty –, et ses propos, leur vérité, avaient blessé Holly, qui avait immédiatement convoqué une image d'elle dominant Bébé Tatty, lui ordonnant de filer tout droit dans sa chambre après l'avoir surprise en train d'arracher, une à une, les pages du dictionnaire Webster. Holly se rappelait la façon dont Tatty avait alors regardé tout autour d'elle, comme si elle ignorait où aller, où était sa chambre. Elle ne vivait dans cette maison que depuis six mois et elle se réveillait encore tous les matins en criant *s'il vous plaît* en russe : *Puzhalsta ? Puzhalsta ? Mama Anya ?*

Pourquoi, en effet, se mettre en colère contre un bébé ou un enfant, quel que soit son âge ? Le jour où Thuy avait balancé sa vérité désintéressée en riant, Tatiana avait déjà douze ans, et Holly aurait désespérément souhaité revenir en arrière. Elle voulait suivre le conseil de Thuy – mais toutes ces premières années étaient perdues ! Toutes ces petites secondes qu'elle aurait pu mieux apprécier, chérir davantage, au cours desquelles elle aurait pu se montrer plus patiente, exprimer plus d'amour, ramener sa fille à la maison après une journée aux Tout-Petits et la conduire directement au parc – disparues !

Mais Holly *avait essayé*, n'est-ce pas ? Un nombre incalculable de fois, elle s'était assise par terre pour jouer avec sa fille à Candyland, au jeu des serpents et des échelles – des jeux auxquels Holly enfant avait tellement désiré jouer, sans que personne eût le temps d'y jouer avec elle. Elle *avait emmené* Tatty au parc. Et à la plage. Et au zoo. Et voir *Casse-Noisette* ! Elles avaient fait des promenades à cheval. Elles avaient voyagé. Elles avaient mangé dans des restaurants chics et des petites gargotes, et même si Holly n'avait jamais fréquenté une église avec Tatiana (comme Thuy et Pearl le faisaient avec Patty), elles avaient visité quelques-unes des plus grandes cathédrales du monde, étaient allées écouter chaque année en décembre *Le Messie* de Haendel au Hill Auditorium.

Malgré tout, à l'époque où Thuy avait donné ce conseil à Holly (ce que Thuy n'avait jamais considéré comme un conseil, plutôt comme un constat), le passé était déjà gravé dans la pierre, inaltérable, et chaque moment de la vie commune de Holly et de Tatty était inscrit dans cette pierre, l'avait été dès le début, et le serait jusqu'à la fin. Bien que Holly n'eût vraiment aucune croyance religieuse ou mystique, elle ressentait profondément, plus elle avançait en âge, le caractère inéluctable de chaque seconde de sa vie, particulièrement depuis que Tatiana y était entrée.

*   *
*

Alors, ça ne rimait certainement à rien de pleurer sur un autre verre à eau brisé ! Ni de réprimander Tatty pour cet accident ! Et c'était bien un accident. Holly avait été témoin de tout l'épisode. Tatiana n'avait pas volontairement jeté le téléphone ou cassé le verre.

Pourtant, cette manie de se jeter sur le téléphone pour y répondre – tout ce mélodrame d'adolescente – était un sujet dont Holly aurait aimé discuter avec sa fille. Elle aurait aimé demander à Tatty s'il lui était possible de *calmer un peu le jeu*. Mais elle ne dirait pas ça. Pas au beau milieu de cette journée délicate.

Au lieu de quoi, elle essaya de taquiner Tatiana : « C'est un sacré lancer que tu as là. Digne de la Ligue nationale. »

Mais Tatty ne rit pas et ne retira pas ses doigts de ses lèvres.

Holly ravala un soupir. *Encore* du mélodrame. Elle s'efforça malgré tout de garder le même ton. Elle s'efforça de rester légère – ou « allégée » comme ses assaisonnements de salade – et demanda : « Ça va, Tatty ? »

Tatty restait muette et, cette fois, Holly soupira. Elle parvint malgré tout à ne pas lever les yeux au ciel et s'en félicita. « D'accord, Tatty, dit Holly avant de toucher l'épaule de sa fille. Ce n'est pas grave. » Toujours aucune réaction. « Allô, la Terre à Tatty. » Holly claqua des doigts (malicieusement) près de l'oreille de sa fille.

Alors Tatiana éloigna ses doigts de sa bouche et les observa, les examina. Ses sourcils bruns se rejoignaient presque au-dessus de l'arête de son nez, alors qu'elle fixait le bout de ses doigts.

Holly claqua des doigts plus fort cette fois, comme pour arracher Tatty d'une transe. Cela fonctionna. Elle leva les yeux vers sa mère, puis tendit la main pour que Holly puisse voir.

Holly suffoqua quand elle découvrit l'extrémité des doigts de sa fille, et se saisit du poignet de Tatiana, examinant sa main de plus près, puis étalant ses doigts afin d'y voir plus clair :

Ils étaient brûlés ! Les trois doigts du milieu. Ils étaient gonflés et un peu rouges, violacés. Il y avait des *cloques*. Holly fut incapable de dire quoi que ce soit, bien qu'elle parvînt à tirer sa fille par le poignet vers l'évier de la cuisine, à tourner le robinet d'eau froide et à plonger la main de sa fille sous le jet. Tatty poussa un cri perçant, tenta de dégager sa main mais Holly tint bon, maintenant fermement les doigts sous l'eau.

«Aïe, aïe, maman, s'écria Tatty. S'il te plaît. S'il te plaît, maman!»

Mais, malgré ses cris, Tatiana n'essayait plus de se libérer. Ça ne servait à rien. Holly était à la fois paniquée et sauvage, et Tatiana n'aurait pas pu échapper à la prise de sa mère en se débattant.

Bon sang! Que s'était-il passé? Pouvait-elle être brûlée au deuxième degré? Ou pire? La peau cloquée, plus sombre, se décollait à présent, aussi irrégulière que de la dentelle, révélant une nouvelle peau pâle sous l'ancienne. *Blanchis!* Les doigts de Tatiana avaient été blanchis! Comme si elle avait plongé sa main dans une casserole d'eau bouillante et l'avait laissée là.

«Oh, mon Dieu, Tatty», dit Holly. Tout en tenant fermement le poignet de sa fille, elle se tourna pour la dévisager. «Tatty, comment est-ce arrivé?»

Tatty secoua la tête. Ses yeux étaient énormes. Elle répondit d'une voix lointaine: «Je ne sais pas, maman. Je ne sais pas. Je ne l'ai même pas touché.

— Touché quoi, ma chérie? Qu'est-ce qui t'a brûlée?

— Ton iPhone.» Tatiana déclara cela sur le ton du constat, mêlé de stupeur.

«Non, mon cœur, dit Holly en regardant par-dessus son épaule en direction de la cuisinière. Tu as dû toucher la cuisinière. Je pensais l'avoir éteinte, mais elle doit être encore brûlante, je suppose.

— Non, rétorqua Tatty. Je n'ai pas touché la cuisinière.

— Tu as touché quelque chose de brûlant, dit Holly. Mais ça ira. Nous allons mettre de la crème. Je vais regarder ce qu'on dit des brûlures sur Internet, et on saura si c'est grave. On va faire en sorte que ça ne s'infecte pas.»

Tatiana détourna les yeux de sa mère pour les baisser à nouveau sur sa main, puis retour vers Holly. Elle n'avait pas l'air rassurée. Elle semblait plutôt douter que Holly eût une quelconque idée de ce dont elle parlait, ni même aucun pouvoir en de telles circonstances.

Holly eut un élan de colère envers Eric qui n'était pas là. Des deux parents, il avait toujours été le plus capable de réconforter ou d'encourager Tatty. Tatty n'avait *jamais* (et c'était exaspérant!) cru Holly sur parole en quelque domaine que ce soit. Que Holly dise à Tatiana que tout irait bien (qu'il s'agisse d'un hématome, d'une mauvaise note ou d'une alerte à la tornade) ne lui avait jamais arraché autre chose que cette expression de doute qu'elle affichait à cet instant. Holly baissa à nouveau les yeux sur les doigts de Tatty et ne put s'empêcher d'émettre un sifflement entre ses dents.

La brûlure était effrayante à voir. Il était fort possible, n'est-ce pas, qu'elles soient obligées de se rendre aux urgences plus tard dans la journée. Pour la deuxième ou troisième fois peut-être au cours de l'enfance de Tatiana, Holly regretta de ne pas avoir de médecin de famille ni même un pédiatre qu'elle puisse appeler. Mais il n'y avait jamais eu de raison d'en avoir. Tatty avait toujours été en bonne santé, au point qu'elle n'avait jamais eu besoin de prendre d'antibiotiques ou de médicaments contre la toux – une chance, car Holly n'était absolument pas prête à faire subir à sa fille un vaccin ou un examen médical inutile de plus après ce qu'elle avait traversé en Russie, et elle savait qu'amener sa fille voir un médecin ouvrirait précisément cette boîte de Pandore-*là*. Malgré tout ce qu'on disait, ils *ne vivaient pas* dans un pays libre, pas quand il s'agissait de décider des soins apportés à son propre enfant.

Et pauvre Bébé Tatty ! Elle avait déjà subi *tellement* de gestes médicaux invasifs, toutes ces manipulations et palpations et piqûres qu'elle avait endurées au cours du processus d'adoption. Non. Holly ne permettrait *plus* qu'on vaccine sa fille contre des maladies auxquelles elle ne serait jamais exposée – rubéole ! polio ! variole ! Et, bien que leurs opinions diffèrent en matière de soins dentaires, Holly et Eric étaient tout à fait d'accord quand il était question du corps médical. Eric détestait les médecins, n'en avait consulté qu'un seul, une seule fois, depuis que Holly le connaissait, et ce à sa demande insistante à elle, à cause de la bosse (bénigne, qui pourtant grossissait) sur le dessus de sa main. Eric était fermement convaincu que le boulot des médecins était de trouver des maladies là où il n'en existait pas, et d'aggraver la maladie là où ils en trouvaient une. Eric et Holly mentaient donc, simplement, facilement, au sujet des vaccins et des examens médicaux, quand il fallait remplir les formulaires annuels scolaires, et Holly signait de son nom sous la mention « Médecin traitant » – et pendant toutes ces années, personne ne l'avait jamais appelée à ce sujet car, tout le monde le savait, personne ne consultait jamais ces formulaires puisque ces vaccins n'étaient pas nécessaires.

Bien entendu, dans ce pays, ne pas emmener son enfant chez le médecin était un tabou épouvantable, au même titre que les châtiments corporels ou l'inceste. Aussi Holly ne s'était-elle confessée qu'à une personne, Thuy, qui était aujourd'hui une adulte en bonne santé sans avoir jamais croisé un médecin de toute son enfance. Les conditions dans lesquelles Thuy avait été élevée ne lui avaient certainement pas permis d'être examinée tous les ans par un médecin ! Et il suffisait de la regarder ! Ses cheveux brillants d'un noir bleuté lui tombant jusqu'aux coudes quand elle ne les relevait pas en chignon. Sa peau était parfaite. Elle courait dix kilomètres par jour. Son sourire était le seul que Holly eût jamais vu pouvant rivaliser avec celui de Tatty en matière de beauté saine. Thuy avait promis de ne pas juger Holly « tant que mon Bébé Tatty ne tombe pas malade. Si ce petit ange tombe malade, tu devras en répondre à Tatie Thuy si tu ne l'emmènes pas voir un médecin – ou bien s'il s'avère qu'elle est malade parce que tu *ne l'y as pas emmenée.*

— Ça n'arrivera pas, avait répondu Holly. Elle *ne*

sera pas malade, justement parce que je ne l'emmène-rai pas voir de médecin. Elle sera comme toi.»

Thuy avait réfléchi à ce que son amie venait de dire, entortillant un bracelet de perles autour de son poignet, semblant accepter son point de vue avant de déclarer : «Eh bien, ma chérie, tu dois bien avoir *plus ou moins* confiance en la médecine moderne.» Holly savait que Thuy faisait allusion à ses mammectomies et son ovariectomie prophylactiques.

«C'est vrai, avait répondu Holly, qui s'attendait à cette remarque (cela faisait des années qu'elle y pensait). Mais c'est bien tout ce à quoi cela se résume. La seule chose dont la médecine moderne est capable dans ton intérêt, c'est de te débarrasser de parties de ton corps ou de tumeurs. Ensuite, si tu attrapes une maladie, tu meurs. Crois-moi, Thuy. Je sais. J'ai vu ma mère et ma sœur, et de quelle manière les "remèdes" peuvent tuer – avec une lenteur atroce – de maladies que tu aurais ignoré avoir si tu n'étais pas allé voir les médecins.

— Ne rien voir, ne rien entendre, ne rien dire ? avait commenté Thuy, mimant les gestes des trois singes.

— Oui.

— Holly, tu n'aurais pas choisi de ne pas emme-ner Tatty chez le médecin parce que tu aurais des regrets, n'est-ce pas ? Je parle de tout ce que tu as dit sur le fait de te sentir un robot… ? » Thuy avait affiché une expression entre la tristesse et l'horreur feinte. «Tu ne ferais pas ça en pensant épargner à Tatiana un destin similaire ?

— Je suis porteuse d'une mutation génétique, avait dit Holly. Ce n'est pas le cas de Tatiana. Elle n'a aucun destin. Celui de ma famille fait partie du passé. Soit nous sommes toutes mortes, soit nous sommes devenues des robots. »

Thuy avait alors asséné un coup de poing d'une force joyeuse dans le bras de son amie, avant d'ajouter : « Désolée, j'y suis allée un peu fort. Mais ça ne fait pas mal, n'est-ce pas ?

— Je ne sens rien », avait répondu Holly, et les deux amies avaient éclaté de rire.

*　*
*

Holly leva les yeux des doigts de Tatiana, et la lumière du blizzard se répandant par la baie vitrée l'obligea à cligner des paupières. Elle dit, aussi calmement que possible – autant pour se rassurer que pour rassurer Tatiana : « Papa va bientôt rentrer à la maison. Si, entre-temps, nous avons besoin d'aide ou de conseil, nous appellerons Thuy.

— Ça ne fait plus mal, de toute façon », assura Tatty en retirant sa main de sous le jet d'eau. Malgré tout, son expression était celle de la douleur et le ton de sa voix était celui d'une personne qui s'était tout bonnement résignée à ressentir cette douleur.

« Viens, dit Holly. On va essuyer très très soigneusement tes doigts avec une serviette et les examiner à la lumière, et on trouvera ensuite quelque chose à mettre sur la brûlure. »

Tenant toujours le poignet de sa fille, Holly la conduisit près de la baie vitrée :

Au moins toute cette luminosité inutile servirait à quelque chose.

Découvrant l'extrémité des doigts de sa fille à la lumière, Holly s'efforça de ravaler son inquiétude. À présent, elle avait franchement peur. Elle songea à la brûlure et au blizzard. Et si c'était grave ? Et si elle avait besoin d'aller chercher de l'aide pour Tatty et ne pouvait reculer la voiture dans l'allée, et si Eric n'était pas en mesure de rentrer à la maison pour l'aider ?

Il y avait les voisins, évidemment, mais lesquels Holly connaissait-elle bien au point de se sentir suffisamment à l'aise pour aller frapper chez eux en pleine tempête, le jour de Noël, et leur demander de l'aide ? Même en cas d'urgence ?

Bon, peu importait qu'elle *se sente à l'aise pour le faire*, non ? Elle devrait le faire, pour sa fille. Après s'être juré de ne plus jamais adresser la parole à leurs voisins directs – qui s'étaient plaints amèrement, des années plus tôt, à cause des poules –, il faudrait bien qu'elle ravale sa fierté. Elle devrait le faire, même si c'était difficile. Les voisins ne s'étaient pas plaints auprès de Holly et d'Eric – cela aurait été différent, mieux –, mais auprès de tous les gens du quartier. Un jour, alors que Holly marchait dans la rue avec Tatiana, elle avait appris de tous les voisins alentour devant chez qui elle passait, que les deux plus proches avaient appelé la police au sujet des poules de Holly et d'Eric, et qu'à cause de ces poules ils demandaient l'abrogation de la loi autorisant les propriétaires à posséder des volailles domestiques.

Ça, c'étaient les voisins d'à côté, mais il y avait eu Randa, dans la maison derrière la leur, qui avait ouvertement accusé Holly de la mort traumatisante de leur chat Trixie. Pour Randa, le pire dans la mort de Trixie ne semblait pas être la souffrance de ce gentil chat, mais que son fils de six ans y eût assisté.

« Pourquoi ne savez-vous donc pas vous occuper de vos animaux domestiques ? » avait-elle crié à Holly qui se tenait alors dans son propre jardin, vulnérable. La voix de Randa tremblait de rage, comme si Holly avait délibérément fait quelque chose d'affreux à un animal. Elle n'avait plus jamais parlé à Randa. Ni, à vrai dire, à aucun autre voisin. Si elle avait pensé que cela servirait à quelque chose, elle serait allée frapper à toutes les portes, l'une après l'autre, et aurait expliqué qu'elle aussi ressentait une terrible honte au sujet de ce qui était arrivé aux animaux, et que cela s'était produit alors qu'elle en avait la charge, mais n'importe qui pouvait comprendre qu'il s'agissait avant tout d'événements échappant à sa responsabilité, qu'elle n'aurait jamais, au grand jamais, accepté que de telles choses arrivent si elle avait pu les empêcher. Si elle avait pensé que cela servirait à quelque chose, Holly aurait admis que, franchement, ils avaient raison :

Elle n'était *pas capable* de s'occuper de ses animaux.

Enfant, elle n'avait jamais eu quoi que ce soit ressemblant de près ou de loin à un animal domestique.

Pas même un poisson. Sa mère avait été malade. *Tellement* malade. Aucun enfant n'aurait dû entendre les bruits s'échappant de sa chambre, et Holly les avait tous entendus ! Ne pouvait-il y avoir un peu de compassion pour une femme ayant eu pareille enfance ? Cela avait été bien assez difficile pour ses sœurs (elles-mêmes des enfants, vraiment !) de s'occuper d'*elle*, sans parler d'un animal ! Holly n'avait donc aucune idée de ce qu'elle faisait avec les animaux, exactement ce dont les voisins l'avaient accusée, et elle était prête à l'admettre. Mais elle avait voulu ces animaux pour Tatty ! Pour que sa fille ait ce que Holly n'avait pas eu. Et personne n'avait été plus peiné que Holly que cela n'ait pas fonctionné. Que cela ait été un tel désastre.

Mais Holly n'aurait jamais pu s'en expliquer auprès des voisins sans passer pour une folle. Alors elle les évita au lieu de les implorer. C'était une perte, néanmoins. Les voisins. Elle désirait plus que jamais qu'ils soient des amis proches, qu'elle ne ressente aucune gêne à leur demander de l'aide un jour de Noël, à leur confier que quelque chose allait vraiment mal.

Pourtant, elle était convaincue qu'aucun d'eux n'était un monstre. Ils les aideraient, et avec plaisir, si Holly et Tatiana avaient besoin d'aide. Ils n'en voulaient pas à Tatiana, bien sûr. Holly en était sûre. Bien que Tatiana n'en eût jamais parlé à sa mère, cette dernière savait que parfois Randa s'approchait de la grille à hauteur de taille, quand Tatiana se trouvait dans l'arrière-cour, et Tatty et elle avaient, semblait-il, de longues conversations, l'une en face de l'autre, pendant que le petit garçon de Randa courait alentour avec un bâton. Elles paraissaient rire. De temps à autre, Randa touchait le bras de Tatty. Holly observait ce geste depuis la fenêtre d'où elle regardait.

Randa les aiderait. Et Randa était administratrice d'hôpital, ce qui ne faisait pas d'elle une professionnelle de la médecine, bien sûr, mais elle saurait sûrement quoi faire dans le cas d'une brûlure pareille. Si la neige était épaisse au point qu'elles ne puissent pas se déplacer en voiture ou faire le tour du pâté de maisons à pied, et si elles étaient obligées de passer par-dessus la barrière pour aller chez Randa, elles le feraient. La barrière était basse.

Holly baissa à nouveau les yeux sur les doigts de Tatiana et fut soulagée de constater qu'ils paraissaient changer de couleur. Ils étaient plus roses à présent. Certes, une couche de peau avait été arrachée, mais celle qui se trouvait en dessous n'était peut-être pas abîmée. C'était peut-être une brûlure superficielle, comme un coup de soleil. Peut-être que la peau qui se décollait des extrémités des doigts n'était pas sombre à cause de la brûlure, mais avait juste pris la couleur cendre d'un quelconque dépôt que Tatiana avait touché sur la cuisinière. Il fallait admettre que Holly ne nettoyait pas le dessus de la cuisinière comme elle aurait dû. Plusieurs fois, elle s'en était elle-même écartée pour découvrir qu'elle avait de la crasse sur la manche, ou une tache sur son coude ou le bout des doigts sale.

Afin d'évaluer encore plus précisément la situation, Holly plissa les yeux.

Maintenant, la peau décollée avait un air super-flu et celle en dessous ne paraissait pas particulièrement tendre ni trop exposée. On aurait dit que la nouvelle peau attendait sous la vieille depuis un bon moment. Il y avait même des empreintes digitales, lui semblait-il, sous les anciennes empreintes, qui devaient être là depuis le début, dans l'ombre, prêtes à prendre la relève.

Mais, après tout, pourquoi pas ? Leurs cellules ne se renouvelaient-elles pas si vite que, chaque année, ils portaient comme un costume de chair entièrement neuf ? Holly n'avait-elle pas lu ça quelque part ? C'était un miracle, vraiment, n'est-ce pas, la manière dont, malgré la desquamation de l'ancienne peau, il y avait toujours ces mêmes empreintes digitales et taches de naissance et cicatrices flottant jusqu'à la surface, la preuve que vous étiez la même personne que celle d'avant que les anciennes cellules ne s'écaillent.

« Ça va aller, dit Holly à sa fille. Ça ira. On va trouver une crème et mettre un sparadrap, et il se peut que ça t'élance un peu, mais tu vas prendre de l'aspirine. D'accord ? »

Tatty secoua la tête, *non*, mais Holly décida de ne pas en tenir compte. Elle la conduisit dans la salle de bains et Tatty suivit – de bonne grâce mais comme une somnambule, exactement de la même façon qu'elle avait suivi Eric et Holly hors de l'orphelinat Pokrovka n° 2, dans la lumière du soleil, puis dans la voiture sombre qui allait les transporter jusqu'à la gare, dans l'aéroport, à tous les arrêts qu'ils avaient faits entre la Sibérie et le Michigan – marchant, marchant, marchant, comme dans un rêve, mais également comme s'il s'agissait d'un destin auquel il ne servait à rien de résister.

*　*
*

Elle avait refusé qu'on la porte. Bébé Tatty ne voulait pas être prise dans les bras, même au travers des labyrinthes sans fin de l'aéroport d'Atlanta, après un vol de près de vingt-quatre heures sans vraiment dormir.

Et, bien sûr, comme elle n'avait que vingt-deux mois, les pas qu'elle faisait dans ses petites chaussures en cuir (que Holly avait achetées pour elle aux États-Unis et lacées à ses pieds à l'orphelinat en Sibérie) étaient, par nature, hésitants – des pas de bébé. Ses chevilles étaient flageolantes. Jusque-là, elle n'avait jamais porté de chaussures à semelles rigides. Elle n'était même jamais sortie de l'orphelinat – à l'exception d'une fois, avait-on dit à Eric et Holly, où elle avait été autorisée avec d'autres enfants qui marchaient à courir dans une zone entourée d'une grille, derrière l'institution. Mais cela s'était passé une journée de printemps, un an plus tôt, et, à l'exception de cette fois-là, depuis qu'elle savait marcher, Tatiana n'avait pas quitté l'hiver profond de l'orphelinat Pokrovka n° 2.

Il leur avait fallu, à tous les trois, vingt-six heures pour rentrer de Sibérie et, pendant tout ce temps, Bébé Tatty n'avait pas prononcé un mot, avait regardé droit devant elle et avait été prête à suivre n'importe où la personne qui lui tenait la main – mais elle ne voulait pas qu'on la porte.

Aujourd'hui, c'était la même chose, tirer Tatiana par le poignet jusqu'à la salle de bains, lui dire de s'asseoir sur le couvercle des toilettes pendant que Holly entreprenait de fouiller les tiroirs, puis le placard à linge, en quête de…

De quoi ?

Neosporine ? Bactine ? Est-ce que lui frotter la main à l'alcool ferait l'affaire ? Ou à l'hamamélis de Virginie ? Holly n'était pas certaine d'avoir jamais nettoyé une plaie de toute sa vie. Les deux seules égratignures que Tatty s'était jamais faites (une fois, elle s'était ouvert le genou en courant pour accueillir Thuy et Pearl dans l'allée, et l'autre fois, elle s'était entaillé un doigt sur un morceau de poterie brisée) avaient été soignées par Eric. Mais Neosporine, c'était un nom qu'il lui semblait avoir déjà entendu dans la bouche d'Eric, en parlant d'une blessure – et, par chance, Holly en trouva un tube.

Elle sortit le tube du placard à linge et lut ce qui était inscrit sur le côté. La description et les indications avaient l'air prometteur. Holly dévissa le bouchon et emporta le tube près de Tatiana, toujours assise, inexpressive, sur le siège des toilettes. Holly dit : « Montre-moi tes doigts, mon cœur. »

Tatty obéit – de la même manière qu'elle avait baissé sa culotte pour faire pipi dans les toilettes minuscules de l'avion bimoteurs qu'ils avaient pris entre Irkoutsk et la Bouriatie. À quoi Bébé Tatty avait pu penser alors ? Elle avait marché si peu souvent, sur ses petits pieds et sur cette terre, et elle se retrouvait à présent dans un appareil tremblotant dans le ciel, au-dessus de cette même terre. Une étrangère lui disait qu'il fallait descendre sa culotte et faire pipi et que tout irait bien, mais s'adressait à elle dans une langue qu'elle ne parlait pas. Pourtant, elle l'avait fait, pipi dans les toilettes, remonter sa culotte, retourner à sa place avec Holly, en marchant de façon la plus stable possible dans cet appareil qui remuait, et elle n'avait pas pleuré.

*   *
*

D'une pression, Holly fit sortir le gel translucide sur le bout des doigts de sa fille, puis banda chacun d'eux avec un pansement Barbie. Depuis combien de temps avaient-ils ces pansements dans le placard à linge ? Ou bien était-ce, plutôt, que Tatiana, malgré son apparente maturité, venait en fait tout juste de sortir de l'enfance si bien qu'ils étaient encore entourés des objets de cette enfance ?

« Ça va mieux ? » demanda Holly, tenant la main aux doigts bandés dans la sienne.

Tatiana ne dit rien.

« Tu vas bien, Tatty ? » demanda Holly – et, oui, cette fois, on sentait qu'elle était tendue. Elle commençait à perdre patience. *D'accord*, pensa-t-elle – d'accord, il y a eu un accident, et Tatty a touché la cuisinière, et elle s'est brûlé le bout des doigts. Mais il était temps de *passer à autre chose*, comme on disait. Non ? « Tatty, tu m'as entendue ? »

Tatiana leva enfin les yeux et son regard croisa celui de sa mère, et cette fois ce fut Holly qui se surprit à détourner le regard. Les yeux de sa fille lui paraissaient trop brillants. À la fois trop lumineux et trop sombres à supporter. Tatty inspira, semblant sur le point de dire quelque chose qu'elle retenait depuis un moment, et cela inquiéta inexplicablement Holly, qu'est-ce que cela pouvait être ? Elle se sentait déjà préparer des excuses, nier, mais Tatty se contenta de déclarer : « Ça a rappelé.

— Oh », fit Holly, s'affaissant un peu de soulagement :

Le coup de téléphone. Son iPhone qui avait sonné sur le comptoir de la cuisine avant que Tatiana le lance accidentellement à travers la maison, avant qu'elle touche la cuisinière et se brûle les doigts. Tatiana et elle étaient revenues aux banalités des coups de téléphone. « C'est vrai, dit Holly. J'avais déjà oublié. Le téléphone a sonné, n'est-ce pas ? Je ferais mieux d'aller voir si c'était papa. »

Holly se tourna vers la porte mais Tatty dit : « Ce n'était pas papa.

— Eh bien, répondit Holly. Je dois vérifier pour m'en assurer », et elle abandonna sa fille assise sur les toilettes, avec ses pansements Barbie, et retourna rapidement dans la salle à manger, au téléphone, aux petits milliards d'éclats de verre. Les voyant scintiller par terre dans la lumière de la baie vitrée, Holly espéra avoir pensé à recharger la batterie de l'aspirateur à main. Souvent, Holly s'en souvenait seulement une fois que les Cheerios avaient été renversés, ou quoi que ce soit de ce genre – comme le verre brisé – et qu'elle tenait à la main l'appareil dont la batterie était à plat.

Elle ramassa son iPhone par terre et le consulta en faisant défiler les derniers appels :

Un autre appel Inconnu. Ce n'était donc pas Eric.

Malgré tout, elle devrait appeler son mari, n'est-ce pas ? Elle parcourut la liste de contacts jusqu'à atteindre son nom et le toucha de son index. Elle porta l'appareil contre son oreille, sentant son contact chaud, et imagina le téléphone d'Eric vibrer dans sa poche de poitrine. Il ne répondait pas. Il était peut-être remonté en voiture avec ses parents. Si Gin avait été admise pour une nuit à l'hôpital, ou quoi que ce soit de grave, il aurait sûrement téléphoné. L'appel fut transféré sur ce qu'elle pensa tout d'abord être sa messagerie vocale :

Holly entendit le bip-bip qui signifiait que personne ne répondrait, qu'on lui passait une machine à la place de son mari. Mais ensuite, au lieu de l'enregistrement de la voix raide et professionnelle d'Eric disant : « Ici Eric Clare, je suis absent de mon bureau… » – il y eut un rire.

Un rire de femme.

(Une très jeune femme ? Ou une enfant ?)

Le rire n'était ni strident ni hystérique, plutôt une sorte de rire simplement amusé et hilare – lui paraissant proche, et intime, et familier à son oreille. Malgré tout, le son de ce rire, la surprise de ce rire, coupa le souffle de Holly et elle raccrocha avant même de se rendre compte qu'elle l'avait fait, puis elle reposa rapidement le téléphone sur la table où elle se contenta de le fixer du regard, sans comprendre, secouant la tête. Puis, regardant l'appareil, elle vit que la photo qu'elle utilisait comme fond d'écran avait changé.

Toute seule ?

L'écume et l'éclat de la cascade, et Eric et Tatiana souriant au premier plan, tout avait disparu. Maintenant, il n'y avait qu'une photo de Tatiana. Un gros plan. Son nez, et ses yeux.

Holly prit l'iPhone et examina la photo de plus près :

De toute évidence, il était arrivé quelque chose au téléphone pendant son vol et sa chute. Était-il cassé ? Ses paramètres personnels s'étaient-ils réorganisés ? Était-ce ainsi qu'elle avait joint un inconnu en voulant appeler Eric – se connectant à ce rire de jeune fille au lieu de sa messagerie ?

Apparemment.

Et son fond d'écran avait été remplacé par ça – le fragment d'une autre photo. Nez, yeux, une photo de Tatiana, mais…

Non.

Holly regarda d'encore plus près. Ce n'était pas une autre photo. C'était toujours la photo de la cascade, mais agrandie. Le cadre en était réduit de sorte que la seule partie visible de la photo était ce morceau du visage de Tatiana – son nez, ses yeux. Mon Dieu. La technologie. Ses bizarreries et ses mystères. Holly était perplexe mais se réjouissait qu'au moins le téléphone fonctionne encore. Elle le reprit et essaya encore une fois d'appeler Eric, et, cette fois, il décrocha à la première sonnerie.

«Chéri», lui dit Holly, si heureuse d'entendre sa voix, que cette connexion soit possible malgré les kilomètres et le blizzard. Pouvoir lui parler en cet instant paraissait presque aussi fou et miraculeux que le fait de l'avoir tout bonnement rencontré au cours de cette vie. D'avoir vécu assez longtemps pour rencontrer Eric, et pour tomber amoureuse de lui, et pour ramener Tatiana dans leurs vies, et pour devenir une famille, comme s'il n'y avait aucun hasard, comme si c'était le destin – un destin empli d'accidents évités de justesse, de bénédictions et de connexions miraculeuses. «Est-ce que ça va, Eric ? Est-ce que ta mère va bien ?

— Je ne... Holly», dit-il. Il paraissait las. Il soupira. Il poursuivit : «Elle est confuse, Holly. Je veux dire par là qu'elle est *vraiment* confuse. Elle se croit en Europe. Elle parle en français aux médecins et, quand ils ne comprennent pas, elle se met à pleurer. Elle croit qu'ils sont allemands.

— Oh, mon Dieu, dit Holly. Oh, Eric.

— Et maintenant papa a des problèmes pour respirer. C'est beaucoup de stress, évidemment. Alors il est dans une chambre et maman dans une autre, et Tony, Jeff et moi ne cessons de passer de l'un à l'autre.

— Tes frères sont avec toi ?

— Ouais.

— Je croyais que le blizzard...

— Eh bien, tu sais, c'était une urgence. Ils sont venus. Quand on veut, on...

— Moi aussi je devrais être là-bas », dit Holly. Son cœur se mit à battre plus fort. Un échec. Il avait eu besoin d'elle. Si ses frères avaient réussi à atteindre l'hôpital, elle aussi aurait pu et elle n'avait même pas essayé !

« Tu n'as absolument rien à faire ici, Holly, dit Eric. La dernière chose dont j'aie besoin en ce moment, c'est de m'inquiéter de vous savoir, Tatty et toi, sur la route par ce temps. Je t'en prie, n'essaie pas de venir en voiture jusqu'ici, Holly. Reste où tu es.

— Très bien », répondit Holly, et bien qu'elle se sentît coupable, négligente, elle se rendit également compte qu'elle était soulagée. Soulagée que cela soit le problème d'Eric et de ses frères. Soulagée de pouvoir raccrocher le téléphone, d'attendre simplement les nouvelles. Soulagée que, véritablement, on ne lui demande rien.

Elle parla encore un peu avec Eric de ces horribles médecins, de cette horrible météo, de la nature des douleurs à la poitrine de Gramps. Ils parlèrent de Jeff et de Tony, et combien il leur avait été difficile d'atteindre St Joseph's Mercy par l'autoroute. Eric l'interrogea au sujet des Cox, de Thuy et de Pearl, et Holly lui annonça qu'ils ne pouvaient pas non plus venir à cause du blizzard. Il demanda ce que Tatty et elle faisaient, et Holly décida de ne rien lui dire au sujet des brûlures aux doigts. Il ne pourrait rien faire pour les doigts de Tatty excepté s'inquiéter. Elle dit : « On va bien. On se chamaille juste.

— Ne fais pas ça, dit Eric.

— Ne fais pas quoi ? demanda Holly.

— Ne te chamaille pas avec Tatty. Elle est tellement excitée par Noël, Holly. Elle a quelque chose de vraiment spécial pour toi. Vous n'avez pas encore ouvert vos cadeaux ?

— Non.

— Eh bien, c'est un sacré cadeau. Tatty y travaille depuis – bon, j'en ai déjà trop dit. Mais nous n'aurions pas dû dormir si tard, Holly. Je crois que c'est un grand Noël pour Tatiana. C'est la première fois qu'elle s'est chargée toute seule de nos cadeaux. C'est un jour important.

— Oh, mon Dieu », dit Holly. Comme elle avait été aveugle ! Comment Eric avait-il pu être au courant de tout ça, et de manière si précise, et pas elle ? Ça expliquait tout ! Pauvre Tatty ! Sa déception ne concernait pas les cadeaux qu'elle allait *recevoir*, mais ceux qu'elle allait offrir. « Oh, Seigneur, Eric. D'accord. Je suis contente que tu m'en aies parlé. Considère les chamailleries comme de l'histoire ancienne. Je vais faire la paix avec elle sur-le-champ. Je t'aime, Eric.

— Je t'aime aussi, dit Eric. Et dis à Tatty que je l'aime aussi.

— Je le ferai, évidemment. Bien sûr que je vais lui dire. Dès qu'elle se réveillera.

— Elle dort ? demanda Eric.

— Eh bien, oui. Elle a beaucoup dormi aujourd'hui. » Holly ne savait pas vraiment pourquoi elle avait menti. Elle avait abandonné Tatiana dans la salle de bains, éveillée, bien sûr, avec ses pansements Barbie aux doigts. « Mais je vais la sortir de son lit, dit-elle. Nous ouvrirons quelques cadeaux sans toi si ça te va ?

— Je pense que c'est très bien », répondit Eric.

Ils se dirent au revoir puis, une fois la discussion finie, Holly écouta le bruit de la connexion coupée, qui était celui d'une hache toute minuscule s'abattant sur le tronc très fin d'un arbre.

*　*
*

Holly écarta le téléphone de son oreille et examina une nouvelle fois la photo :

Tatty.

Ces yeux.

C'était comme si l'iPhone avait décidé que rien n'était plus important. Ni les cheveux de Raiponce Noir de Jais, ni Eric, ni la cascade. Juste les yeux de Tatiana.

C'était étrange, vraiment. Combien d'autres parties de cette photo auraient pu être ainsi isolées ? Un bouton ? Un peu d'écume blanche ? Le sourire parfait de Tatiana ? Peut-être, pensa Holly, Steve Jobs l'avait-il conçu ainsi, l'avait ingénieusement programmé de sorte que, même quand votre iPhone cassait, il fasse quelque chose d'amusant et d'étonnant. « Tatty ? appela Holly. Tatty, tu devrais venir voir ça.

— Voir quoi ? demanda Tatty, et Holly se retourna pour découvrir sa fille derrière elle qui regardait, par-dessus son épaule, l'iPhone dans sa main.

— Oh, fit Holly. Te voilà. Ça. Regarde. Le téléphone a dû être endommagé et maintenant la seule partie qui reste, sur l'écran, de cette photo de papa et toi devant la cascade, ce sont tes yeux.»

Tatty prit l'appareil des mains de Holly, regarda de plus près, puis éclata de rire en secouant la tête.

Tout d'abord, Holly fut simplement soulagée d'entendre le rire de Tatiana. La bonne vieille Tatty était de retour ! Cela ressemblait au rire que Tatty laissait échapper devant des dessins animés amusants à la télévision, ou bien quand Trixie se battait comme un fou contre une plume de paon. C'était le bon vieux rire de la Tatty préado, s'esclaffant joyeusement, sans aucune ironie, devant quelque chose d'amusant, quelque chose qui lui faisait plaisir. *Dieu merci, elle va se sortir de son cafard,* pensa Holly. Trop de temps avait passé depuis la dernière fois que Holly avait entendu ce rire. Si longtemps ! Des jours ! Des semaines ! Peut-être n'avait-elle pas entendu ce petit rire ravi depuis…

Non.

Holly recula d'un pas pour dévisager sa fille et comprit qu'elle reconnaissait ce rire-là – pas de l'enfance de Tatty, mais de quelques minutes plus tôt. Cela avait été le rire dans son iPhone quand elle s'était trompée de numéro en croyant appeler Eric, n'est-ce pas ? C'était le rire qu'elle avait entendu quand elle avait pensé avoir été connectée à la messagerie d'Eric. *Ce* rire, c'était son rire *à elle*. Le rire de Tatty !

Holly prit avec précaution l'iPhone de la main de Tatty et dit : «Il y a un truc qui cloche avec ce téléphone, Tatty. D'abord cette photo qui change et aussi, quand j'ai appelé ton père, j'ai entendu un enregistrement de ton rire au lieu de son message de répondeur. »

Tatiana souriait toujours. Elle haussa les épaules. Elle dit : « Ah ouais ? On s'en fiche. Il marche toujours, non ?

— C'est vrai », répondit Holly, en regardant l'appareil, les yeux de sa fille sur l'écran.

Tatiana jeta elle aussi un regard sur le téléphone, puis ses yeux passèrent de la paume de Holly au sol à ses pieds, à l'endroit où le verre à eau s'était brisé et elle dit : « Tu ferais mieux de mettre des chaussures ou de balayer ça, maman. »

Holly baissa, elle aussi, les yeux. Tatiana avait raison, évidemment. Holly était toujours en collant. Si elle marchait sur le verre brisé, elle se couperait probablement, et elle ne tenait certainement pas à ajouter *cela* aux événements de cette journée qui s'était révélée pleine de dangers ! Elle regarda alors les pieds de sa fille pour s'assurer qu'elle, au moins, était chaussée. Et elle l'était. Elle portait de petites chaussures noires pointues qu'elle ne connaissait pas. Des chaussures à lacets avec un talon bas.

Des chaussures d'époque ? Des chaussures d'occasion ? Holly n'avait jamais vu ces chaussures auparavant et, si cela avait été le cas, elle aurait conseillé à Tatiana de les balancer. C'étaient des chaussures très très moches. Quelle que soit la matière dont elles étaient faites – qui avait dû briller autrefois mais qui était aujourd'hui très terne et éraflée –, elle était aujourd'hui craquelée. De la peau, supposait-elle, mais pas du cuir. Et les lacets paraissaient presque rongés par le mildiou – raides, miteux. Holly dit : « Tatty, où as-tu trouvé ces chaussures ? »

Tatty baissa, elle aussi, les yeux sur ses chaussures. Elle s'esclaffa encore, comme si les chaussures étaient également une surprise pour elle, ou bien comme si elles faisaient partie d'une farce qu'elle aurait faite à sa mère. Elle répondit : « Je ne sais pas. C'est juste des chaussures. »

Holly continua de fixer les chaussures de sa fille, qui ressemblaient à ce que Dorothy aurait pu porter dans *Le Magicien d'Oz*. Elles n'étaient pas exactement de style victorien, mais d'un style inspiré par les tendances des Victoriens – peut-être dans un endroit qui n'avait pas été peuplé pendant l'époque victorienne, de sorte qu'il ne restait rien à quoi les comparer. Ces chaussures étaient fonctionnelles, mais son fabricant avait également tenté de les rendre féminines – les bouts pointus. Elles ne paraissaient pas vraiment anciennes, non plus, constata Holly. Ces chaussures avaient juste l'air d'avoir été portées au cours de quelques longues randonnées dans les montagnes, ou au travers de prés enneigés. On aurait dit que, peut-être, plusieurs filles ou femmes différentes les avaient utilisées au cours d'une très longue et mauvaise année. Holly comprit alors qu'on aurait dit des chaussures soviétiques. Le genre de chaussures qu'auraient portées les infirmières de l'orphelinat si elles n'avaient pas dû travailler en savates de tissu, qui faisaient partie de leur uniforme, ou les femmes désespérées qu'Eric et Holly avaient vues autour d'Oktyabrski, si Holly et Eric avaient pris la peine de sortir dans la rue et de regarder les chaussures des femmes dans cette ville.

* * *

La seule fois où Eric et Holly avaient passé plus que l'heure nécessaire (à faire l'aller-retour à pied de l'hôtel à l'orphelinat) dans les rues d'Oktyabrski, ce fut le 26 décembre. Après avoir oublié de rapporter des cadeaux des États-Unis, Holly avait insisté pour qu'ils aillent faire des courses. Elle pensait pouvoir trouver quelque chose pour Bébé Tatty, quelque chose pour les infirmières, et pour Marina Vasilevna, la directrice de l'orphelinat. Les autres parents potentiels, à l'hôtel, lui avaient dit que les cadeaux et l'argent pourraient encourager le personnel à prendre particulièrement soin de leur enfant entre la première et la seconde visite – durant ces longues semaines obligatoires entre le moment où ils venaient à l'orphelinat pour rencontrer le bébé et celui où ils venaient le chercher. Ces parents suggéraient que les infirmières pouvaient être soudoyées, en fait, pour se montrer plus attentionnées pendant ces mois que votre enfant passerait à une moitié de monde de vous.

Un des futurs pères, un Canadien, avait dit à Holly : « Je ne veux pas vous faire peur, mais il m'est venu à l'idée qu'elles n'ont pas grand intérêt à s'occuper de nos enfants une fois la première visite passée et l'adoption en cours. Je veux dire, là, elles les habillent bien et tout ça, elles essaient de nous les vendre. Mais une fois que l'affaire est lancée – eh bien, peut-être pensent-elles que ces gamins vont connaître des vies de riches Nord-Américains et que, du coup, elles peuvent les négliger un peu en faveur des autres.

— Non qu'elles semblent les submerger d'attentions en ce moment », avait répondu Holly, et elle lui avait demandé s'il s'était déjà rendu dans l'aile avec les autres enfants – dont certains, au lieu de porter des couches, paraissaient passer leur journée par terre, attachés à des bassins hygiéniques. Et si c'était ce qui se passait dans cette aile, alors que pouvait-il bien se passer derrière la porte qu'il leur était interdit d'ouvrir ?

« Eh bien, cela pourrait même être pire, mais ces enfants, ça n'est pas mon problème, alors je me contenterai de faire mon possible pour être certain qu'on s'occupe bien de notre bébé pendant notre absence, avait déclaré le Canadien, visiblement contrarié par l'intérêt de Holly pour le bien-être d'enfants qui ne deviendraient pas les leurs. Avant notre départ, ma femme et moi allons donner ça aux infirmières. » Il avait ouvert une sacoche pour montrer à Holly qu'elle était remplie d'iPod.

« Elles ont des ordinateurs ici ? avait-elle demandé. Elles vont pouvoir s'en servir ? »

Le Canadien avait semblé agacé par cette question et il avait traversé l'esprit de Holly qu'il n'avait pas réfléchi au sujet avant qu'elle le mentionne.

Malgré tout, c'était l'intention qui comptait, n'est-ce pas – autant que ce qu'elle sous-entendait, qu'il y en aurait encore davantage quand les parents reviendraient, si tout se déroulait bien en leur absence…

Aussi Holly avait suggéré à Eric qu'ils se rendent en ville le lendemain de Noël, pour voir s'il y avait quelque chose qui valait le coup d'être acheté.

Mais ils n'avaient eu besoin de visiter que deux ou trois magasins pour comprendre que ce n'était pas le cas.

Dans cette ville, il n'y avait rien à part des bars, des magasins d'alimentation, des rangées et des rangées d'immeubles aux airs de baraquements, et une usine tentaculaire enveloppée de fumée où l'on fabriquait quelque chose que personne ne sut décrire. Et l'orphelinat. Il n'y avait aucun endroit où acheter des fleurs, ou des chocolats, ni même le genre d'alcool qu'on utilise en cuisine. En revanche, on trouvait des étagères et des étagères et des étagères de bouteilles de vodka, présentées par ordre de prix allant de trente à quarante mille roubles – et Eric et Holly avaient convenu qu'ils ne tenaient absolument pas à offrir de la vodka aux employées de l'orphelinat où Tatiana passerait les trois mois suivants sans eux.

Et, de manière troublante, malgré l'usine et les rangées de logements, toute la vodka disponible et tous les enfants abandonnés dès leur naissance à l'orphelinat, la ville paraissait presque inhabitée. Les seuls véhicules qu'ils avaient vus garés dans les rues avaient été un bus paraissant essentiellement constitué de rouille et deux Zaporozhets, avec des airs de petites voitures ou de patins à roulettes (amoureusement entretenues, semblait-il, d'après leur propreté éclatante). Il paraissait n'y avoir aucun homme en ville – bien que les femmes, jeunes pour la plupart, portent des jupes courtes et des collants par le froid glacial, et des vestes à col de fourrure et ceinture, de toute évidence destinées à être vues, et non à tenir chaud. Ces jeunes femmes, aux visages pâles, au rouge à lèvres vif, ne regardaient pas Eric et Holly quand elles passaient à quelques centimètres d'eux sur le trottoir.

Peut-être que si Holly s'était donné la peine d'observer leurs pieds ce jour-là, pensait-elle aujourd'hui, elle aurait constaté qu'elles portaient des bottines comme celles que Tatiana avait aux pieds – des bottines qui donnaient l'impression d'avoir été fabriquées pour des prostituées en institution, des femmes qui avaient un travail à faire, qui avaient besoin de paraître sexuelles mais pas chics, ou gâtées, ou habituées à se soucier des choses à la mode et inutiles. Le genre de bottines, peut-être, que la première mère de Tatiana avait portées.

*   *
*

« Elles sont hideuses, Tatty, dit Holly. Ces chaussures.

— Pourquoi ? demanda Tatty en regardant ses pieds, puis inclinant aussi un peu la tête, comme si ce qu'elle avait aux pieds l'amusait.

— Eh bien, tout d'abord, elles ont certainement connu des jours meilleurs, répondit Holly.

« — N'est-ce pas notre cas à tous ? » demanda Tatty. Encore une fois, elle éclata de rire, et le regard de Holly passa des chaussures au visage de Tatty, considérant l'expression de sa fille.

Était-elle sarcastique ?

C'était difficile à dire car l'humeur de Tatiana semblait tellement légère comparée à celle dans laquelle elle était à peine une demi-heure plus tôt. C'était comme si sa fille était sortie de la salle de bains non seulement les doigts cloqués et bandés, mais avec une nouvelle personnalité. C'était comme une métamorphose, ce haussement d'épaules, ce rire, cette plaisanterie. Holly aurait aimé croire, comme elle l'avait cru initialement, que c'était là l'ancienne Tatty – mais Tatty avait-elle jamais été ainsi ? Avait-elle jamais vraiment eu *le cœur léger* à ce point ?

Sans aucun doute, Tatiana, enfant, avait toujours eu à cœur de faire plaisir, et avait toujours eu peur de blesser – mais était-il facile de la faire rire alors ? Sûrement pas depuis qu'elle était sortie de l'enfance – pas avec ses parents en tous les cas, bien que Holly ait entendu sa fille rire et plaisanter naturellement avec Tommy.

« Tu as eu des nouvelles de Tommy ? » demanda Holly, se rappelant que Thuy avait suggéré que la mauvaise humeur de Tatty pouvait indiquer qu'il s'était passé quelque chose entre eux deux. Si c'était pour cette raison que Tatty avait été querelleuse plus tôt, son humeur légère signifiait peut-être qu'elle venait de recevoir un texto de Tommy et qu'ils s'étaient réconciliés. Les jeunes étaient tellement en lien constant de nos jours que le monde entier pouvait basculer en une demi-heure, et aucun moyen pour les adultes de la maison de suivre. À l'époque de Holly, c'était beaucoup plus compliqué de se chicaner, et plus difficile de se réconcilier. Il fallait déjà que le téléphone sonne et qu'on y réponde pour lancer ou clore une dispute. « Tu lui as déjà souhaité un joyeux Noël ?

— Non, répondit Tatty. Mon téléphone est à plat. Il est resté allumé quand je me suis endormie et je n'ai pas rechargé la batterie.

— Pauvre Tommy ! dit Holly en s'efforçant de tourner la situation à la plaisanterie. Est-ce que ça vous arrive de passer plus de vingt minutes sans vous envoyer un message ? Il doit essayer de te joindre depuis ce matin. Tout va bien entre vous ? »

Tatiana secoua la tête. Elle avait l'air légèrement contente d'elle, pensa Holly, comme si elle avait joué un tour à Tommy, et Holly en revint à l'intuition de Thuy : ils avaient dû se disputer. Une dispute et maintenant Tatty s'amusait avec lui. Et *Je suis injoignable* était le nom de ce petit jeu. Holly y avait joué elle aussi, adolescente.

« Alors tu ne vas pas recharger la batterie de ton téléphone et envoyer un message à Tommy ?

— Non, dit Tatiana. Je ne crois pas. » Aucune indication dans le ton de Tatty. Ni colère. Ni tristesse. Ni plaisir amer. Elle se tourna alors, et Holly ne put voir si elle souriait ou si elle avait l'air renfrogné, et Holly se rappela, une fois de plus, qu'elles n'avaient rien mangé, ni l'une ni l'autre, de toute la journée et elle dit : « Il faut qu'on mange quelque chose, n'est-ce pas, Tatty ? Nous n'avons rien mangé de la journée. L'heure du déjeuner sera bientôt passée et nous n'avons même pas…

— Je n'ai plus faim, rétorqua Tatty. Plus tard. »

Elle se dirigeait de nouveau vers sa chambre, ou vers la salle de bains, d'un pas déterminé et obstiné. De la même manière, dans le souvenir de Holly, que les militaires russes à l'aéroport de Moscou, allant d'une porte à l'autre, sans se presser ni prendre leur temps, comme s'ils savaient exactement ce que vous prépariez et pouvaient vous embarquer quand ça leur plaisait. Holly se sentit de nouveau envahie par le mécontentement.

« Hé, Tatty, dit-elle au dos de sa fille. Va chercher l'aspirateur à main, tu veux bien ? Au sous-sol ? Pour que je puisse ramasser les bouts de verre.

— D'accord, répondit Tatty en tournant les talons si rapidement qu'elle donna l'impression d'avoir anticipé la requête de sa mère. Où, au sous-sol ?

— Je ne sais pas, dit Holly. Branché sur le chargeur près de la table de ping-pong, je suppose.

— Ping-pong ?

— Oui », répondit Holly.

Tatiana ricana :

C'était un *vrai* ricanement. Comme si elle savait parfaitement que l'aspirateur ne se trouvait absolument pas à côté de la table de ping-pong. « Si tu le dis, maman, dit-elle. Il ressemble à quoi ? »

Cette fois, ce fut Holly qui eut un rire déplaisant, principalement nasal. Elle dit : « Eh bien, en premier lieu, il ressemble à un aspirateur à main. En fait, il ressemble à *notre* aspirateur à main ! »

Tatiana hocha la tête, comme s'il ne s'agissait pas d'une plaisanterie, puis se tourna, paraissant se diriger vers sa chambre plutôt que vers le sous-sol. Elle ignorait *volontairement* la requête de Holly ! Cette nouvelle meilleure humeur n'était-elle qu'une mauvaise plaisanterie ? N'était-ce qu'un stratagème pour provoquer Holly ?

« Tatty ! hurla Holly dans le dos de sa fille.

— *Quoi ?* »

Tatty se tourna en même temps qu'elle gronda ce mot, les mains sur les hanches. Elle paraissait serrer les dents et ses yeux étaient *immenses*. C'étaient les yeux immenses de Tatty (Tatty/Sally !), lors de ce premier Noël – et, en les observant, il vint à l'esprit de Holly que ce n'était peut-être pas le visage de Tatty qui avait changé, mais sa personnalité. Ses yeux avaient peut-être paru si grands quand Holly l'avait prise dans ses bras la première fois, parce qu'elle avait peur, ou qu'elle était pleine d'espoir, ou…

Ou quoi ?

Qui avait été cette petite fille, ou qu'avait-elle été, qu'elle n'était plus aujourd'hui ? Holly jeta un coup d'œil réflexe au visage coléreux de sa fille, puis à ses yeux qui la fixaient depuis l'écran de l'iPhone dans sa main, et elle pensa soudain, son cœur cessant de battre :

Ce ne sont pas les mêmes yeux !

Ils se ressemblaient, bien sûr, elle les reconnaissait – mais les yeux dans la main de Holly n'étaient pas les yeux d'animal sauvage avec lesquels Tatty fixait sa mère en cet instant. C'étaient les yeux d'une autre fille. Cette fille, deux étés plus tôt, debout devant une cascade, souriant à côté de son père, n'était pas la jeune fille qui se tenait devant Holly en clignant des paupières.

Holly détourna le regard du téléphone, et de Tatiana. Ce n'était pas le moment d'y penser, ni même de mordre à l'hameçon de Tatiana. C'était une journée de mauvaises surprises. Il y en avait dans toutes les vies. Elles iraient au bout de cette journée ensemble, et demain matin, quand Eric serait de retour et que Noël serait passé, tout redeviendrait normal. De la voix la plus calme possible, elle dit : «Tatty, je t'ai demandé d'aller au sous-sol chercher l'aspirateur à main.

— Putain! s'écria Tatiana, et Holly tressaillit. J'al-lais au sous-sol chercher l'aspirateur à main.»

Tatiana fit siffler les *s* de «sous-sol» et rouler tous les *r*.

Sssous-ssol cherrrcher…

«Très bien, Tatty», dit doucement Holly, bien que ses mains se soient mises à transpirer et à trembler. Néanmoins elle n'allait pas réprimander sa fille main-tenant. Non, c'était le moment, pensa-t-elle, de lui présenter un modèle de comportement raisonnable, de ne pas se mettre en colère, de ne pas la punir. C'était le moment de prendre le contrôle de la situa-tion, pas de l'aggraver. «Je suis désolée, dit-elle. Si tu rapportes l'aspirateur, je vais pouvoir nettoyer et ensuite j'aimerais bien qu'on mange quelque chose

215

toutes les deux, parce que nous commençons à avoir faim et à devenir irritables. Puis on appellera papa pour savoir ce qui se passe, et s'il ne revient pas avant un bout de temps, que dirais-tu que nous prenions de l'avance et que nous ouvrions quelques cadeaux ? »

Tatiana paraissait s'efforcer de contrôler sa respiration, debout dans l'entrée, les mains sur les hanches, toisant sa mère. Elle essayait peut-être de ne pas piquer de crise, ou elle craignait peut-être une crise de panique ? Holly n'avait-elle pas vécu sa première crise de panique à seize ans ? Une crise de panique et une crise de nerfs, n'était-ce pas après tout la même chose ? Elles se produisaient juste à des âges différents.

« Chérie », commença Holly, mais Tatiana s'était déjà tournée (encore, sur les talons de ces hideuses chaussures) vers le placard à linge, et elle en avait ouvert la porte d'un coup sec comme prise de l'urgence désespérée d'y trouver quelque chose puis, ne la trouvant pas, elle claqua la porte, et se dirigea vers celle du sous-sol, qu'elle ouvrit brutalement, alluma la lumière et redressa les épaules, se préparant, semblait-il, à descendre les marches comme si c'était la première fois qu'elle en voyait. Elle agrippa la rampe mais parut hésiter avant de faire un pas, et Holly dit : « Tatty, chérie, fais attention dans l'escalier avec ces chaussures. D'accord ? »

Il n'y eut tout d'abord aucune réponse, mais quand Tatiana atteignit le milieu de l'escalier, Holly l'entendit parler. Mais elle n'avait sûrement pas dû bien comprendre. Elle croyait avoir entendu Tatiana prononcer à mi-chemin du sous-sol : « Tu ne m'as pas acheté de cadeaux. »

« Quoi ? » fit Holly en se postant en haut des marches. Tatiana était en bas à présent, lançant un regard féroce à sa mère. Holly demanda : « Qu'est-ce que tu as dit ? »

Tatty serra les poings et s'en frappa les cuisses en criant, oui, elle cria littéralement : « Tu ne m'as pas acheté de *cadeaux de Noël* !

— Quoi ? Tatty ! Tu as perdu la tête, Tatiana ? ! Tu as choisi tes cadeaux. Tu sais que c'est un véritable trésor qui t'attend sous le sapin ! On a dû dépenser deux mille dollars uniquement pour toi cette année ! »

Holly avait acheté et empaqueté tellement de cadeaux pour Tatiana ce Noël qu'elle ne se rappelait même plus ce qu'elle lui avait offert ! Tatiana avait eu *tout* ce qu'elle avait demandé sous la forme d'une liste longue comme son bras ! Qui était cette inconnue gâtée qui la regardait depuis le bas de l'escalier, le visage bleu dans la lumière du sous-sol ? *Pas de cadeaux ?* Des vêtements et des chaussures et des gadgets électroniques et des livres et…

Holly détourna le regard de sa fille vers le salon, vers le sapin de Noël, vers la trentaine de cadeaux disposés en dessous, enveloppés de papier russe ! Holly était allée en voiture à Hamtramck, comme chaque année, pour acheter le papier ukrainien dans lequel elle empaquetait toujours les cadeaux de Tatiana, toujours le même. (Holly avait grandi sans aucune tradition ! Sa mère était morte ! Sa fille serait élevée dans la tradition des fêtes !) Pour la première fois, elle n'avait pas trouvé le papier crème décoré de rangées bien nettes de poupées gigognes russes. (Les poupées étaient toutes habillées différemment mais avaient toutes les cheveux noirs de Tatty.) Cette année, le propriétaire du magasin avait dit à Holly que les Ukrainiens chez qui il s'approvisionnait avaient préféré, semblait-il, les mêmes sortes de papier cadeau de Noël que les Américains d'aujourd'hui – Pères Noël, sapins, trompettes – et qu'il n'avait que ça à proposer, le genre de papier cadeau qu'on pouvait trouver chez WalMart. Alors Holly était rentrée à la maison et avait commandé du papier cadeau directement à Moscou – outrageusement cher, raffiné. Du papier noir brillant avec toute une variété de scènes inspirées des boîtes en laque russe. Tsars et chevaliers et clochers à bulbe et princesses. Holly avait acheté pour deux cents dollars de ce papier cadeau et, à présent, plus de trente paquets étaient emballés ainsi sous le sapin de Noël, et Tatty l'accusait de ne pas lui avoir acheté de cadeaux ?

Holly s'apprêtait à dire quelque chose, peut-être quelque chose qu'elle regretterait, concernant les jeunes Américains égoïstes et les excès pitoyables de ces Noëls américains, et, peut-être plus horrible encore, quelque chose au sujet de l'orphelinat Pokrovka n° 2 et des enfants qui s'y trouvaient encore au lieu d'être ici – mais avant que les mots lui échappent, Tatty avait disparu comme si une trappe venait de s'ouvrir sous ses pieds pour l'aspirer. Elle ne se tenait plus là, les yeux levés vers sa mère. Si Holly avait envie de lui dire quelque chose de terrible, elle allait devoir le brailler. Elle se contenta de soupirer, mais elle n'avait plus envie d'excuser sa fille. À présent, elle était furieuse, et sa tension… – bon, heureusement il n'y avait aucune maladie cardiaque dans sa famille. Elle parvint à retourner dans le salon, où les guirlandes lumineuses du sapin paraissaient, dans l'éclat provenant de la fenêtre, briller avec davantage de futilité que plus tôt dans la journée, comme si leur revendication de *lumières* s'en trouvait ridiculisée. «Bien sûr, aurait pu clamer le blizzard qui faisait rage derrière la fenêtre. Bien sûr, dans le noir complet, un tas de petites pointes de crayon électriques brillent d'une lumière vive, mais je vous montre, moi, ce qu'est l'éclat.»

En vérité, ces ampoules paraissaient à présent ne contenir aucune lumière, comme si elles en avaient été vidées. Sapées. Épuisées. Et Holly les considéra une minute entière avant de comprendre qu'en fait elles ne brillaient plus du tout. Holly s'approcha du sapin et vit que la prise avait été débranchée. Elle se pencha pour la rebrancher et se demanda si Tatiana avait éteint la guirlande, s'il s'agissait d'un autre geste passif-agressif d'adolescente. Tatty lui envoyait-elle le message que Noël était fichu, ou gâché, ou inutile, ou…

«C'est ça que tu voulais?» demanda Tatiana. Holly se tourna pour découvrir sa fille dans le salon, tenant l'aspirateur à main.

«Oui, répondit Holly. Merci.

— Pas de quoi», répondit Tatiana.

Holly s'attendait à ce qu'elle tourne les talons pour filer dans sa chambre, mais elle n'en fit rien. Elle resta près de Holly, lui souriant avec – comme c'était réconfortant – une certaine affection, ou du moins de la compassion, et elle demanda : « Bon sang, comment as-tu fait pour casser autant de verre, maman ? »

Holly s'écarta en s'affaissant et étrécit les yeux en considérant sa fille, comprenant qu'il ne s'agissait pas du tout de compassion. Mais de condescendance suffisante. Holly s'efforça de maîtriser la colère dans sa voix : « Tu es hilarante, Tatiana. Vraiment hilarante. Maintenant voudrais-tu simplement sortir de là ? »

Une fois encore, Tatiana haussa les épaules. Quelle était cette manie de *hausser les épaules* ? Était-ce une nouvelle manière de midinette ? Peut-être, songea Holly, une jeune actrice avait fait ça dans un film et toutes les filles dorénavant l'imitaient ? Tatty fit demi-tour et marcha lentement vers sa chambre. Marcha *nonchalamment* vers sa chambre. Elle allait érafler le plancher avec ces chaussures ridicules et leurs petits talons durs, songea Holly – et, mon Dieu, quand Tatiana s'était-elle de nouveau changée pour passer cette robe noire ? N'était-elle pas descendue au sous-sol dans la robe rouge en velours de Gin ? Comment avait-elle fait pour en émerger dans cette robe noire ? Bon sang, quel était l'intérêt de changer quatre fois de tenue pour un repas qui n'aurait pas lieu ?

Avant que Tatty ferme la porte de sa chambre (*claque* la porte), Holly lui cria : « Quand j'aurai nettoyé tout ça, nous mangerons. Nous sommes toutes les deux grincheuses. »

La porte claqua sur le mot *deux*.

* *
*

Pendant quelques secondes, Holly resta immobile, s'efforçant simplement de déglutir, de cligner des paupières pour refouler les larmes de frustration et de colère qui menaçaient de noyer ses yeux. Puis elle s'attela à la tâche qui l'attendait, plissant les yeux pour repérer les éclats de verre par terre. Elle alluma l'aspirateur pour vérifier que la batterie était bien chargée et, miraculeusement, heureusement, c'était le cas. Elle se pencha.

Cela n'allait pas être une mince affaire d'aspirer tout ce verre. En fait, elle était sûre qu'elle n'y parviendrait pas complètement. Des années durant, elle retrouverait de petites échardes de verre entre les lattes du plancher. Elle en retrouverait dans les coins les plus reculés de la maison, là où elle s'y attendrait le moins, longtemps après qu'ils auraient oublié cet incident. Une femme d'intérieur plus aguerrie ramasserait les gros morceaux en premier à l'aide d'une pelle et d'une balayette. Mais Holly n'avait ni pelle ni balayette. Il y avait bien un balai – sûrement quelque part. Dans le garage ? Mais elle n'en était pas sûre parce qu'elle ne l'utilisait jamais. C'était plus rapide et plus simple, bien que peut-être moins efficace, d'aspirer les planchers avec l'aspirateur vertical et, quand la poussière s'accumulait dans les coins qu'on ne pouvait atteindre, de passer un coup rapide d'aspirateur à main, en supposant que ce dernier était chargé. Le balai, sans moteur et rudimentaire, ne semblait convenir à aucune des tâches auxquelles Holly s'attaquait. Et dorénavant, évidemment, elle associait le balai à Concordia.

Concordia aux cheveux noirs, qui ressemblait davantage à une mère pour Tatiana que Holly elle-même. Était-ce pour cette raison que Tatty l'avait tant appréciée ? La première fois que la femme de ménage était venue pour le nettoyage hebdomadaire, après leur retour de Russie avec Bébé Tatty, cette dernière était restée bouche bée quand Concordia avait franchi la porte avec son fourre-tout en plastique rempli d'éponges et d'aérosols. Puis Bébé Tatty s'était ruée sur la femme de ménage à la vitesse de la lumière pour lui enlacer les jambes. Quand Concordia, s'esclaffant et s'adressant en langage bébé espagnol à Tatiana, s'était accroupie pour prendre l'enfant dans ses bras, cette dernière s'était agrippée à son cou en riant avec un ravissement que Holly ne lui avait encore jamais entendu. Après cet épisode, le samedi devint le Jour de Concordia. Tatiana s'asseyait près de la porte d'entrée, comme un chiot fidèle attendant son maître, et Concordia et elle jouaient à faire le ménage toute la journée.

« Nous la payons pour garder notre enfant, pas pour faire le ménage », avait constaté Eric – non sur le ton de la critique, car lui aussi appréciait Concordia – en observant la femme de ménage pourchasser

Tatiana avec un balai tout en chantant une comptine espagnole.

Puis il y avait eu l'accident. Le procès. Leur coûteux avocat les avait facilement sortis d'affaire, mais ils n'avaient jamais revu Concordia. Si elle avait laissé ce balai ici, Holly n'avait aucune idée de l'endroit où il pouvait se trouver, et le simple fait d'y penser lui donnait envie de s'asseoir parmi les minuscules morceaux de verre pour pleurer – sur elle-même, sur Concordia (dont la jambe, apparemment, ne guérirait jamais convenablement après la fracture qu'elle avait subie) et, bien sûr, sur Tatty.

Holly décida de ramasser d'abord les gros morceaux à la main – et, naturellement, elle se coupa aussitôt l'index. Une goutte d'un sang rouge incroyablement vif serpenta le long de son doigt jusque dans sa paume avant qu'elle ait le temps de porter la coupure à sa bouche. Ça n'était pas douloureux et, quand elle inspecta son doigt, à part sa paume barbouillée (incroyable comme son sang était d'un rouge très vif dans la lumière provenant de la baie vitrée), elle ne vit rien de plus qu'une blessure superficielle. Une piqûre d'épingle, vraiment, aurait été plus grave. Holly n'en tint pas compte et continua de rassembler les gros éclats. Elle en emporta quelques-uns, mélangés à un peu de son sang, jusqu'à la poubelle sous l'évier où elle les jeta.

Le pied du verre à eau s'était brisé net en deux sections de taille quasiment identique. Holly les ramassa et les posa sur le plateau de la table de la salle à manger. Puis elle se pencha avec l'aspirateur à main et aspira tous les minuscules éclats et la poussière de verre visibles à l'œil nu. Malgré tout, ces morceaux et cette poussière ne semblaient, en fin de compte, pas suffisants pour avoir constitué un verre à eau entier avant qu'il se brise, et Holly se remit donc à quatre pattes et tâtonna sur le plancher. Un peu du sang de la coupure de son doigt s'étala sur le bois – et, en effet, des morceaux très finement pilés collaient à ses paumes, surtout à celle tachée de sang. Finalement, Holly s'assit sur ses talons, fit courir l'aspirateur en gros sur la zone, puis se releva et alla se rincer les mains à l'évier.

Il n'y avait pas grand-chose de plus à faire.

Là encore, une femme d'intérieur plus aguerrie ferait… quoi ?

Eh bien, peut-être qu'une femme d'intérieur plus aguerrie connaîtrait un truc pour finaliser cette tâche, une manière de s'assurer qu'il ne resterait pas de verre par terre. Un chiffon en microfibre humide ? Du ruban adhésif ? C'était le genre de trucs que sa sœur Janet aurait su. Mais cela faisait longtemps que Janet n'était plus. Janet était aujourd'hui aussi brisée et aussi dispersée que le verre à eau de leur mère.

Non. Pour l'amour de Dieu, *ne pense pas* à Janet, surtout pas aujourd'hui…

Se sortir les gens et les événements de la tête était plus simple que ce que Holly aurait cru. Avant les quelques séances qu'elle avait eues avec Annette Sanders, Holly croyait que la pensée agissait selon sa propre volonté, d'une certaine manière, et ruminait de sa propre initiative. Mais Annette lui avait appris qu'il en était autrement. Elle avait demandé à Holly de porter un élastique en caoutchouc autour du poignet et lui avait dit que, chaque fois que les derniers jours de Janet ou le suicide de Mélissa lui venaient à l'esprit, Holly devait faire claquer l'élastique contre sa peau, et penser à autre chose.

Et c'était incroyable, mais cela avait fonctionné. Tous ces autres thérapeutes qui avaient tenté d'aider Holly à dépasser le désespoir et les sources inconscientes de son angoisse, de les hisser jusqu'à la surface pour les observer à la lumière crue : Ah ! Que de temps complètement gâché ! Ce que Holly avait eu besoin d'apprendre, c'était à *supprimer* ses sentiments – ce que les humains réussissaient avec succès depuis la nuit des temps, la preuve en étant qu'ils parvenaient à se lever le matin, à manger, à procréer malgré l'horreur inexplicable de la mort qui attendait, potentiellement et inéluctablement, à chaque coin de rue. En dépit du fait que personne ne pouvait être vraiment sûr de survivre à une journée, les gens faisaient des mots croisés et creusaient des fossés et se nettoyaient les dents au fil dentaire. Et, au contraire de millions d'Américains qui avaient besoin de médicaments pour accomplir ces gestes sans éprouver ni panique ni désespoir, on avait appris à Holly à s'en sortir avec un élastique en caoutchouc !

Bien sûr, elle n'avait pas non plus écrit de poèmes depuis qu'Annette Sanders l'avait guérie de…

De quoi ?

De son chagrin ? De sa peur ? De la condition humaine ?

Pourtant, ça en valait le coup, non ? Rilke n'aurait peut-être pas pensé ainsi (*Si mes démons devaient me quitter, je crains que mes anges ne prennent à leur tour leur envol* – une citation qu'un de ses mentors de l'université avait ressortie toutes les deux semaines environ afin de mettre en garde – de manière extravagante ? – les étudiants poètes contre la psychothérapie et les antidépresseurs dont certains avaient clairement besoin) mais, Holly en était certaine, la guérison n'avait de toute façon rien à voir avec son blocage en écriture. Son blocage avait à voir avec la façon dont sa vie s'était remplie et encombrée dès lors qu'elle avait inclus Tatty et Eric :

Le mariage ! La vie de famille ! La maternité ! Le travail ! Son blocage venait de toutes ces heures passées derrière le volant d'une voiture, à se rendre au bureau pour y rédiger ses dix millions de mémos de directrice commerciale par jour au lieu d'écrire des poèmes, et à aller à l'épicerie, revenir à la maison, s'occuper de Tatty et d'Eric, aller se coucher pour se réveiller le lendemain et refaire la même chose. Quand aurait-elle pu trouver le temps d'écrire, qu'elle soit bloquée ou pas ?

En fait, son blocage d'écriture était peut-être une bénédiction, puisque sa vie n'aurait pu accueillir une activité de plus sans éclater en un milliard de morceaux. Et Holly se fichait (comme Eric lui criait parfois quand elle se lamentait trop de ne pas avoir le temps d'écrire) que d'autres poètes aient écrit, et peut-être écrivaient encore, des poèmes sur les murs de leur cellule de prison. Que certains poètes soient médecins, comme William Carlos Williams, ou agents d'assurances, comme Wallace Stevens, prolifique jusqu'à l'absurde. Bien sûr, depuis des temps immémoriaux, on avait retrouvé dans les poches de victimes de toutes les guerres des poèmes qu'ils venaient juste d'écrire, et Miklós Radnóti avait écrit ses derniers poèmes alors qu'il se trouvait dans un bataillon de travaux forcés, malgré les passages à tabac infligés par les gardes nazis. Quand, à la fin de la guerre, on avait exhumé la fosse commune dans laquelle il avait été enterré, sa femme avait découvert, dans la poche arrière du pantalon de son époux, un recueil de poèmes écrits au crayon à papier dans un petit cahier d'exercices serbe. Les pages ayant été imbibées du sang et des liquides organiques de Radnóti, elle avait dû les faire sécher au soleil…

Nombre de ces poèmes étaient des fragments d'amour destinés à l'épouse de Radnóti et, à l'université, Holly avait appris par cœur la traduction de presque tous ces poèmes, bien qu'elle ne se rappelât aujourd'hui que ces vers : *Mais ton image demeure dans ce grand bousculement, au fond de moi lumineuse, et stable éternellement, tel l'ange qui fait silence devant le monde détruit, l'insecte qui fait le mort au creux de l'arbre pourri*[1]…

Et cela n'aidait en rien Holly de penser à tous ces poètes, ni qu'Eric lui rappelle toutes les histoires

---

1. Traduction Jean-Luc Moreau, P. J. Oswald, 1975. *(N.d.T.)*

qu'elle lui avait racontées concernant ces poètes. Eric n'avait pas l'intention d'être cruel, mais il ne comprenait pas non plus de quoi elle avait besoin pour être poétesse. Une véritable poétesse. Pour être la poétesse qu'elle avait désiré être quand elle suivait ses cours d'écriture créative. Une poétesse américaine du monde, comme Carolyn Forché, ou une poétesse du plus profond intime, comme Louise Glück, ou une poétesse de l'amour et de la perte, comme Marie Howe, ou une poétesse de l'humour et de l'ironie, comme Tony Hoagland (dont le poème « Hard Rain » avait inspiré son choix de sonnerie de téléphone). Voilà les poétesses qu'elle avait souhaité être.

Maintenant que Tatty était retournée dans sa chambre, Eric, bien sûr, aurait dit : « Va écrire un poème maintenant ! Qu'est-ce qui t'en empêche ? »

Il n'imaginait pas. Il n'imaginait pas à quel point elle en avait envie. Mais elle était incapable de s'asseoir et d'écrire un poème. Le poème devait *venir à elle*. Elle était incapable *d'aller vers lui*. Et aucun poème ne lui était venu depuis une décennie et demie.

Très bien. Elle n'était pas poétesse. Elle pouvait bien l'admettre aujourd'hui. Si elle l'avait vraiment été, les poèmes lui *seraient venus*. Elle n'était pas poétesse, comme celles qu'elle avait admirées, ou celles et ceux qui avaient suivi les cours d'écriture créative avec elle. Même les étudiants qui n'avaient jamais publié un vers (la plupart d'entre eux) – Holly savait qu'ils continuaient d'écrire. Qu'ils gribouillaient dans leur bureau quelque part. Qu'ils réussissaient à inventer des poèmes pendant qu'ils faisaient leurs courses au centre commercial, ou durant les heures de leur travail abrutissant, comme l'était celui de Holly. Ils parvenaient même à griffonner pendant leur heure de déjeuner, ou bien dans leur voiture pendant qu'ils attendaient que leurs enfants sortent de leurs cours de danse classique. Le rejet ne suffisait même pas à les décourager. Si leurs poèmes n'étaient pas publiés dans des revues, ils les publiaient sur des sites internet qu'ils créaient eux-mêmes. Holly avait lu ces poèmes sur ce genre de sites et, malgré elle, elle avait méprisé cette façon de faire sa propre publicité, l'engagement de ces poètes envers un art qui l'avait abandonnée. Elle détestait, n'est-ce pas, qu'ils continuent d'écrire, et d'écrire, et d'écrire encore.

Eh bien, ce ne serait pas la voie de Holly, n'est-ce pas ?

Pour Holly, cela avait *toujours* été vain, non ? Elle était une terre en jachère. Elle s'était toujours autorisée à croire qu'il *pouvait* y avoir quelque chose là – si elle se donnait le temps qu'il fallait avec le bon stylo, le bon bureau –, mais elle n'avait jamais trouvé tout ça, parce qu'elle aurait dû creuser pour trouver ces choses à l'aide d'un outil qu'elle se serait inventé elle-même. Impossible. « Assieds-toi donc et écris ! » aurait dit son mari, mais Eric ne serait jamais en mesure de comprendre cette frustration, sa frustration :

Holly avait la sensation évidente qu'un poème secret résidait au cœur de son cerveau, qu'elle était née avec, et qu'elle ne serait jamais, jamais capable de l'exhumer au cours de cette vie, de sorte que *s'asseoir et écrire* était devenu une torture. C'était s'asseoir avec un collier autour du cou qui se serait resserré de plus en plus, tandis qu'elle restait assise.

C'était *le* collier :

À vingt-deux ans, quand on lui avait annoncé au Campion Cancer Center que (bien sûr) elle souffrait de la mutation génétique pour laquelle on lui avait fait passer des tests, Holly avait senti qu'on lui enfilait ce collier par-dessus tête, autour du cou. La charmante oncologue rousse lui avait dit, en lui tenant la main : « Je crois vraiment, Holly, que si vous souhaitez vivre jusqu'à cinquante ans, peut-être même juste jusqu'à trente-cinq ou trente ans, il faut qu'on vous enlève vos seins et vos ovaires. »

On lui avait laissé au moins six mois pour réfléchir. Prenez six mois pour décider si vous souhaitez mourir comme votre mère et votre sœur. Comme si on avait réellement besoin de six mois pour choisir entre ce destin ou vivre jusqu'à cinquante, ou trente ans ?

Pourtant, Holly avait pris ces six mois de réflexion – les six mois les plus longs de toute son existence. C'était toute une vie, ces six mois. Durant toute cette demi-année, elle avait été une femme en haut d'une tour, inspectant le panorama dans toutes les directions sur des milliers de kilomètres. Ce paysage était plat, et familier. Il y avait des potagers emplis de choux. Et la météo était toujours la même. Une bruine tiède, la nuit comme le jour. Elle pouvait voir les tombes de sa mère et de sa sœur depuis cette tour, et elle pouvait également regarder les enfants qu'elle n'aurait jamais s'amuser sur des installations de jeux, rouillées et dangereuses. Mais elle se voyait aussi là-bas – elle se voyait vieillir, sans maladie, sans transmettre sa mutation génétique et, à l'exception de ce collier, pour le restant de ses jours, rien ne différerait de ce que sa vie avait été jusque-là :

Cette quinquagénaire qu'autrement elle ne serait jamais – Holly la dépasserait sur la route. Cette femme conduirait une horrible petite voiture et Holly la doublerait jusqu'à ce qu'elle disparaisse dans son rétroviseur.

Elle avait même cessé de *lire* de la poésie, à l'exception de comptines joyeuses pour Tatty.

* *
*

Puis Holly se rappela l'inspiration avec laquelle elle s'était réveillée :

Quelque chose les avait suivis depuis la Russie jusque chez eux.

Comme elle l'avait prévu, cette phrase avait évolué jusqu'à ne plus rien signifier pour elle à présent. Maintenant, elle devait avancer dans ses tâches. Maintenant il fallait qu'elle mette le rôti au réfrigérateur, afin qu'il ne pourrisse pas, afin qu'on puisse le manger le lendemain, quand le blizzard serait passé. Maintenant, elle allait rappeler Eric. Et elle avait également envie de parler à Thuy – même si elle imaginait son amie pelotonnée sur le canapé, Patty entre Pearl et elle, regardant la télévision. *La vie est belle* ou *Le Miracle de la 34ᵉ Rue* ?

Pearl et Thuy étaient le genre de mères décidées à ce que chaque heure de la vie de leur enfant soit remplie de plaisirs et d'événements mémorables, suivant les saisons. En automne, elles emmenaient Patty voir les vergers et les pressoirs à cidre, en promenade dans des charrettes de foin. Au printemps, elles se baladaient en forêt avec elle pour dessiner les fleurs sauvages qu'elles trouvaient (mais ne cueillaient pas !). Bien sûr, en été, c'était la plage, et Noël commençait fin novembre avec le Casse-Noisette (à Chicago) et les Ices Capades (à Detroit) et la confection de guirlandes d'airelles et de pop-corn. Holly les imaginait toutes les trois sur le canapé, coincées à l'intérieur par la neige, magnifiques, et elle songea combien elle aurait aimé les avoir eues comme modèles de mères quand Tatiana était encore enfant.

Parce que Tatiana n'était plus une enfant, n'est-ce pas ?

C'était une pensée terrible. L'enfance de Tatty était finie. Holly s'approcha de l'îlot de cuisine et posa ses mains sur le granit frais comme une tombe. Le plan de travail était d'un outremer profond, presque noir mais, à l'intérieur de la pierre polie, on distinguait de minuscules mouchetures argentées. Elle regrettait de ne pas se sentir la force. Elle aurait aimé se sentir assez forte pour appeler Tatty encore une fois, pour lui demander de sortir de sa chambre, d'enlever ses horribles chaussures noires et cette robe, d'enfiler son débardeur blanc et son pantalon de sport, ses chaussons duveteux et d'apporter une couverture. Holly préparerait du chocolat chaud et du pop-corn. S'il n'y avait pas de bons vieux films à la télévision, elles pourraient s'installer toutes les deux pour contempler la tempête de neige derrière la baie vitrée. Holly passerait le bras autour des fines épaules bleues de sa fille.

Mais elle en était incapable. Elle ne pouvait pas le supporter. La seule pensée d'aller frapper à nouveau à cette porte, d'entrer dans la chambre de Tatty – elle n'en était même pas capable, n'est-ce pas ? Elle n'était même pas capable de frapper à sa porte. Si elle était verrouillée, si Tatiana avait fermé cette porte avec le crochet que sa mère elle-même lui avait fourni, que devrait alors affronter Holly ? Et si ce n'était pas le cas ? Ce serait encore pire. Holly ne se sentait pas non plus capable de supporter ça : entrer dans cette chambre pour découvrir que sa fille lui tournait encore son dos froid.

Peut-être plus tard, mais pas maintenant.

Elle retourna vers la baie vitrée pour regarder au-dehors.

Il faut posséder un esprit d'hiver[1].

Wallace Stevens.

Wallace Stevens était le poète agent d'assurances dont Eric essayait de se rappeler le nom chaque fois qu'il reprochait à Holly son blocage en écriture, insistant sur le fait que ce n'était ni la maternité ni son boulot dans le monde américain de l'entreprise qui la bloquaient. («Regarde ce poète, tu sais, ce type dans les assurances… ») Que son problème était plutôt…

---

1. Traduction de Claire Malroux, José Corti, 2002. *(N.d.T.)*

Bon, Eric avait un milliard d'explications accusatrices pour justifier le blocage de Holly depuis toutes ces années, n'est-ce pas ?

Un haut mur de neige s'élevait à présent au-delà de la fenêtre. Les flocons dont il était constitué ne possédaient plus l'individualité dont on faisait toujours toute une histoire. Ils s'étaient plutôt regroupés par solidarité. Ils se fichaient de revendiquer une distinction personnelle. Ils pouvaient tous être différents les uns des autres, mais ils se ressemblaient bien trop pour être différenciés. On n'aurait jamais pu les trier, ou leur attribuer de nom. Ensemble, ils formaient une porte, et ils s'étaient refermés. *Une minute…*

Non.

Ça n'était pas tout à fait vrai.

Il n'y avait aucune porte, juste l'illusion d'une porte :

Ce que ces flocons formaient ainsi rassemblés, c'était une *fenêtre* – une fenêtre derrière cette fenêtre, dont Holly s'approcha davantage. Elle posa son visage contre la vitre, mit ses mains en coupe de part et d'autre de sa tête, et constata qu'en plissant les yeux pour se protéger de la lumière, elle pouvait distinguer la barrière entre leur jardin et celui de Randa. Elle apercevait même l'enfant de neige du bassin aux oiseaux, et les sacs de tissu dont elle avait couvert les rosiers à l'automne, le long de cette barrière.

Les sacs, en tissu gris-blanc, comme les flocons qui tombaient, étaient à présent recouverts de neige de sorte que Holly ne pouvait déceler que leurs contours contre les planches de cèdres de la barrière. Depuis l'endroit où elle se trouvait, ces sacs qui protégeaient ses rosiers, obscurcis par la tempête, ressemblaient à des têtes, alignées, sept en tout, contre la palissade de Randa. Des crânes emplis de roses, des esprits faits de roses, dissimulés dans les sacs afin qu'ils sommeillent au chaud et que ses rosiers aient une chance de traverser l'hiver du Michigan :

Il faut posséder un esprit de roses.

Il était difficile d'imaginer que, là dehors, couverts de ces sacs, dormant (quel que soit le véritable sens de *dormant* : un état entre le sommeil et la mort ?) se trouvaient son rosier Teasing Georgia, son Mardi Gras, son Cherry Parfait, son Falstaff, son Purple Passion et son Black Magic – celui qu'elle surnommait son Tatiana. Holly avait encapuchonné elle-même ses rosiers en octobre.

Des années plus tôt, quand elle parlait encore à sa voisine, Randa avait demandé à Holly (poliment, Holly devait le reconnaître) ce que cette dernière vaporisait sur ses rosiers. Randa avait confié à Holly qu'elle *adorait* les roses, qu'elle aimait les voir s'épanouir le long de la barrière qu'ils partageaient, et pouvoir les contempler dans toute leur splendeur et leur perfection par-dessus ladite barrière. Malgré tout, elle se demandait si le produit que Holly vaporisait sur ses fleurs pouvait empoisonner son caniche ? Ou, disons, les poules de Holly ? Ou encore les oiseaux qui venaient se nourrir dans les mangeoires de leurs jardins ? Ou autre chose ? *Son petit garçon ou Tatiana ?* Plus on lui accordait de temps, plus les questions de Randa devenaient hystériques. Était-ce un pesticide ? Une substance cancérigène ? Existait-il des produits alternatifs organiques ?

Holly avait tout simplement menti. En vérité, elle vaporisait sur ses rosiers du Diazinon, du Malathion et autre chose, un produit appelé K-O. Et non, on ne pouvait pas faire pousser des roses comme celles-ci sans poison. Il n'existait pas de poisons *organiques* – ou ne devrait-on pas plutôt dire que chaque poison était *organique* (*lié à, provenant d'une matière vivante ; en relation avec ou affectant un organe corporel*). La terre elle-même était le poison ultime et le soleil – ils mouraient tous lentement des retombées radioactives du soleil. Elle n'avait pas pris la peine d'en débattre avec Randa. Elle s'était contentée de répondre : « Oui. Tout est organique. »

— Ouf, avait fait Randa. Merci de ne pas avoir été offensée par ma question ! »

Mais Holly avait bel et bien été offensée.

Elle avait été offensée par l'ignorance de Randa, puis offensée par sa naïveté. Elle avait été offensée que tous aient été naïfs au point de croire que des roses comme les siennes soient capables de repousser pucerons, champignons et taches noires sans l'aide des humains et des toxines que ces derniers concoctaient dans leurs usines. Elle était offensée par l'idée innocente de Randa que Holly puisse avoir d'autres choix que de vaporiser ses roses avec un produit potentiellement mortel (autre que celui de ne pas faire pousser de roses du tout). Des roses comme celles-ci valaient bien le coup de prendre quelques risques, non ? Elle s'était sentie un peu coupable, c'est vrai, surtout concernant Rufus le caniche qui passait la majorité de son temps à renifler près de la barrière qui séparait leur jardin de celle de Randa, là où les rosiers poussaient. Mais, après toutes ces années, Rufus était encore en vie, et Holly se sentait moins coupable depuis que Randa l'avait affrontée (*attaquée*) au sujet du chat.

* *
*

Ah, Trixie.

Là derrière, près des rosiers, sous la neige, le long de la barrière, il y avait une modeste tombe en l'honneur de Trixie, sur laquelle Tatiana avait placé un petit chérubin en faïence qu'elles avaient acheté chez Target.

Eric étant en déplacement d'affaires en Californie, Holly avait dû creuser elle-même la tombe, sans compter qu'on était alors en hiver, et la terre était si dure que Holly avait peiné, ne fût-ce que pour l'entailler à l'aide de la pelle d'Eric. Aussi la tombe était-elle peu profonde. Vraiment, une tombe honteusement peu profonde.

Holly aurait dû se douter qu'elle n'avait pas assez creusé, qu'une bête pouvait déterrer le cadavre. Mais il avait fait *tellement froid* ce jour-là qu'elle avait supposé que le corps de Trixie, déposé dans une boîte en carton, serait gelé et raide avant la tombée de la nuit. Aucun animal n'aurait pu renifler une chose à ce point congelée, c'était sûr, et quand le cadavre décongèlerait ?…

Après tout, qu'est-ce que Holly y connaissait en cadavres ? Il avait fallu attendre le mois de mars, et que la neige fonde, pour que Holly sorte inspecter ses rosiers, jette un œil sous les capuchons de pendus et remarque que la tombe avait en effet été *fouillée*, que la boîte en carton n'était plus que lambeaux humides et que le chat avait disparu. Heureusement, elle avait fait cette découverte un samedi matin, Tatty et Eric étaient encore au lit, et Holly avait réussi à se précipiter dans le garage, à simuler le monticule d'une tombe et à remettre en place le chérubin en faïence qui avait roulé sur son visage potelé, près de la tombe vide.

*   *
*

Holly s'éloigna alors de la fenêtre.

Elle se rappela le rôti qui refroidissait dans le four froid :

Douze livres à 4,99 dollars la livre. Elle ne pouvait pas se permettre de gâcher. Elle allait l'envelopper, décida-t-elle, et le mettre au réfrigérateur. Si Tatty acceptait d'en manger un morceau avec elle plus tard, Holly n'aurait qu'à en découper assez pour elles deux et le faire cuire dans un plat au four ou, si elle était pressée, au micro-ondes.

Mais quand elle se tourna vers la cuisine, elle vit que Tatty s'y trouvait déjà et que le rôti avait été sorti du four. Il était à présent posé sur le comptoir de la cuisine et Tatty, penchée dessus avec un couteau et une fourchette, mastiquait !

«Nom de Dieu, Tatty ! cria Holly. Je n'ai pas arrêté de te demander si tu voulais manger quelque chose et tu m'as tout bonnement ignorée. Laisse-moi le *cuire* avant de le *manger*.»

Mais Tatty ne leva pas les yeux, et elle avait, de toute évidence, la bouche trop pleine de viande crue pour parler. Elle mâchait et mâchait encore, sans tenir compte de Holly – et avant qu'elle n'ait pu avaler le morceau ensanglanté de viande qui était déjà dans sa bouche, Tatiana en découpait déjà un autre et l'enfournait. Témoin de cette scène, Holly passa de l'agacement à la panique :

«Tatty ! Mon Dieu ! Tu vas t'étouffer. Arrête ! S'il te plaît !»

Elle surgit derrière sa fille et lui arracha le couteau de la main. Elle ne s'attendait pas vraiment à ce que Tatty essaie de le lui reprendre, mais elle le tint en l'air en l'éloignant quand même de sa fille. Holly savait à quel point ce couteau était tranchant. À peine quelques jours plus tôt, bêtement, elle l'avait laissé pointé vers le haut dans le lave-vaisselle et, alors qu'elle allait chercher une cuillère pour ses céréales, elle s'était empalé la main dessus – vite mais bien – en pleine paume.

Les yeux de Tatiana étaient à nouveau gigantesques. Ils n'avaient jamais été aussi grands, vraiment. Non ? Ils faisaient le double de leur taille normale ! Était-ce le symptôme d'une quelconque affection ? Une espèce de carence en vitamines ? Les yeux d'une personne en phase maniaque ressemblaient-ils à ça ? Se pouvait-il que Tatty présente des symptômes de maladie mentale cachée jusque-là ? La maladie mentale était un sujet qui avait été envisagé par quelques-uns de ses collègues (pas nécessairement bien intentionnés, d'après Holly), quand elle avait commencé à raconter qu'elle était intéressée par l'adoption d'un enfant à l'étranger :

Qu'en était-il de l'hygiène mentale de l'enfant ? Et de ses gènes ? N'était-il pas probable qu'un enfant accueilli dans une institution d'État ait des parents alcooliques ? Criminels ? Schizophrènes ? Si l'enfant avait déjà deux ans, comment savoir quels types d'abus il avait déjà pu subir à l'orphelinat et les conséquences sur son développement psychologique ?

Ce type d'interrogations et de raisonnements avait mis Holly hors d'elle et, après la seconde ou la troisième suggestion de ce style, elle avait rétorqué : « Eh bien, je suppose que si mon patrimoine génétique était parfait, comme le vôtre, j'aurais bien plus de raisons de m'inquiéter. Mais puisque le mien est tissé de mutations génétiques mortelles, j'ai plus de compassion dans ce domaine que d'autres personnes. Je veux dire, vous sous-entendez que ceux qui auraient de mauvais gènes ne devraient pas avoir de parents, ou bien que les gens avec de mauvais gènes ne devraient pas avoir d'enfants… »

Grâce à cette diatribe humiliante, Holly était parvenue à inspirer quelques excuses abjectes. Et, après ça, on avait dû se passer le mot au bureau car personne n'aborda plus jamais le sujet.

Pourtant, il n'aurait pas été humain de sa part de ne pas s'en inquiéter.

Évidemment, quelque chose avait terriblement mal tourné dans la lignée de Tatiana. Pour quelle autre raison, sinon, une superbe petite fille brune en pleine forme aurait-elle fini dans un orphelinat célèbre à travers toute la Russie – et dans le monde entier – pour son intérieur nu, son absence de chauffage central, ses maigres rations de nourriture, son peu de personnel (si réduit que beaucoup des enfants qui passaient leurs premières années dans les institutions Pokrovka étaient identifiables aux plaques chauves permanentes à l'arrière de leur crâne parce qu'on les avait laissés trop longtemps sur le dos dans leur berceau sans les prendre dans les bras) ?

En Sibérie, personne n'avait été en mesure (ni même désireux ?) d'aborder avec Holly et Eric le sujet des parents biologiques de Tatiana – excepté que Tatiana était née «dans l'Est», ce qui était censé impliquer que Tatty était de descendance rom ou mongole, un code pour «tsigane» ou «asiatique». Évidemment, peu importait à Eric et Holly. Leur seule inquiétude à ce stade – après ce premier aperçu des yeux noirs gigantesques de Tatty/Sally, après être tombés éperdument amoureux d'elle – était de savoir s'il y avait quelque chose qu'ils devaient connaître concernant ses gènes afin de l'aider et non de la *rejeter*.

On ne pouvait pourtant pas en vouloir à la directrice ni au personnel de l'orphelinat Pokrovka n° 2 de ne pas leur faire confiance. Des centaines de couples américains avaient franchi ces portes, déclaré leur amour pour un enfant, découvert que la mère biologique de l'enfant était une droguée, ou une prostituée, ou avait été victime d'inceste, ou qu'elle était d'une manière ou d'une autre génétiquement inférieure à eux, avant de quitter l'orphelinat en quête d'un autre enfant dont ils tomberaient désespérément amoureux. C'était sans aucun doute dans l'intérêt des enfants que le personnel de l'orphelinat refusait de divulguer trop d'informations.

Jusqu'à la dernière heure de leur second voyage en Sibérie – une fois l'adoption finalisée et Tatty, debout, tel un pilier à côté d'eux (elle ne voulait pas qu'on la porte), habillée d'une petite robe blanche et d'un manteau que Holly avait apportés des États-Unis (avec ces petites chaussures en cuir blanc), sur le point d'entamer la première partie de leur voyage de retour (en train jusqu'à Saint-Pétersbourg) –, personne n'avait même daigné *écouter* leurs questions concernant les origines de Tatiana, encore moins y répondre :

« Pensez-vous que sa mère l'a abandonnée ou bien qu'elle est morte ? » avait demandé Holly à Anya, l'infirmière qui aimait visiblement le plus Tatiana et qui, heureuse coïncidence, parlait le mieux anglais.

Anya avait levé brièvement les yeux vers le plafond et déclaré : « Pour ce monde, la mère est morte. »

Cette déclaration ne révélait rien, bien entendu. *Morte pour ce monde* ne signifiait pas nécessairement *morte*. De toute évidence, tous les enfants de l'orphelinat Pokrovka n° 2 étaient nés dans la pauvreté, ou dans un contexte de toxicomanie conduisant à la pauvreté, ou bien ils étaient le fruit de liaisons clandestines, ou bien leurs mères étaient très jeunes, des filles-mères.

Ces parents étaient morts pour ce monde, qu'ils le soient réellement ou pas.

Il y avait également des orphelins (une grande salle pleine, en fait, que Holly avait furtivement découverte toute seule) qui étaient si malades ou handicapés que même une famille fonctionnant normalement pouvait les avoir abandonnés. On gardait ces enfants derrière la porte interdite aux visiteurs – une porte que Holly avait ouverte et franchie (comment aurait-elle pu faire autrement ?) pendant que les quelques rares membres du personnel étaient occupés ailleurs.

* *
*

Sur la porte de cette pièce, il y avait une pancarte imprimée professionnellement en russe, puis traduite au feutre rouge, juste en dessous, dans un anglais mauvais mais emphatique – ICI PERSONNEL OUVRE SEULEMENT.

Holly n'y aurait jamais fait attention ni même pensé sans cette pancarte.

C'était pourtant leur première visite en Sibérie, à l'époque de Noël, quand il leur semblait encore important de tout savoir de l'orphelinat où ils adoptaient leur fille, de se méfier – avant que Holly ne parvienne à la conclusion que l'acceptation aveugle, comme argent comptant, de tout ce qu'on pouvait leur donner ou dire les conduirait, plus vite et l'esprit plus en paix, hors de Sibérie, et de retour aux États-Unis avec leur nouvelle fille.

On était le 26 décembre, c'était leur deuxième jour en Sibérie, et il n'y avait eu personne à cet instant dans les parages pour empêcher Holly d'ouvrir cette porte. Eric, près du berceau de Bébé Tatty, la tenait endormie contre lui pendant que deux infirmières en service s'affairaient alentour, les bras chargés de draps – tous tellement gris ou jaunis et froissés qu'il était impossible de savoir s'il s'agissait de draps propres ou sales – et de sacs-poubelle en plastique noir dans lesquels elles mettaient ou prenaient ces draps. Personne n'avait remarqué Holly devant la porte.

Elle avait posé la main sur la poignée et poussé la porte, surprise qu'elle ne soit pas fermée à clé, qu'aucune alarme ne retentisse (si on la surprenait, elle dirait qu'elle s'était trompée en cherchant les toilettes) et Holly avait rapidement franchi le seuil, refermé soigneusement derrière elle afin que personne ne l'entendît.

Elle avait compris aussitôt que c'était une erreur, qu'elle n'aurait pas dû se trouver là, qu'elle aurait dû obéir à l'ordre de la pancarte. Elle aurait dû s'épargner cela, pour son bien. Bien sûr. Elle l'avait su, n'est-ce pas ? Si elle ne l'avait pas compris plus tôt, maintenant elle comprenait tout à fait.

Tous les secrets ne devraient pas être révélés. Tous les mystères ne devaient pas être résolus.

Bien que la salle, prise en photo, ne semblât pas si différente de celle remplie de berceaux dans laquelle dormait Tatty – la même lumière blafarde, les mêmes rideaux imprimés de rayures bleues délavées –, il fallait pénétrer dans cette pièce pour comprendre à quel point elles étaient totalement différentes. Pas seulement par l'odeur (de vomi, d'excréments, de matelas imbibés d'urine) ou par le bruit (silence complet) ou le calme, mais par l'impression qu'en passant cette porte on franchissait une sorte de barrière entre le monde des vivants et celui, pourri, qui se trouve juste au-dessous.

Holly avait fermé les yeux, reculé, reposé la main sur la poignée de la porte, s'efforçant d'effacer de son esprit ce qu'elle venait de voir brièvement, et certainement de ne pas en voir davantage, mais elle ne pouvait ouvrir la porte sans rouvrir les yeux, et quand elle l'avait fait, elle avait assimilé la pièce malgré elle, ces dizaines de millions de détails terribles se fondant fort heureusement les uns aux autres, à l'exception d'un seul :

Un garçonnet dont le poignet était attaché à un barreau de son berceau, la tête deux fois plus grosse que son torse, les yeux ouverts, sans cligner des paupières.

Puis elle s'était retrouvée de l'autre côté de cette porte, la refermant de nouveau derrière elle et décidant, d'un rapide claquement d'élastique sur son poignet, non seulement de ne plus jamais la rouvrir, mais encore de ne plus jamais y penser :

Elle avait entendu Annette Sanders lui dire, aussi clairement que si elle se tenait près d'elle à l'orphelinat Pokrovka n° 2 : « Prendre connaissance des horreurs de ce monde et ne plus y penser ensuite, ce n'est pas du *refoulement*. C'est une *libération*. »

* *
*

« Il y a autre chose ? avait demandé Eric à Anya, en cette journée de printemps en Sibérie, avant qu'ils ne passent la porte de l'orphelinat Pokrovka n° 2 pour retourner chez eux avec leur superbe fille. Nous avons juste besoin d'être informés afin de savoir ce dont elle aurait besoin. À l'avenir. Vous voyez. Êtes-vous au courant d'une quelconque maladie dans l'histoire familiale ? »

Eric et Holly avaient remarqué le regard dur qu'une des infirmières avait adressé à Anya quand cette dernière avait répondu dans son anglais énigmatique et étrangement poétique : « La sœur, oui, née pour mourir. Même maladie que la mère. »

Anya avait alors porté son poing à son cœur et lui avait donné un rapide et léger coup, comme pour le faire repartir, ou pour expliquer à Eric et Holly où se trouvait l'organe et comment il fonctionnait.

Holly avait alors décidé que quelque chose avait été perdu dans la traduction. Elle voulait poser davantage de questions. Quand Eric commença à demander des éclaircissements, Holly avait volontairement brouillé les pistes en posant à Anya une question qu'elle ne pouvait sans doute pas comprendre et à laquelle elle ne pouvait donc pas répondre : « Pensez-vous qu'il y ait pu y avoir une maladie génétique mitochondriale dans la famille ? »

À ce stade, le regard dur de l'autre infirmière avait capté les yeux bleus d'Anya – mais peu importait. Holly n'avait pas posé cette question pour obtenir une réponse. Peu de temps après, ils avaient fait leurs adieux, qui n'avaient pas été aussi dramatiques que Holly l'avait imaginé.

Ces infirmières, qui avaient pris soin de Tatiana pendant les vingt-deux premiers mois de son existence, lui avaient dit adieu en quelques secs hochements de tête et tapotements sur le crâne – puis Eric et Holly étaient partis avec Bébé Tatty marchant, entre eux deux, avec courage et détermination dans le soleil blafard de Sibérie, comme vers sa ruine.

Et, en sortant de l'orphelinat dans le printemps sibérien (quel contraste comparé au paysage hivernal qu'ils avaient quitté trois mois plus tôt), Holly avait fait claquer un élastique dans sa tête.

Elle ne permettrait pas qu'Anya soit la mauvaise fée marraine se frayant un passage par la porte arrière, le jour du baptême. Personne n'avait la moindre idée des maux qui avaient tourmenté la famille et les ancêtres de Bébé Tatty et personne ne le saurait jamais. Comme pour les ancêtres de Holly, il était fort probable que la liste des horreurs soit longue, mais Bébé Tatty sentait dorénavant la verveine, et ses joues étaient rose-rouge et chacun de ses petits doigts était parfait – et ses cheveux étaient si longs ! Comment une enfant de vingt-deux mois pouvait-elle avoir des cheveux aussi longs ? Et bien que ses yeux aient l'air moins grands que ce qu'il leur avait semblé à Noël, ils étaient noirs et écarquillés, et Holly allait dès lors consacrer sa vie tout entière à emplir ces yeux de visions merveilleuses !

Eric, quant à lui, voulait encore s'inquiéter.

«Bon Dieu, avait-il dit, une heure plus tard, alors qu'ils étaient assis sur un banc au milieu du hall de gare presque désert. Que voulait dire Anya d'après toi?»

Les seuls autres passagers qui attendaient avec eux étaient une vieille femme qui paraissait incapable de s'asseoir, allant et venant d'un coin à l'autre de la gare comme si elle en cherchait en vain la sortie, et un jeune homme en ample chemise blanche qui, debout devant la fenêtre, contemplait les rails en se rongeant religieusement les ongles. «Voulait-elle dire que la mère était morte d'une quelconque malformation du cœur? avait demandé Eric. Et que Tatiana avait une *sœur*? Que la sœur est morte elle aussi…?»

À ce moment, Eric avait imité Anya se tapant la poitrine du poing, juste au-dessus du cœur.

Holly avait éclaté de rire devant l'expression grave et la pantomime de son mari. «Eh bien, avait-elle dit, peut-être ont-elles été poignardées, à plusieurs reprises, en plein cœur?» Dans un élan morbide, Holly avait transformé le geste de tapoter à l'endroit du cœur en celui de le poignarder. Elle voulait montrer à Eric combien il était absurde d'essayer de deviner ce qu'Anya avait voulu dire! Ils ne sauraient jamais. Bien sûr, ça n'était pas vraiment drôle, mais Eric avait éclaté de rire devant l'absurdité de la chose – l'idée qu'Anya, aux manières douces, avait pu mimer un coup de poignard mortel en tapotant légèrement du poing sur son propre cœur.

Puis, frôlant déjà tous deux l'hystérie – épuisement, joie, soulagement –, ils avaient ri bien plus longtemps que ne le méritait la plaisanterie. Ils étaient tellement emplis de cette terreur euphorique qu'ils n'avaient jamais connue ni même imaginée ! *Leur fille, leur superbe fille aux cheveux bruns* dans ses petites chaussures aux semelles rigides, hochait par intermittence la tête dans son sommeil léger, assise entre eux deux, sur le banc, dans la gare, et ils n'avaient pu réprimer leurs rires.

Incroyable, leur semblait-il, que les infirmières les aient tout simplement laissés quitter l'orphelinat Pokrovka n° 2 avec cette princesse fée ! Juste un adieu tranquille, la porte s'était ouverte, et ils avaient dorénavant cette petite fille rien que pour eux. Pour toujours ! (Bien sûr, cela leur avait coûté des milliers de dollars, des montagnes de paperasses et presque deux années de leur vie, ils ne l'oubliaient pas, mais ils y étaient ! Il était là, ce fameux jour ! Qui paraissait soudain, miraculeux et totalement immérité !)

Quand ils avaient enfin réussi à cesser de rire (le plus silencieusement possible afin de ne pas réveiller leur fille aux rêves agités), Holly avait déclaré : « Eh bien, nous ne saurons jamais ce qu'elle a voulu dire. Sa mère avait peut-être une malformation cardiaque. Ce qui ne veut pas dire que Tatty souffre de la même chose. » Elle avait alors baissé les yeux sur Tatty, sur les petits coquillages bleu-rose de ses ongles, ses longs cheveux bruns. « *De toute évidence*, Tatiana n'en souffre pas. Et peut-être que Tatty a eu une sœur qui est morte. Bon, moi aussi. Deux, même. »

Et, après ça, ils n'avaient plus jamais mentionné la généalogie de Tatiana ni son ADN mitochondrial, non plus que sa mère ou sa sœur. Ils ne s'étaient jamais posé la question de savoir si Tatiana pouvait avoir hérité son amour des chevaux de quelque ancêtre mongol ou bien si sa charmante voix, quand elle chantait, lui avait été transmise par une grand-mère tsigane. Ils ne s'étaient plus jamais interrogés à voix haute sur le fait qu'il y ait eu une sœur, que cette sœur soit morte ou puisse être encore en vie quelque part. Aucun d'eux ne se demanda si quelque psychose maniaco-dépressive était enfouie dans ces gènes, comme elle l'était dans ceux de Holly, ou une maladie cardiaque, un cancer, ou n'importe quoi. Leur fille leur était venue sans héritage. Elle était si belle et parfaite qu'elle n'en avait pas besoin.

* *
*

Mais là, en observant le visage de sa fille – ses yeux énormes, sa bouche pleine de viande crue et un petit filet rose de sang animal lui dégoulinant sur le menton –, Holly eut terriblement peur.

C'était pourtant elle qui brandissait l'immense couteau au-dessus de sa tête, mais elle avait peur. Peur de sa fille.

Personne ne naît sans héritage.

Comment avait-elle pu croire, pendant toutes ces années, qu'il en était autrement ?

Holly aurait dû savoir mieux que quiconque que les gènes sont le destin. Que le passé réside en soi. Qu'à moins de le trancher ou de se le faire amputer par opération chirurgicale, il vous suit jusqu'au jour de votre mort.

C'était pour cela qu'elle avait pleuré, n'est-ce pas, sans espoir de consolation, un soir, des années plus tôt, quand Eric avait dit, près d'elle au lit, après être passé devant la porte de la salle de bains où Tatiana brossait ses cheveux bruns brillants devant le miroir : « Mon Dieu, sa mère devait être une vraie beauté. »

Holly s'était redressée d'un coup et s'était mise à pleurer avant même de se rendre compte qu'il l'avait blessée.

« Oh, ma chérie, ma chérie, avait dit Eric. Quelle stupidité de te dire ça. »

Il avait pensé qu'elle était jalouse ! Qu'elle avait entendu l'insinuation qu'elle n'était pas la mère de Tatiana. Mais ce n'était pas ça. Il l'avait serrée si fort qu'elle avait craint de se briser, mais elle l'avait laissé faire pendant qu'elle pleurait dans ses bras parce que la mère de Tatiana, une femme qu'elle connaissait, dans son cœur, était morte.

À présent, dans les yeux gigantesques de sa fille, Holly ne se voyait pas seulement elle, mais le sapin de Noël derrière elle, et la baie vitrée emplie de la tempête au-delà, jusqu'au reflet de sa fille dans cette fenêtre – et la fille de ce reflet lui paraissait étrangère. Elle n'était pas la même enfant que celle qu'ils avaient cueillie, ce premier Noël, dans son berceau à l'orphelinat Pokrovka n° 2.

« Tatiana. »

La première fois, Holly prononça calmement le prénom de sa fille, mais quand Tatiana bondit sur elle, elle le cria :

« Tatiana ! »

Tatty saisit le couteau dans la main de Holly, crachant la viande à moitié mâchée au visage de sa mère, mais celle-ci réussit à s'écarter brusquement et à lancer le couteau par-dessus l'épaule de sa fille. Il tomba en cliquetant dans l'évier, derrière Tatiana, et Holly attrapa le poignet délicat de sa fille pour ne plus le lâcher. Alors tout sembla s'arrêter.

Immobiles dans la cuisine, elles respiraient fort, sans prononcer un mot. On n'entendait que leurs souffles courts – à l'exception peut-être, au-delà, du silence très léger et sableux de la neige qui tombait sur celle déjà au sol. Et, pensa Holly, était-il possible qu'elle entende le cœur de Tatiana battre dans sa poitrine ? Ou bien était-ce le sien ?

Elles restèrent ainsi pendant une longue minute – si immobiles qu'on aurait dit qu'un sort leur avait été jeté. Tatiana ne luttait pas pour libérer son poignet de la prise de sa mère. Elle avait peut-être compris que sa mère, la plus grande et la plus forte des deux, n'allait pas lâcher. Au lieu de cela, elle se raidit d'un coup puis s'affaissa en paraissant admettre sa défaite.

« Qu'est-ce qui se passe, Tatiana ? demanda enfin Holly, d'une voix qui lui parut si calme qu'elle eut du mal à la reconnaître. Tatiana, qu'est-ce qui ne va pas ? »

Tatiana ne dit rien.

Elle ferma les yeux et Holly vit comme les paupières de sa fille étaient naturellement d'un superbe bleu. Avant Tatiana, Holly n'avait jamais rien vu de pareil. Autrefois, elle se tenait au-dessus du berceau de Bébé Tatty pour admirer les yeux clos de sa fille et s'en émerveiller :

Elle avait adopté une poupée de porcelaine ! Ou elle avait découvert en quelque sorte, comme sous un chou ou dans un nid près d'une cheminée, une enfant d'une telle splendeur dans les moindres détails qu'il était *impossible* qu'elle fût de ce monde. Elle ne pouvait être que *spéciale*. Elle devait posséder des pouvoirs surnaturels, ou être immortelle ! Une telle enfant ne pouvait que vivre éternellement !

Bien sûr, ce n'était pas le cas. Elle n'était pas la perfection incarnée. Personne ne l'était. Mais c'était très bien :

« La perfection est terrible, avait écrit Sylvia Plath dans un poème. Elle ne peut avoir d'enfants. »

Et, plutôt que d'être une déception pour Holly, le fait que Tatiana ne soit pas parfaite s'était révélé si doucement alors qu'elle grandissait, que cela l'avait rendue encore plus magique aux yeux de sa mère. Par exemple, elle n'avait pas été le premier enfant de la maternelle à apprendre à lire mais, quand elle le fit, Tatty avait été si follement exaltée et si fière d'elle qu'elle lisait *tout*. Ceinturée dans son siège-auto, pendant que Holly la conduisait à l'école, elle criait tous les mots qu'elle voyait et qu'elle était capable de lire :

Stop ! Pour ! Peut ! Voir ! Vente ! Un ! Achetez ! Achetez !

Holly essayait de la féliciter à chaque mot lu, mais s'il lui arrivait d'être distraite et d'oublier de le faire, Tatty tendait sa petite main (la petite patte douce d'une enfant de cinq ans !) et touchait l'épaule de Holly : « Maman ? Tu as entendu ? »

Ces mains !

Elles étaient collantes, gentiment collantes, qu'elles soient propres ou pas. Les matins de week-end, Tatty grimpait dans le lit d'Eric et Holly et tapo-tait leurs visages jusqu'à ce qu'ils se réveillent. Tatty descendait toute seule de son propre lit, avec ses paupières et ses lèvres bleu rubis, ses cheveux tout emmêlés. Il faudrait une demi-heure à Holly pour les brosser.

Les cheveux de Tatiana faisaient des nœuds. Elle déchirait les pages des livres. Elle refusait de manger certains soirs, puis se réveillait au milieu de la nuit, affamée et en pleurs. Ses professeurs disaient qu'il lui arrivait de s'endormir sur le terrain de jeux pendant la récréation, le dos voûté sur la balançoire, au lieu de jouer avec ses amis. Elle n'avait jamais maîtrisé les fractions et, jusqu'à onze ans, elle n'avait pas su nouer les lacets de ses chaussures. Elle était à bout de souffle quand elle remontait l'escalier du sous-sol en courant. Elle attrapait parfois des rhumes qui duraient des semaines. Elle *n'était pas* parfaite. Elle n'était pas immortelle. Et, pensa Holly, cela la rendait encore plus parfaite.

Au cours de danse classique, Tatiana n'était pas la danseuse la plus talentueuse, mais c'était celle qui semblait la plus heureuse de danser. Elle regardait autour d'elle les autres petites ballerines, leur adressant des sourires encourageants. Et, après sa première leçon de natation, elle s'était hissée hors du bassin couvert de la piscine municipale en criant ce que son professeur lui avait dit, pour que toutes les mères présentes dans la chambre d'écho pleine de vapeur puissent entendre : « Maman, je nage comme un POISSON ! »

« Votre fille me ravit tous les jours », disait la secrétaire de l'école élémentaire JFK à Holly. Mlle Beck était une énorme femme obèse aux cheveux aussi longs et bruns que ceux de Tatty :

« Il n'existe pas ici d'enfant plus gentille. Il n'y en a jamais eu. Il n'y en aura jamais. »

Tout le monde avait aimé Tatty. Tout le monde avait dit combien elle était belle, attentionnée, spéciale.

« Tatiana », dit Holly. Elle relâcha sa prise sans libérer le poignet de sa fille. Elle poursuivit : « Tatiana, chérie. Je t'en prie. Tu peux tout me dire. Je te le répète depuis toujours. S'il te plaît. Dis-moi ce qui ne va pas. Je t'en prie. »

Tatty ouvrit les yeux, ne broncha pas, laissa Holly plonger son regard dans le sien, mais elle ne paraissait pas la regarder en retour. Ses yeux semblaient vides, comme s'ils étaient tournés vers l'intérieur – mais ils paraissaient également suspicieux, comme si Tatty essayait en quelque sorte de regarder au-delà de l'esprit de Holly, à travers l'arrière du crâne de sa mère, en direction de quelque chose qui se tapissait là. À présent que Tatiana avait recraché la viande, elle serrait les mâchoires, et ses lèvres, d'un bleu céruléen maintenant, restaient scellées. Quand Holly caressa ses cheveux bruns, sa fille se raidit à son contact.

«Mon Dieu», dit Holly – et, à cet instant, toute cette journée atroce approcha une sorte de point culminant, son angoisse parut véritablement augmenter. Quelque chose de terrible était en train de se produire, quelque chose clochait vraiment chez Tatty, un secret que sa fille lui aurait caché. Impossible dorénavant de revenir aux portes qui claquent et au déni. C'était là, maintenant, dans cette pièce avec elles, et c'était terrifiant, oui, mais il n'était plus question de *terreur*. La terreur, c'était la lente approche du chat blessé, traînant ses pattes arrière en traversant la cour. La terreur, c'était le silence, après avoir entendu sa mère gémir derrière une porte close. Il y avait de la terreur dans ce silence car il restait encore une chance de refuser les faits. Bien sûr, cela avait été terrifiant quand sa sœur était sortie de la chambre de sa mère en disant : «Holly chérie. Viens embrasser maman pour lui dire au revoir. Elle ne souffre plus» – mais c'était loin d'être aussi terrible que la terreur :

Les yeux de maman étaient clos de soulagement.

Maintenant, Holly était prête. Elle pouvait affronter n'importe quoi. La terreur était passée avec le déni. «Parle, Tatty. Dis-moi. Je t'aime. Je t'ai aimée dès l'instant où je t'ai vue, dès la première fois. J'aimerai toujours mon Bébé Tatty.»

Holly ne fut pas surprise de constater que ces mots ne changeaient rien à l'expression de Tatiana. Elle ne s'était pas vraiment attendue à ce que cela change quoi que ce soit. En cet instant, Tatiana était au-delà de la portée de tels sentiments. Holly lâcha sa fille et Tatiana s'écarta. Son regard passa du visage de sa mère au blizzard derrière elle. Ensuite, elle baissa les yeux sur ses mains, graisseuses et maculées de sang de viande, elle les essuya sur le devant de sa robe noire puis regarda à nouveau Holly, lui adressa un sourire suffisant et déclara, sans aucune émotion : « Ça n'était pas Bébé Tatty.

— Qu'entends-tu par là ? » Holly s'efforçait de contrôler sa voix. Elle parlait trop fort, non ? Son cœur s'emballa encore, de manière audible. Elle pensa que n'importe qui dans la maison – peut-être même en dehors de la maison – aurait pu entendre ce cœur battre.

« Tu ne vois vraiment rien, dit Tatiana.

— De quoi parles-tu, Tatty ?

— Tu étais tellement *amoureuse* de moi, avec mes grands yeux noirs que, quand tu es revenue, tu n'as même pas demandé où j'étais.

— Quoi ? demanda Holly.

— Tu es revenue me chercher et tu n'as jamais demandé où j'étais.

— Non, dit Holly. Tatty...

— Je ne suis pas Tatty. »

Holly suffoqua, une main sur la bouche. Elle dit : « Non. » Elle était prête à nier sans même savoir ce qu'elle niait, ni même pourquoi elle essayait de serrer si fort le poignet de sa fille. Tatiana se libéra et courut vers sa chambre, et Holly lui emboîta le pas, mais elle ne fut pas assez rapide, et la porte se referma entre elles, il y eut le bruit du crochet dans l'anneau et, entendant cela, Holly se mit à pleurer, battit en retraite dans le couloir et s'adossa au mur.

«Non», répéta-t-elle, niant toujours, et elle prit son visage inondé dans ses mains, essayant d'assourdir le bruit de ses sanglots, honteuse que sa fille pût l'entendre, comme si pleurer, c'était admettre quelque chose, en reconnaître la vérité.

*   *

*

Après ce long hiver, de retour aux États-Unis, pendant que leur Bébé Tatty les attendait en Sibérie, le printemps était arrivé dans une explosion pastel. Il était presque impossible pour Holly de regarder les rosiers en bouton et les lilas en fleur par la porte de derrière tant leurs couleurs étaient aveuglantes, et enfin le jour vint où ils purent retourner à l'orphelinat Pokrovka n° 2.

Holly et Eric avaient passé les portes orange, adressé un rapide *prevyet* aux infirmières et foncé droit vers le berceau.

Tatiana ! Bébé Tatty ! Leur fille !

Ses cheveux étaient plus longs et ses yeux n'étaient plus aussi grands dans son visage, mais ses joues étaient rouges et elle avait l'air aussi en forme et belle que trois mois plus tôt, même si elle était trop mince...

Mais tous les nourrissons à l'orphelinat Pokrovka n° 2 étaient trop minces ! Aucun d'eux n'arborait les joues rebondies des nourrissons américains. Aucun d'eux ne possédait de petits bras et jambes gras. Il y avait trop peu à manger à l'orphelinat, et trop peu de personnel pour nourrir *tant* d'enfants. Sur le conseil du couple de Canadiens, Holly et Eric avaient donné aux infirmières une extraordinaire somme d'argent en les quittant, après leur première visite à Noël. Selon la norme russe, il s'agissait de milliers de dollars ! Ils étaient certains de leur avoir fait comprendre que, si elles s'occupaient bien de Tatiana pendant qu'ils seraient aux États-Unis, il y aurait encore plus d'argent quand ils reviendraient la chercher. Anya, surtout – avant de repartir aux États-Unis, ils lui avaient donné ce que la pauvre femme devait probablement gagner en une année à l'orphelinat !

Et, bien que la richesse d'Eric et Holly surpassât les rêves les plus fous de ces jeunes femmes sibériennes, ils n'étaient pas riches. Cet argent avait été un sacrifice. Ils avaient payé ces femmes afin que la Tatiana qu'ils avaient laissée à Noël soit la Tatiana qu'ils retrouveraient au printemps : heureuse, en bonne santé. Bien nourrie.

Ils allaient laisser leur petite Tatiana, dans son berceau, dans cet horrible orphelinat gris, le temps d'un hiver glacial, retourner à leur maison confortable et, quand ils reviendraient, elle serait là, aussi lumineuse que lorsqu'ils l'avaient quittée, le même bébé qu'ils avaient laissé, avec seulement quelques changements subtils.

Un peu plus fine. Un peu plus pâle, plus bleue, avec des cheveux plus longs, des yeux plus petits.

Mais ils avaient donné tellement d'argent, et ils

l'aimaient tellement. Impossible d'imaginer qu'elle avait pu souffrir en leur absence, de voir dans ces frêles membres la preuve que…

Quoi ?

* *

*

Ils l'avaient tellement aimée, dès le premier instant où ils l'avaient vue dans son berceau, le jour de Noël. Ils l'auraient ramenée chez eux sur-le-champ, n'eût été la bureaucratie russe, la règle inflexible qui les avait obligés à la laisser pour revenir trois mois plus tard. Ils n'avaient pas eu le choix.

Mais comment expliquer cela à un bébé que vous reposiez dans son berceau, dans un tel endroit, et que vous laissiez là ? Comment expliquer cela même plus tard, aujourd'hui qu'elle était adolescente ? Comment dire à sa fille : *Nous t'avons laissée là-bas, sans nous, en sachant combien il y faisait froid, qu'on pouvait te négliger, qu'il pouvait t'arriver n'importe quoi – mais nous t'aimions, nous t'aimions tant, nous avons donné tellement d'argent pour qu'elles prennent soin de toi, afin qu'à notre retour tu sois la même enfant que nous avions laissée derrière nous ! Nous n'avions que notre argent à offrir et nous avons tout donné !*

Vous ne pourriez jamais expliquer une chose pareille à un enfant. Mais, de toute façon, cela n'aurait dû avoir aucune importance ! Tatiana n'avait sans doute aucun souvenir de cette époque, de ces mois suivant l'instant où ils étaient tombés amoureux d'elle, avant de la laisser, n'est-ce pas ?

Holly s'obligea à ne plus pleurer. Elle s'approcha de la porte de sa fille : «Je t'en prie. Tatty. »

Mais, désormais, elle était paniquée, n'avait plus le contrôle de rien, et quand elle se jeta sur la porte, elle sentit sa propre odeur d'adrénaline émanant de son corps, sous ses aisselles et sur sa nuque – l'odeur des pull-overs d'enfants humides dans une petite pièce austère.

Tatty ne tenterait certainement rien contre elle-même, n'est-ce pas ?

Holly poussa fort contre la porte, rencontrant la résistance du crochet et de l'anneau, puis recula d'un pas, comprenant qu'il suffirait d'un peu de pression pour en venir à bout :

Ce n'était pas un système de sécurité. Juste une barrière psychologique. Holly avait simplement voulu que Tatiana ait le sentiment d'avoir un endroit où elle pourrait préserver son intimité en cas de besoin – de la même manière que Holly en avait eu besoin quand elle avait voulu écrire. Quand elle avait eu besoin d'être seule. Quand – si stupide que cela puisse lui paraître à présent – elle s'était attendue à mettre au monde, dans son esprit privé, derrière une porte close, dans une petite pièce, un poème.

Oh, elle avait peut-être imaginé que Tatiana écrirait ces poèmes ! Elle avait peut-être cru que sa fille écrirait ses propres poèmes à sa place !

Mais Tatiana n'avait aucun besoin de poèmes ! Et elle n'avait jamais désiré que la porte soit fermée à clé entre elles ! C'était bien *ça*, le problème depuis le début, non ? C'était *Holly* qui désirait être seule :

elle n'aurait jamais dû avoir un enfant ! C'était pour cette raison qu'elle avait été faite stérile – et elle l'avait toujours su, bien qu'elle ne se soit jamais autorisée à le penser ! Une fois, elle avait giflé Eric, fort : Holly avait éclaté en sanglots un lundi soir que Tatiana, alors âgée de quatre ans, demandait à manger des macaroni au fromage à la place du blanc de poulet qu'on lui avait servi (et cela, après une journée de travail et le cours de danse toute la soirée) et Eric avait dit à Holly : « Tu n'as peut-être jamais eu envie d'être mère, Holly. À quoi croyais-tu que cela ressemblerait ? »

Oui, elle l'avait giflé. Mais il avait su !

Pire encore, elle avait su. Il avait raison !

Non.

Non. Elle l'avait *vraiment* désirée ! *Toutes les mères* connaissaient l'insatisfaction. Toutes les mères éprouvaient ces regrets. Holly aimait sa fille. Sa fille était l'unique chose en ce monde que Holly était née pour aimer. Sans Tatiana, il n'y avait rien, il n'y avait jamais, jamais rien eu sans Tatiana. Si…

* *
*

Holly poussa à nouveau doucement contre la porte qui les séparait, sans forcer l'entrée, mais en sentant combien il serait facile de faire céder le verrou qu'elle avait installé si elle poussait davantage.

Elle dit à la porte, fort, la voix tremblante : « Tatty, je suis tellement égoïste. Je suis une femme égoïste. Mais, mon Dieu, comme je t'aime. J'aime tout chez toi. Plus que je n'aurais imaginé être capable d'aimer quoi que ce soit, je t'aime. S'il te plaît, je t'en prie, reste dans ce monde avec moi. »

Il n'y avait plus aucune raison de préserver sa fierté. Chaque minute de l'enfance de Tatiana l'avait conduite à cette minute, et la seule chose qui importait dans la vie de Holly à présent, la seule qui puisse importer, c'était de prouver à cette superbe créature combien elle avait été aimée depuis le *tout début*…

Cette enfant dont Holly se sentait si privilégiée d'être la mère – elle avait triché, *trompé le destin*, pour cette enfant qu'elle était honorée d'appeler sa fille !

Une nouvelle fois, à la porte, encore plus fort, Holly dit : « Je n'ai jamais désiré quoi que ce soit autant que je t'ai désirée. »

Vraiment ?

Tu es sûre ?

Rappelle-toi, tu voulais être poétesse, Holly. Ce matin encore, après avoir dormi si tard, tu désirais simplement être toute seule, tu espérais…

« Non ! Je n'ai pas été la mère que j'aurais pu être, c'est vrai, mais je t'en prie, Tatty, laisse-moi essayer encore une fois. Laisse-moi persévérer. Maintenant je sais. Maintenant que je sais, je… »

Holly poussa un petit peu plus la porte cette fois, juste assez pour glisser un œil par l'entrebâillement :

Dans la chambre, elle vit Tatiana couchée dans le lit, tournant à nouveau le dos à la porte. Bras pâle, cheveux bruns sur l'oreiller. Maintenant elle avait le dos dénudé et le couvre-lit avait glissé. La robe rouge de Gin gisait sur le sol de la chambre, et la robe noire pendait sur le dossier de la chaise du bureau. Tatiana ne pouvait pas s'être déjà rendormie, n'est-ce pas, pas avec tout le bruit que Holly faisait dans le couloir.

Pourtant, sa fille ne broncha pas quand Holly supplia : « Je t'en prie, Tatiana », puis cria : « Tatty ! Je t'en prie ! Ouvre cette porte, s'il te plaît ! »

Pour une raison qu'elle ignorait, elle ne pouvait s'y résoudre encore – briser le verrou, le verrou *symbolique* – et s'introduire dans la chambre de sa fille. Elle ne savait pas pourquoi ! Elle avait elle-même installé le crochet afin que Tatiana pût échapper à sa mère – c'était pour cela, non ? –, alors comment pouvait-elle briser cette promesse en forçant le verrou ?

Et pourquoi le ferait-elle ? À quoi cela servirait-il ? Il n'y avait rien dans la chambre de Tatiana avec quoi elle pût se faire du mal, non ? Pas de couteau, certainement pas d'armes, pas même des ciseaux d'après ce que Holly en savait. Il n'y avait aucun médicament, pas de produit pour déboucher les canalisations, pas de lourde corde, aucune de ces choses qu'une ado pourrait utiliser pour appeler à l'aide ou pour se suicider, ou les deux.

Alors Holly battit en retraite, honteuse d'avoir crié. Elle s'assit par terre dans le couloir. Elle porta les jointures de sa main droite à sa bouche. Elles étaient douloureuses. D'avoir frappé contre la porte. Irritées. Elles ne saignaient pas, pourtant. Elles avaient un goût d'os sec, ou de pierre, entre ses lèvres, et Holly se rappela que, quelques mois après ses opérations, après avoir perdu ses ovaires et ses seins, elle s'était sentie certaine de vivre éternellement, mais aussi complètement vide – le sentiment qu'elle n'était dorénavant plus qu'une coquille. Qu'elle n'était plus une femme avec un avenir, mais un mannequin, une statue, un *robot*. Lors d'une de ses premières sorties, après qu'on lui eut enlevé bandages et tubes, elle était allée se promener sur la plage et était tombée sur deux cailloux blancs, l'un à côté de l'autre, ballottés par une vague, et elle s'était penchée pour les ramasser et les avait mis dans sa bouche.

Elle avait ensuite continué sa promenade tout en gardant ces doux cailloux entre son palais et sa langue. Ils la rassuraient. Ils avaient le goût de rouille, comme l'eau du lac, mais aussi comme le sang. Et elle aimait la manière dont leur froide atonie paraissait se réchauffer et s'adoucir tandis qu'elle les suçotait. Au bout d'un moment, Holly avait coincé les cailloux l'un à côté de l'autre sous sa langue.

C'étaient ses ovaires, elle eut cette pensée qui tenait à la fois de la folie et d'une forme de certitude. C'étaient ses ovaires qui lui étaient revenus ! Ses ovaires avaient échoué ici depuis l'endroit, quel qu'il soit, où le chirurgien les avait jetés après les lui avoir arrachés. Et maintenant ils étaient de retour à l'intérieur de sa chair douce. Elle s'imagina les sentir palpiter. Elle s'imagina les sentir respirer, presque, comme s'ils possédaient des branchies. Elle imagina qu'ils se rattachaient de nouveau à elle. Finalement, pensa-t-elle, elle pourrait les avaler et ils reprendraient vie en elle. Des vaisseaux sanguins leur pousseraient, ils s'ancreraient en elle, libres de toute maladie.

Elle était encore affaiblie par ses opérations, Holly le savait, ce jour-là. C'était certainement la raison de telles pensées. Il y avait eu des complications, d'autres interventions avaient été nécessaires, et c'était la véritable première promenade dans le monde que Holly était capable de faire seule depuis des mois. Elle ne se sentait pas dans son état normal. Après avoir recraché les cailloux, elle eut un haut-le-cœur puis vomit sur le sable.

*　*

*

Holly sortit les jointures de ses doigts de sa bouche et dit, levant les yeux depuis l'endroit où elle était assise dans le couloir vers la porte de la chambre de sa fille : « Est-ce que tu dors, Tatty ? » Elle le demanda doucement, pas vraiment avec l'intention que sa fille l'entende. Si Tatty dormait vraiment, elle en avait le droit. Tatty était fatiguée. Tatty avait faim. Eric serait bientôt à la maison. Il parlerait à Tatty. Il leur parlerait à toutes les deux.

Mais Tatty entendit :

Quelques secondes silencieuses passèrent avant que, dans la chambre, ne s'élève un hurlement de colère – exprimant à la fois le chagrin et la frustration –, et comme le bruit d'un poing cognant contre la tête du lit, puis Tatty se mit à crier : « *Va-t'en ! Putain, mais laisse-moi tranquille ! C'est ce que tu fais de mieux !* »

Holly se leva rapidement et, pour garder l'équilibre, s'appuya d'une main contre le mur, la paume posée à plat entre deux photos encadrées. Elle inspira. Elle regarda une photo. Tatiana y avait les bras passés autour du cou d'Eric. Ils souriaient. Derrière eux, une berge verte. Ils se tenaient sur le pont d'un pédalo flottant sur le Mississippi. C'était lors de vacances d'été, une grande virée en voiture alors que Tatty avait onze ans. Holly avait voulu lui montrer l'Amérique ! Elle avait voulu montrer l'Amérique à sa fille russe – comme si, en quelque sorte, Tatty avait davantage besoin de voir ce pays que n'importe quel enfant du Midwest !

Mais Tatiana n'était pas comme les autres gamins du Midwest, pour qui le fait d'être américain était tout à fait ordinaire. Au contraire des autres, Tatiana aurait pu très facilement se trouver encore en Sibérie – ou dans un endroit proche de la Sibérie, pas même en Sibérie ! Les infirmières avaient dit qu'elles ne pouvaient être certaines que sa famille biologique ne soit pas du Kazakhstan ou même de la Mongolie-Extérieure. Sa famille pouvait être celle de gens du Nord. De travailleurs itinérants. Il existait encore des tribus nomades de cette région qui migraient vers le sud au début de l'été – la période de l'année où Tatiana devait être née – pour trouver du travail ou bien avec des troupeaux. La femme, ou la fille, qui avait donné naissance à Tatiana aurait pu venir du Nord, accoucher en Sibérie puis repartir en abandonnant Tatiana.

Mais elle aurait pu tout aussi aisément emmener Tatty avec elle ! Ou bien rester en Sibérie pour élever son bébé ! Et, dans ce cas, n'importe quel immeuble en béton ou n'importe quelle ferme en bois isolée ou yourte où vivrait sa mère serait aujourd'hui le foyer de Tatiana.

Eric disait toujours : « Nous l'emmènerons un jour là-bas. Nous visiterons toute la région. On pourrait peut-être prendre le Transsibérien et…

— Peut-être », répondait Holly en feignant d'y croire. Mais elle ne ferait *jamais* une chose pareille ! Tatiana ne devait jamais revoir cet endroit ! Holly n'avait jamais oublié que les infirmières leur avaient vivement conseillé d'appeler le bébé Sally, ou Bonnie (« Comme Bonnie and Clyde, c'est ça ? »), sous peine qu'*elle revienne*. Holly l'avait su depuis le début, que ces femmes avaient raison, non ?

« Peut-être, disait Holly. Mais, en attendant, Tatiana a besoin de voir les États-Unis. Ce pays est davantage le sien que le nôtre. »

Eric n'avait pas demandé à Holly ce qu'elle entendait par là, et Holly aurait été incapable de s'expliquer s'il l'avait fait.

Le regard de Holly passa de la photo sur le pédalo à celle, accrochée au mur, de l'autre côté de sa main.

Sur celle-ci, Tatiana portait une chapka en caribou que Holly lui avait commandée sur Internet, importée de la République de Bouriatie. Sur ce cliché, Tatty, au sourire pensif, avait l'air d'une fille américaine typique, mais quelque chose d'indiciblement exotique émanait de sa personne – une certaine qualité de son visage élégant souligné par le chapeau en fourrure et l'évocation d'un vaste et lointain continent neigeux, et de parents perdus depuis longtemps qui se demandaient ou non, en cet instant, ce qui était arrivé à cette petite fille qu'ils avaient abandonnée.

Et ils n'auraient jamais pu deviner, n'est-ce pas, ces parents perdus depuis longtemps, ce qui était arrivé à cette petite fille-là.

Comment leur aurait-il été possible d'imaginer une chambre comme celle de Tatiana ? Les étagères chargées de livres de Harry Potter et de romans de *La Petite Maison dans la prairie*. L'iMac et l'iPod et l'iPad. Le casier d'animaux en peluche et la penderie pleine de vêtements propres et le placard rempli par la collection de matriochkas de Tatty, et toutes ces boîtes en laque peintes de scènes de contes de fées russes ?

Non. Seule l'enfant, peut-être, aurait été identifiable. Les cheveux de Raiponce Noir de Jais. Les gigantesques yeux noirs :

« C'est notre enfant ! auraient-ils pu crier en la voyant. Sally ! Notre Sally ! »

*   *
*

« Je t'en prie, ma chérie », implorait Holly en ôtant sa main de l'endroit où elle était appuyée, entre les deux photos accrochées au mur.

Tatty était redevenue calme dans sa chambre :

Chut, chut, petit poisson. Chut, chut, petit poisson. Nous sommes sur terre pour faire un vœu. Nous fermons les yeux et ensuite nous faisons un vœu de tout notre cœur…

Holly s'éloigna de la porte sur la pointe des pieds puis retourna dans la cuisine.

Là, le rôti dans son plat attendait toujours, posé sur le dessus de la cuisinière où Tatiana l'avait laissé. Le couteau à découper était toujours dans l'évier. Malgré ses mains tremblantes, Holly réussit à prendre le papier aluminium et à en couvrir la viande d'un morceau argenté. Sous le papier brillant, le rôti faisait penser à une chaîne montagneuse modélisée ou – pis encore – à une tête décapitée. La longue tête d'un animal, celle d'un cheval ou d'une chèvre. Ce monticule de viande était si gros qu'il serait difficile de lui trouver une place dans le réfrigérateur, dans son plat de cuisson cette fois au lieu de son vilain sac en plastique. Peut-être, pensa Holly, devrait-elle l'emporter dans le garage où il faisait certainement assez froid pour éviter que la viande ne s'avarie. Bien qu'elle n'aimât pas la solution du garage – les bidons d'essence, les gaz d'échappement de la voiture et les poubelles.

Elle pourrait peut-être le laisser dans l'arrière-cour, emballé dans le papier aluminium ?

Elle regarda vers la baie vitrée et, au-delà, la neige. Ça paraissait hygiénique. Cela ressemblait à un endroit où laisser son festin de Noël sans risque qu'il s'empoisonne. Bien qu'il y ait des dangers, évidemment. Même dans une ville aussi éloignée de la nature que celle-ci, il existait malgré tout une vie sauvage. Quelle que fût la créature qui avait déterré le chat de sa tombe, elle pouvait tout aussi bien s'attaquer au rosbif. Mais Holly ne laisserait évidemment pas le rôti dehors toute une nuit. Elle...

«*Fais-le*, dit Tatiana. Sors cette chose morte de la maison.

— D'accord, répondit Holly. D'accord.»

Elle ne prit pas la peine de se détourner de la fenêtre pour voir d'où provenait la voix de Tatty. Elle devait certainement être encore au lit. C'était impossible qu'elle fût, comme il semblait, aussi près de l'oreille de Holly :

Cette voix – elle aurait pu venir de n'importe où. La voix de sa fille paraissait provenir de l'arrière de l'esprit de Holly, à l'intérieur d'elle-même. Un esprit empli de roses. Ou un esprit d'hiver. Holly ferait ce que la voix de sa fille lui intimait. Elle alla ouvrir la penderie dans l'entrée.

À l'intérieur, leurs bottes et chaussures étaient soigneusement alignées. C'était Tatty qui était chargée de ranger la penderie de l'entrée. C'était la première tâche qui lui avait été assignée et elle s'en était toujours acquittée avec sérieux. Elle avait, de toute évidence, procédé à un nettoyage spécial pour la compagnie attendue aujourd'hui. Elle avait ajouté des cintres pour les manteaux supplémentaires et avait descendu une des paires des bottes de travail de son père au sous-sol pour faire de la place aux chaussures des invités.

Le manteau rouge de Tatty était suspendu au centre de la penderie. À côté, la veste blanche de Holly, fourrée des minuscules plumes blanches qui avaient dû être des centaines d'oiseaux blancs. Ces plumes réussissaient parfois à s'échapper de la veste et Holly en retrouvait sur ses pull-overs et dans ses cheveux – de petites surprises magiques venues du ciel. Elle fit glisser sa veste du cintre, l'enfila. Elle ramassa ses bottines en nylon et les posa par terre où elle pourrait les enfiler quand elle reviendrait avec le rôti dans les mains. Afin de ne pas avoir à traverser la maison ainsi chaussée en allant chercher le plat. Holly n'aimait pas qu'on garde ses chaussures dans la maison. Elle avait toujours vu des traces sur les planchers de son enfance, provenant des bottes de son père et de son frère, et comme personne ne les avait jamais frottées, ces empreintes s'étaient accumulées jusqu'à donner l'impression qu'une armée avait tenu pendant des années ses quartiers dans leur maison.

En collant, Holly retourna dans la cuisine et prit le plat par les poignées.

De retour dans l'entrée, elle glissa le pied droit dans la bottine droite, puis leva le pied gauche pour faire de même avec la seconde bottine. Mais le plat de viande était lourd.

Beaucoup plus lourd, d'une certaine manière, que ce à quoi Holly s'était attendue – même si c'était elle qui avait soulevé la barquette de viande au supermarché pour la poser dans le Caddie, non ? Et c'était elle également qui l'avait portée de la voiture à la cuisine, puis qui l'avait sortie du réfrigérateur pour la mettre dans le plat, puis qui avait enfourné le plat.

Personne mieux que Holly ne savait combien cette viande était lourde. Pourtant, quand le rôti glissa dans le plat au moment où Holly levait le pied au-dessus de sa bottine, ce fut comme si elle avait été assez stupide pour croire que cet énorme morceau de chair solide ne pesait rien, n'avait aucune substance, pouvait défier les lois de la gravité et qu'elle parviendrait tant bien que mal à équilibrer ce poids et son corps en même temps.

Bien entendu, elle n'y parvint pas.

Holly perdit l'équilibre, puis le plat de cuisson lui glissa des mains, et tout s'envola – la viande dans le plat et le sol sur lequel elle s'effondra – et le rôti atterrit avec le son, solide et terrible, d'un bébé qu'on laisse tomber. Des bras d'une infirmière.

Combien de nuits s'était-elle réveillée, après cette première visite en Sibérie, au beau milieu de rêves où le bébé qu'Eric et elle réclamaient pour qu'il devienne le leur, leur Bébé Tatty, loin, en Sibérie, laissée dans cette pauvre et grise institution, tombait par terre ?

Parfois Holly ne rêvait même pas.

Elle était dans sa voiture, sur le chemin de son travail, rêvassant à l'avenir, au bébé, à leur retour avec le bébé, au jour où elle tiendrait enfin sa fille dans ses bras, et, dans ses rêves éveillés, elle portait le bébé jusqu'à son berceau (le tour de lit, la tétine et le mobile, tous ces canards qui souriaient, des centaines de canards qui souriaient bien qu'ils aient un bec et pas de bouche) et déposait son bébé dans le berceau, et lui apprenait le mot anglais pour *maison*, et Holly visualisait alors si clairement ces scènes dans son esprit, se sentant porter cette douce masse, qu'elle faisait véritablement une embardée quand elle voyait, avec précision, une infirmière, quelque part, loin d'ici, dans cet autre endroit, *lâcher* le bébé, le parfait Bébé Tatty...

*   *
*

«Parfait», lança Tatiana, quelque part dans le dos de sa mère.

Holly était à présent étendue sur le flanc et sur le tapis tressé, entre la porte d'entrée et la penderie. Elle leva les yeux. Elle aurait cru que Tatiana se réduirait à une silhouette au-dessus d'elle, éclairée comme elle l'était depuis l'arrière par la tempête de la baie vitrée – au lieu de cela, c'était comme si un spot était braqué sur Tatiana depuis l'endroit où Holly était étendue. Sa fille paraissait plus grande que nature, debout, le regard baissé, ses moindres détails d'une netteté que Holly ne leur avait jamais vue. Ses yeux étaient tristes. Elle secouait la tête. Elle portait de nouveau la robe en velours de Gin et les boucles d'oreilles de Thuy. «Maman, dit-elle. Que s'est-il passé?

— J'ai tout lâché, Tatiana», répondit Holly. Elle était soulagée de l'admettre.

Tatiana hocha la tête.

Holly dit: «Je suis tellement désolée, ma chérie. Tu dois avoir terriblement faim.

— Je t'ai dit que je n'avais plus faim, maman», répondit Tatiana. Elle se pencha pour tendre la main à Holly, et Holly essaya de la saisir, mais elle restait tout bonnement hors d'atteinte. Tatiana continua de lui tendre la main et Holly s'évertua à la prendre, mais elle ne pouvait pas l'atteindre, elle ne pouvait pas l'attraper. L'expression de Tatiana passa alors de l'agitation à l'impatience, aussi Holly cessa d'essayer. Elle dit : « Je suis bien là, Tatty. »

Tatiana hocha la tête et se détourna pour se diriger vers l'arbre de Noël. Holly la voyait encore depuis l'endroit où elle était allongée, sur le tapis tressé, près de la penderie. Tatiana s'agenouilla devant le sapin.

« Tatty ? »

Mais Tatiana ne répondit pas et ne se retourna pas non plus.

Le dos de Holly lui faisait peut-être plus mal qu'il n'aurait dû après une chute aussi courte, mais elle réussit tant bien que mal à s'asseoir. Elle ne s'était sans doute pas blessée sérieusement dans une dégringolade aussi bénigne. Le sol était dur mais elle n'était pas tombée de très haut. Même un bébé tombant des bras d'une infirmière de cette hauteur ne serait pas gravement blessé, n'est-ce pas ?

Un enfant de cet âge ne s'en souviendrait même pas, non ? Regardez Thuy, qui avait fui le Vietnam, avec sa mère et sa grand-mère, à bord d'un bateau non ponté. Thuy, à quatre ans, avait passé trois jours coincée entre sa mère et le cadavre de sa grand-mère, qui était morte sur le bateau au beau milieu de l'océan – mais son premier souvenir datait du jour où elle avait serré la main de Mickey à Disneyland.

Après leur premier voyage en Sibérie, quand Eric et Holly étaient revenus aux États-Unis pour y passer ces trois longs mois avant de pouvoir retourner chercher leur fille, Holly s'était efforcée de ne jamais imaginer ce qui pouvait potentiellement arriver à son bébé resté en Sibérie – accidents, négligence, abus, maladie, nourriture avariée – au cours de ce long hiver loin d'eux.

Ils avaient fait tout ce qu'ils pouvaient, n'est-ce pas ? Ils avaient acheté les infirmières afin qu'elles prennent soin du bébé et qu'elles l'appellent Tatiana et pas Sally. Ils avaient promis davantage d'argent si le bébé se portait bien à leur retour.

Et *elle se portait bien* !

Même si elle était plus grande (étonnamment plus grande) et plus mince et plus petite en même temps, et même si ses yeux paraissaient avoir rétréci, même si ses cheveux avaient poussé et étaient plus brillants qu'il n'était possible d'imaginer pendant ces quelques mois, et même si elle était trop pâle (comme tous les enfants de l'orphelinat Pokrovka n° 2), elle avait l'air en bonne santé. On lui avait appris à faire ses besoins dans un pot. Ses joues étaient rouge écarlate, et bien que ce rouge se soit avéré être du fard appliqué par les infirmières, Tatiana n'avait pas l'air malade, même quand Holly avait découvert le maquillage sur une serviette en papier après avoir doucement débarbouillé, pour la première fois, le visage de sa fille dans les toilettes de l'avion.

Bien sûr, ce printemps-là, Tatiana n'avait pas eu l'air heureuse de voir Eric et Holly à leur arrivée à l'orphelinat – mais pourquoi l'aurait-elle été ? Comment aurait-elle pu se souvenir d'eux depuis leur visite à Noël ? Une visite qui avait été, de toute façon, si courte ? Elle ne leur avait pas *résisté* quand ils l'avaient enveloppée dans la couverture qu'ils avaient apportée, ou quand ils avaient troqué ses habits contre la petite robe en coton blanc que Gin avait confectionnée pour l'occasion. Quand ils avaient quitté ensemble l'orphelinat pour toujours, Tatiana n'avait pas eu un regard en arrière vers les infirmières – pas même vers Anya qui avait été, à Noël, sa préférée. Certes, cela avait été un peu déconcertant, que l'infirmière qui avait pris soin d'elle pendant presque deux années semble être une étrangère pour elle. Mais Tatiana paraissait intacte. On avait apparemment bien pris soin d'elle, ce pour quoi ils avaient soudoyé le personnel de l'orphelinat, bien que cela ait ennuyé Holly que Bébé Tatty ne lève pas les yeux quand elle l'avait appelée par son prénom.

« Tatiana ? »

Bébé Tatty ne paraissait pas du tout reconnaître ce prénom. Alors elles ne l'avaient pas appelée Tatiana – c'était ça ? –, comme ils le leur avaient demandé.

Mais évidemment, cela importait beaucoup moins que le reste – elle n'avait été ni affamée, ni battue, ni lâchée par terre, ni laissée si longtemps dans son berceau qu'elle aurait arboré le crâne aplati que les enfants de l'orphelinat étaient réputés avoir.

Et, bien assez tôt, elle avait répondu à son nom.

*   *
*

Une seule fois, deux semaines après leur retour dans le Michigan, Holly avait prononcé l'autre nom :

« Sally. »

Bébé Tatty était assise sur le plancher du salon, quasiment à l'endroit où elle était à présent agenouillée devant l'arbre de Noël, et Holly, debout derrière elle, avait dit, calmement, mais assez fort pour que Tatiana puisse l'entendre : « Sally ? »

Tatiana ne s'était pas retournée.

« Sally ? » Un peu plus fort cette fois, mais toujours aucune réaction.

Holly avait pensé qu'elle aurait dû être soulagée que cette enfant ne réponde plus au prénom dont on avait dû l'appeler en Sibérie et qu'elle ait intégré son nouveau prénom. Mais elle ne s'était pas sentie soulagée. Le froid s'était propagé dans la poitrine de Holly.

Cela avait commencé derrière ses côtes – mais le froid englobait aussi toute la partie de ses seins reconstruits. Elle pensa à la Tatiana plus jeune, celle que les infirmières avaient appelée Sally, à Noël, ce premier Noël, et de quelle manière elle avait plongé son regard dans celui de Holly quand cette dernière l'avait prise dans ses bras, comment elle avait tendu sa petite main rose, avec ses minuscules ongles parfaits, pour la glisser dans le décolleté reconstruit de Holly, dans le trou entre deux boutons de son corsage blanc.

Ses yeux.

Holly n'avait jamais vu, ni alors, ni depuis, de tels yeux.

Ces yeux avaient été ceux de Sally.

Cette enfant qu'ils avaient ramenée avec eux à peine quelques semaines plus tôt n'était pas Sally.

* *
*

Holly essaya de se redresser. Elle écarta les bottes blanches. Elles avaient été éclaboussées par le sang du rôti et une mare écarlate glissante s'étalait près de la porte d'entrée. Elle leva la main au-dessus de sa tête, se servant de la poignée de la penderie pour se relever jusqu'à être tout à fait debout. Elle sentait un élancement dans le dos, mais elle était sûre que la douleur disparaîtrait au bout d'un moment. Sa colonne vertébrale n'avait peut-être rien, après tout, puisqu'elle était debout. Elle inspira en fixant le dos de sa fille :

Tous ces cheveux bruns, brillants.

* *
*

Finalement, Holly avait oublié le froid ressenti ce jour-là quand l'enfant, qu'on n'avait pas appelée Tatiana – et qui, alors, certainement, avait été appelée Sally –, n'avait pas répondu à son prénom.

Non ! Pourquoi le ferait-elle ? Elle répondait au nom de Tatiana dorénavant ! Comme on oubliait vite un nom, remplacé par un autre. Peu importait combien de temps on l'avait appelée Sally, aujourd'hui elle savait qu'elle était Tatiana.

Oublie *Sally*, avait pensé Holly, et elle était allée jusqu'à donner le nom de *Sally* à une des poules. Cela lui avait paru si inoffensif, ravissant même. C'était le nom qu'ils auraient pu donner à leur fille, mais ils ne l'avaient pas fait. Maintenant, Holly le donnait à une

279

poule et, secrètement, cela lui plaisait d'entendre ce prénom dans la bouche de sa fille. « Sally a pondu un œuf sous les buissons ! » Holly n'avait jamais confié à Tatiana que Sally avait autrefois été son prénom. Pourquoi l'aurait-elle fait ?

Elle n'avait jamais été Sally.

Holly secoua la tête, s'efforçant de débarrasser son esprit de cette pensée.

Oui, elle avait semblé être une enfant différente, peut-être, quand ils étaient revenus.

Plus longue. Plus mince mais plus grande. Paraissant plus âgée que ce à quoi ils s'étaient attendus, ayant plus grandi et changé au cours de ces mois qu'ils l'auraient cru possible. Mais il y avait des traits familiers ! Les yeux étaient plus petits, certes, et les cheveux étaient plus longs, mais c'étaient fondamentalement ses traits. Il était certes normal de rencontrer une enfant qu'on n'avait pas vue depuis plusieurs semaines et de la trouver changée. De la voir presque comme une sœur aînée de celle qu'on avait laissée derrière soi. Les enfants changent tellement vite et de manière inattendue. Ce Bébé Tatty avait tellement changé qu'elle ne répondait à aucun nom dont Eric ou Holly ou les infirmières l'appelaient, que ses cheveux…

Bon, Tatiana n'avait pas été la seule enfant de l'orphelinat avec ce type de cheveux ! C'était surprenant comme les cheveux d'un tout-petit pouvaient être somptueux ! Derrière cette porte interdite, Holly avait vu une fillette avec une chevelure similaire, brune et brillante. Cette fillette, qui paraissait à peine plus âgée qu'un nourrisson (bien qu'il soit difficile de savoir, tant elle était sous-alimentée) était assise par terre, les fesses nues, attachée à un bassin en plastique. Son visage était pâle et poli comme la pierre, elle avait levé les yeux vers Holly et alors – quelle horreur ! – elle avait paru reconnaître Holly. Cette petite fille lui avait souri avec une telle béatitude qu'on aurait cru qu'elle essayait de détourner l'attention de la visiteuse de l'horreur de sa situation – ses membres brisés et mal guéris, son dos courbé.

Oui, Holly se rappelait à présent ! Elle ne s'était pas faufilée dans cette pièce lors de leur première visite. Mais au cours de leur seconde, quand ils étaient revenus chercher leur bébé !

Et ça n'avait pas été le garçonnet hydrocéphale qui l'avait poussée à se ruer hors de la pièce ! Ç'avait été le sourire de cette petite fille au visage familier, avec ses gigantesques yeux noirs, à qui il était arrivé quelque chose d'horrible. Un accident terrible :

Elle avait été battue. Ou bien on l'avait laissée tomber. Elle était complètement cassée.

Et Holly s'était empressée de sortir de la pièce, avait fermé la porte, entendu les paroles d'Annette Sanders dans son oreille, si proches et nettes qu'elle avait eu l'impression que la thérapeute se trouvait près d'elle, et elle avait fait ce qu'il fallait : elle avait oublié.

*   *
*

À présent, elle observait Tatiana alors qu'elle sortait un cadeau de sous le sapin et paraissait en déchiffrer l'étiquette, et Holly dit calmement, au superbe dos de sa fille : « Sally ? »

Tatiana ne se retourna pas, mais répondit, d'une voix déçue : « Je ne suis pas Sally. Tu le sais, maman. »

Holly garda le silence pendant un long moment, laissant la douleur dans son dos se transformer en engourdissement, jusqu'à ce qu'elle réussisse à prendre une inspiration assez profonde pour être en mesure de parler, et alors elle demanda au dos de sa fille : « Alors où est Sally, ma chérie ? Où est Sally ? »

Tatiana haussa les épaules. Mais rien à voir avec le haussement d'épaules aguicheur qu'elle avait eu plus tôt dans la journée. Ça n'était pas le haussement d'épaules de l'indifférence adolescente, de l'ennui. C'était un haussement d'épaules de tristesse, de désespoir complet.

« Oh, Tatty, dit Holly. Est-ce que c'était Sally qui essayait d'appeler, chérie ? Est-ce que Sally connaît mon numéro de téléphone ? »

Tatiana secoua la tête. Peut-être maintenant riait-elle un peu ou bien s'efforçait-elle de ne pas pleurer. Holly n'aurait su dire, puisqu'elle ne voyait que le dos de sa fille. Tatiana dit : « Sally n'a pas besoin de numéro de téléphone. Le téléphone est relié à tout aujourd'hui, maman. Tu le sais. » Elle leva une main qu'elle agita, puis elle se retourna.

Tatiana était exactement l'ombre chinoise à laquelle Holly s'était attendue plus tôt. Elle ressemblait à un découpage plat en carton devant la fenêtre, la tempête faisant vibrer ses parasites brillants tout autour d'elle. Tous les contours de Tatiana étaient nets, mais le reste de sa personne avait disparu, et elle répéta, cette fois d'un ton plus insistant : « Tu *le sais*, maman. Dis-moi où sont les câbles, sinon ? Tout est à ciel ouvert maintenant. C'est tout. »

Tatiana avait raison, n'est-ce pas ? Holly acquiesça. Elle *savait*, non ? Avait-elle *toujours* su ?

Malgré tout, elle avait besoin d'en savoir davantage :

« Où est Sally, alors ? demanda-t-elle.

— Oh, ma chérie, répondit Tatiana, d'une voix ancienne, lointaine. Tu as laissé ta petite Sally en Russie, n'est-ce pas ? »

Holly acquiesça encore une fois. Encore une fois, elle avait su cela. Elle l'avait toujours su. Aucun claquement d'élastique n'aurait pu chasser cette conviction hors de son esprit, même si elle avait réussi à garder cette porte fermée très longtemps.

« Tu te rappelles Sally ? Derrière cette porte ? Mais je ressemblais suffisamment à Sally, n'est-ce pas ? Tu m'as ramenée à la maison à sa place. »

Holly se pencha alors, le visage dans les mains, puis tomba à genoux malgré la douleur qui décochait des éclairs dans sa colonne vertébrale. Elle la niait encore, cette douleur, n'est-ce pas ? Elle parla dans ses mains, sans pleurer encore : « Alors dis-moi, Tatiana. Dis-moi seulement ce qui est arrivé à Sally.

— Oh, maman. Quelle différence cela fait-il ? Cela fait bien bien longtemps que tu es partie. Il peut arriver tant de choses. C'était un endroit très mauvais. Elles ont cassé cet autre bébé. Elles ont laissé tomber ce bébé, ou alors elles ont fait autre chose, quelque chose de terrible, à ce bébé. Elle ne se serait jamais rétablie. Alors elles l'ont isolée. Tu n'étais pas censée entrer là, tu te rappelles ? On t'a donné ce bébé à la place, et tu l'aimes, n'est-ce pas ? On t'a donné la sœur de Sally, juste un peu plus âgée. Tu n'as jamais vu la différence, n'est-ce pas ? Tu m'as aimée, n'est-ce pas ?

— Oh, oui. Oh, mon Dieu, oui, ma chérie. Je suis tellement désolée pour Sally, qu'elles l'aient brisée, qu'elle soit encore là-bas. Mais nous t'avons, toi, maintenant ! Nous t'aimons. Nous ne connaissons pas cette autre fillette. Tu es notre bébé. Nous n'avons pas besoin d'un autre bébé. Mais, Tatiana, pourquoi ne nous a-t-on pas laissés te voir, la première fois, à l'époque de Noël ? Pourquoi ne nous a-t-on pas dit que Sally avait une sœur ? »

Tatiana soupira, triste, lasse, comme si on lui demandait de réexpliquer quelque chose pour la centième fois, ou une évidence qui n'avait pas besoin d'être expliquée :

« Parce que la sœur de Sally était *malade*, maman. La sœur de Sally avait les lèvres bleues et la peau bleue et les paupières bleues. La mère de Sally et de Tatiana est morte quand nous étions bébés. On te l'a dit, même si tu ne voulais pas entendre. Sally allait bien, jusqu'à ce qu'on lui fasse du mal, mais elles savaient que l'autre sœur allait mourir, comme leur mère. Et personne ne veut ramener chez soi un bébé qui va mourir, maman. N'est-ce pas ? Elles savaient que personne ne voudrait me ramener chez soi, dans un endroit aussi joyeux, juste pour mourir.

« Mais c'est alors qu'elles ont cassé l'autre bébé ! Elles ont cassé Sally ! Et c'était ce bébé que tu voulais ! Je lui ressemblais parce que j'étais sa sœur. Et elles savaient qu'il passerait un long moment avant que vous découvriez que quelque chose n'allait pas. Vous feriez semblant de ne rien voir aussi longtemps que possible. Elles ont rougi mes joues, tu te rappelles ? »

Holly acquiesça. Elle se rappelait. Elle se rappelait tout.

« Alors quelle différence cela fait-il, maman ? Si elles n'avaient pas cassé Sally, elles m'auraient gardée derrière cette porte. C'était elle ou moi. Tu aimais ta Tatty, non ? Sally avait des yeux plus grands et elle n'était pas malade, mais mes cheveux sont bien plus beaux. Et ma peau est bleu pâle. Pendant toutes ces années, tu as eu ta Tatty et tu l'as aimée, non ? »

Holly acquiesça et acquiesça, encore et encore, tandis que les larmes dégoulinaient le long de son cou, sous sa robe, entre ses seins :

Oh, *mon Dieu*, comme elle avait aimé sa fille. *Comme elle avait aimé sa fille.*

« C'est juste que quelque chose nous a suivis jusqu'ici depuis la Russie, maman. Tu te rappelles ?

— Oui », sanglota Holly.

Tatiana secoua la tête. Elle dit : « Oh, pauvre maman. Si seulement tu avais eu un peu de temps à toi pour t'asseoir et écrire à ce sujet.

— Oui, dit Holly.

— Pauvre maman. Pauvre maman.

— Oui, dit Holly, ne niant plus rien. Comment

t'appelaient-elles, ma chérie ? Avant qu'elles te sortent de derrière cette porte, avant qu'elles cassent ta sœur ? »

Tatiana haussa les épaules. Elle secoua un peu la tête comme si elle tentait en vain de se souvenir. «Je ne sais pas, dit-elle. Pourquoi m'en souviendrais-je ? Jenny ? Betty ? Non – *Bonnie*. Mais je suis Tatiana aujourd'hui. » Elle rit un peu puis se leva, tenant un cadeau qu'elle avait pris sous l'arbre. Elle traversa le salon en l'apportant. Elle était toujours cette noirceur plate – la silhouette parfaite, sans traits, d'une fille aux bras gracieux et aux cheveux fluides. Tatiana tendit le cadeau à sa mère. C'était un objet plat, enveloppé de papier brillant vert.

« Je l'ai fait pour toi.

— Oh, ma chérie, dit Holly. Merci, Tatty. » Elle prit le cadeau des mains de sa fille. Elle dit : « Papa a dit qu'il s'agissait d'un Noël spécial cette année. Je suis tellement désolée d'avoir dormi si tard, Tatty. Je suis désolée que nous n'ayons pas eu le temps d'ouvrir les cadeaux.

— Ouvre-le maintenant, dit Tatty, avec tendresse et douceur. Ouvre-le maintenant, maman. Il n'est pas trop tard. »

La gorge de Holly se serra d'émotion – de gratitude. L'incroyable gentillesse de ces paroles : *Il n'est pas trop tard*. Elle tira sur le papier vert là où il était collé et le laissa tomber par terre entre sa fille et elle. C'était un livre. La couverture était en cuir doux couleur fauve, la reliure était cousue main, et les pages étaient lourdes, blanches et vides. «Oh, fit Holly en le tenant entre ses mains.

— C'est pour tes poèmes, dit Tatiana. Ceux que tu n'as jamais écrits. Je l'ai fabriqué moi-même.

— Oh», répéta Holly, mais le temps qu'elle se relève de sa position à genoux pour prendre sa fille dans ses bras, Tatiana avait disparu.

* *
*

Était-elle retournée si vite dans sa chambre?

Holly essaya de la suivre mais elle avait du mal à marcher. Elle dut utiliser ses bras et progresser dans l'air comme si elle nageait afin d'atteindre le couloir, puis la chambre de Tatiana. Elle dut enjamber le morceau de viande qui gisait sur le sol là où elle l'avait laissé tomber et, quand elle arriva devant la porte de la chambre, celle-ci était sur le point de se refermer entre elles, et Tatiana disait: «Maintenant tu vas avoir tout le temps qu'il te faut.

— Non! hurla Holly, agrippant la poignée, essayant de forcer la porte en poussant au moment où Tatiana glissait le crochet dans l'anneau. Non, je t'en prie, ma chérie!»

Puis soudain il n'y eut plus aucun bruit de l'autre côté de la porte. Pas même le grincement du sommier. Holly frappa, fort, puis elle recula. Elle envisagea encore de se lancer de tout son poids contre la porte, le verrou se détacherait facilement d'un coup sec de la porte et du chambranle mais, au moment où elle y pensa, elle sut qu'elle n'en ferait rien. Si elle était le genre de femme qui pouvait enfoncer une porte et briser un verrou, combien de fois l'aurait-elle déjà fait dans sa vie ?

C'était comme l'élastique ! Pendant toute son existence, Holly s'était protégée, ou bien elle avait été protégée. Ses sœurs avaient l'habitude de découper les publicités pour l'organisation contre les violences faites aux animaux dans les magazines que Holly lisait afin qu'elle ne voie jamais les photos de chats et de chiens abandonnés. Elle pensa à Annette Sanders, morte dans un accident de voiture, soûle, des années après la fin de la thérapie de Holly. Elle se rappela combien il avait été simple de sortir de cette pièce en Sibérie, d'échapper au garçonnet hydrocéphale et à la belle fillette souriante assise par terre, attachée à un bassin :

Il faut posséder un esprit d'hiver.

Holly leva la main pour frapper encore une fois à la porte. C'est alors que, comme si le bruit avait été programmé pour l'arrêter en plein geste, « A Hard Rain's A-Gonna-Fall » se mit à jouer sur son iPhone dans la salle à manger, où il reposait encore sur la table.

*   *

*

En se précipitant vers le téléphone, Holly sentit un morceau de verre, petit mais acéré, lui percer le talon.

Elle eut mal mais ne s'arrêta pas pour l'arracher. Elle trouva son téléphone juste avant qu'il cesse de sonner (*And what did you see my darling young one?*), le prit, toucha le bouton Répondre du doigt et dit, en s'efforçant de garder une voix calme : « Allô ?

— Holly, chérie.

— Thuy ?

— Ouais. Comment allez-vous, les filles ? Est-ce qu'Eric est rentré avec ses parents ?

— Non.

— Non ? Oh, mince. Gin a été admise à l'hôpital, alors ? Elle va bien ?

— Je n'en sais rien, répondit Holly. Cela fait un moment que je n'ai pas eu Eric au téléphone. Il était dans une chambre avec elle. Et son père avait des douleurs à la poitrine aussi.

— Oh, mon Dieu, dit Thuy. Quel stress. Est-ce qu'elle aurait pu avoir une attaque ?

— Je ne sais pas, répondit Holly. Elle est confuse.

— Oh, Holly, je suis tellement désolée. Ça n'est vraiment pas le Noël que nous pensions passer, n'est-ce pas ? Est-ce que tu es sortie ?

— Non.

— C'est incroyable. Si jamais ça s'arrête, il va falloir sérieusement pelleter. Mais on va essayer de venir demain, d'accord ? Tu m'appelleras quand tu auras des nouvelles de la mère d'Eric ? Je veux dire, je sais qu'on ne la voit qu'à Noël, mais nous aimons toutes beaucoup Gin. Et Gramps aussi, évidemment. Je regrette même de ne pas avoir vu les Cox aujourd'hui. Et tes belles-sœurs. Surtout, comment s'appelle-t-elle…

— Crystal.

— Ah, oui, Crystal. Celle qui dit "oh mince alors" quand elle laisse tomber quelque chose, au lieu de "oh merde", c'est ça ?

— Oui, dit Holly. Moi aussi j'ai laissé tomber quelque chose.

— Oh merde. Enfin, je voulais dire "oh mince alors" ! Qu'as-tu laissé tomber, chérie ? »

Holly resta muette. Elle s'avança à nouveau vers la baie vitrée. Elle se rendit compte qu'il devait être plus tard que ce qu'elle croyait. Derrière le blizzard, le ciel paraissait avoir viré au bleu étain. À présent, si elle plissait les yeux, Holly voyait les capuchons de pendus sur ses rosiers projeter de longues ombres sur la neige qui s'était accumulée.

Thuy dit : « Tu es toujours là, Holly ? Est-ce que la ligne a coupé ?

— Je suis là, répondit Holly.

— Bon, on a mangé du thon en daube, on a ouvert les cadeaux, et on a regardé *La vie est belle*. Qu'est-ce que vous avez fait avec Tatty ? »

Encore une fois, Holly ne dit rien. Elle vit un oiseau fondre depuis une branche du cornouiller jusqu'au sol de l'arrière-cour. Il paraissait s'adonner maintenant à une petite danse sur la tombe vide du chat.

« Je vais ôter les capuchons des rosiers, dit-elle enfin. Ils ne peuvent pas voir.

— Hein ? »

Holly se mit à quatre pattes, le combiné toujours collé à l'oreille. Elle constata que, malgré le coup d'aspirateur, il y avait du verre cassé dans tout le salon. Tout ça ne pouvait pas provenir d'un seul verre à eau, n'est-ce pas ? Elle se releva en époussetant, de sa main libre, la poudre coupante de ses genoux. Les écailles presque invisibles et aiguisées comme des rasoirs lui entaillèrent la main.

«Tu es toujours là, Holly ?

— Oui», dit Holly. Elle retourna ses mains afin de ne pas voir si elles saignaient.

«Eh bien, avant que ça coupe, Patty voulait te dire bonjour et j'aimerais souhaiter un joyeux Noël à ma Tatty, d'accord ?

— D'accord, répondit Holly.

— Bon, ne quitte pas, Holly. Viens ici, Bébé Patsy. Tatie Holly veut te dire bonjour.»

Depuis l'autre bout de la ville, mais si près de l'oreille de Holly (cela paraissait si près !), la voix de la petite fille était aiguë, légère et douce, comme le bord d'un verre tintant sous la pichenette d'un ongle :

«Bonjour ?

— Patty, ma chérie, dit Holly. Est-ce que le Père Noël t'a apporté des cadeaux ?

— Quoi ?

— Je t'ai demandé si le Père Noël t'avait apporté des cadeaux.

— Quoi ?

— Tu m'entends, Patty ?

— Quoi ?»

Après cet échange, il n'y eut plus aucun son pendant quelques secondes à l'exception de la respiration de la petite fille. Elle paraissait pourtant si proche que Holly l'entendit même déglutir. Puis Patty chuchota quelque chose, et ensuite elle colla peut-être le combiné contre sa poitrine car Holly perçut son cœur de petite fille en bonne santé battre fort dans son oreille. Comme si elle avait posé son oreille contre la minuscule poitrine de Patty :

Comme son cœur devait être petit !

Il devait probablement tenir dans la paume d'une main – et pourtant le bruit qu'il produisait parvenait à voler dans les airs sur une trentaine de kilomètres entre leurs maisons. *Je vous en prie*, pensa Holly, faites que le Père Noël lui ait apporté des cadeaux et que Thuy et Pearl puissent encore lui faire croire au Père Noël pendant de nombreuses années. Quel plaisir simple et sacré.

« Holly ? »

De nouveau Thuy.

« Tout va bien ? Patty dit qu'elle ne comprend pas ce que tu lui dis. Elle dit que tu ne parles pas en anglais. Euh, tu parles bien en anglais, n'est-ce pas ?

— Je n'ai pas d'autre choix que de parler anglais, répondit Holly. Je ne connais que quelques mots de russe. J'ai bien essayé d'en apprendre davantage. Mais je ne suis pas très forte en langues. »

Thuy éclata de rire. Elle dit : « Eh bien, je crois que le téléphone cloche. Laisse-moi parler à ma Tatty avant que la communication coupe, d'accord ? On réessaiera de se parler plus tard et nous passerons demain si nous arrivons à dégager un passage pour sortir.

— Ne quitte pas », dit Holly.

Elle colla l'iPhone contre sa poitrine en traversant, sur la pointe des pieds, le salon parsemé de verre jusqu'à la porte de la chambre de sa fille. Elle toucha la poignée, tout d'abord avec précaution, pensant qu'elle allait peut-être lui brûler la main d'une manière ou d'une autre, comme l'iPhone avait cloqué le bout des doigts de Tatiana. Mais la poignée était froide. Elle la tourna et poussa contre la porte, s'attendant à rencontrer la résistance du crochet dans l'anneau. La porte n'était pas verrouillée : *Elle n'est pas verrouillée, maman. Je ne verrouille jamais ma porte !*

« Tatty ? » demanda Holly au dos nu de sa fille. Les deux bras de Tatiana étaient passés dans les manches de la robe en velours rouge de Gin, comme si elle avait tenté de l'enfiler par-dessus tête mais avait rencontré des difficultés, comme si ses bras étaient trop raides. Comme si elle était aussi impossible à plier qu'une poupée Barbie. Sa chemise de nuit gisait par terre et ses chaussons de danse noirs étaient fourrés sous sa table de nuit.

« Tatty ? »

Holly s'agenouilla près du lit de Tatiana, mais prit soin de ne pas toucher sa fille, qui paraissait si nue, si vulnérable, tellement comme une enfant, abandonnée. Holly n'aurait surtout pas voulu lui faire peur, ou la réveiller, ou lui faire mal. Holly avait si souvent pensé, depuis qu'Eric et elle l'avaient ramenée de l'orphelinat Pokrovka n° 2 : *Dieu merci, je ne l'ai pas fait naître moi-même dans ce monde.* Elle avait pensé, vraiment, que cela aurait été une sorte de péché d'arracher une âme dans un quelconque autre monde de l'au-delà, pour l'amener dans celui-ci. Certainement, songea-t-elle, l'endroit où vivaient les bébés avant qu'ils viennent au monde devait être plus paisible, moins dangereux qu'ici. Certainement, les âmes des enfants qui n'étaient pas nés et celles des morts ne retrouvaient plus jamais leur chemin dans ces corps – si tendres ! si exposés ! si vulnérables ! – où elles seraient vouées à se débrouiller toutes seules. Que pourrait-il arriver de pire ? Que de déposer une âme aussi délicieuse que celle de Tatiana dans le corps d'un animal mourant ?

Parce que, dès l'instant où elle était née, elle avait commencé à mourir, n'est-ce pas ?

Mais Holly n'avait rien fait, non ? Ce n'était pas la faute de Holly. Elle avait simplement arraché Tatiana à ce terrible orphelinat, l'avait amenée ici, dans le pays le plus joyeux du monde. Dans un endroit empli de surprises technologiques, de médicaments, d'hygiène – fini le collier de gousses d'ail en cas d'épidémie de grippe !

Holly éclata de rire à ce souvenir !

Puis elle entendit la voix de Thuy qui l'appelait depuis la petite boîte miraculeuse qu'elle tenait dans sa main (encore une fois, cette voix, si claire, alors que son amie était si loin), et elle songea à Thuy se réveillant tout simplement, un jour, de son sommeil de bambin, une main dans celle de Mickey Mouse. Comme c'était merveilleux. Quelle bénédiction. Holly avait de la chance d'avoir une telle amie. Holly s'adressa au dos de sa fille : « Thuy veut te souhaiter un joyeux Noël, chérie. »

Bien sûr, Tatty ne roula pas sur le côté. Elle ne soupira même pas d'exaspération. Elle était si paisible, malgré la robe en velours rouge qui semblait l'entraver, entortillée dans ses bras.

Tatiana n'avait pas relevé ses stores de la journée mais, entre le rebord de la fenêtre et le rideau, Holly vit qu'il faisait de plus en plus noir dehors.

Pourtant, la nuit tout entière serait illuminée par ce blizzard, n'est-ce pas ? Holly allait monter le chauffage. (La chaleur ! Une autre merveille de la vie américaine ensemble ! Comme Holly se rappelait le sol dur, froid et nu, de l'orphelinat Pokrovka n° 2, ce Noël, il y a si longtemps.)

Mais tout d'abord, elle allait tirer le dessus de lit sur le dos nu de sa fille, parce qu'elle devait couvrir ce pauvre dos bleu pâle.

*　*
*

Holly posa l'iPhone par terre et, avec l'appareil, la minuscule voix cristalline de Thuy.

En l'entendant, Holly imagina son amie en petite fille tourbillonnant dans une tasse à thé à Disneyland, ses longs cheveux noirs fouettant l'air derrière elle :

« Becky ! Tu t'amuses bien ? Becky ? »

La mère de Thuy avait changé le nom de sa fille en Becky quand elles s'étaient installées en Californie et Thuy n'avait repris son prénom vietnamien qu'à l'université. C'était une des raisons pour laquelle Holly avait tenu à ce que Tatiana eût un prénom évoquant ses origines.

Parce qu'on ne peut tout simplement pas oublier d'où l'on vient, n'est-ce pas ?

Parce que c'était important de ne pas oublier, de ne pas faire semblant, n'est-ce pas ?

Holly n'en avait-elle pas été si convaincue ? N'était-ce pas pour cette raison qu'elle gardait une boîte de préservatifs dans le placard à linge, pour Tommy et Tatiana, bien que Tatiana eût insisté, au bord des larmes : *Nous n'allons pas avoir de relations sexuelles, maman. Pourquoi faut-il toujours que tu forces les choses ? Pourquoi ne me laisses-tu pas simplement être une enfant ?*

Et Eric s'était mis en colère. Il avait dit : « Seigneur, Holly. Toute cette merde que tu essaies d'ignorer en t'enfouissant la tête dans le sable et tu choisis ce sujet pour être complètement ouverte et cool ? Elle n'a pas besoin de ça ! »

Mais qu'entendait-il par là ? À propos de quoi Holly s'enfouissait-elle la tête dans le sable ? Quoi donc ?

Et que penses-tu avoir gardé si joliment enterré là-bas, sale garce ?

Holly fit volte-face.

Elle porta la main à ses lèvres pour s'empêcher de hurler :

La fille en robe noire était de retour. Elle se tenait face au miroir en pied de Tatty. Elle portait les chaussons en feutre d'une enfant de l'orphelinat Pokrovka n° 2.

Holly se le rappelait très bien. Ils portaient tous ce type de chaussons. Ils avaient paru fragiles à leurs pieds, comme si on leur avait emmailloté les chevilles avec des chiffons pour faire croire à des chaussures. Et cette fille en robe noire, on aurait dit que ses jambes avaient été brisées et mal remises. Ses bras étaient flasques. Sa tête ne paraissait pas posée correctement sur son cou. Holly avait déjà vu ça aussi ! Elle avait vu des enfants similaires derrière cette porte, emmêlés dans leurs propres membres malformés, ne se donnant même pas la peine de pleurer. Elle les avait vus *sourire*.

La fille cria quelque chose en russe à Holly – mais, cette fois, Holly comprit. Elle avait l'impression d'avoir parlé russe toute sa vie ! La fille, qui portait le corps brisé de Tatiana, hurla : « *Elle a un problème au cœur !* » Cette fille, même avec un bras flasque, parvint à lever le poing et à se frapper la poitrine. « Même ta fichue voisine Randa t'a prévenue ! Elle t'a dit : "Les ongles de votre fille sont bleus ! Ses paupières sont bleues ! Pourquoi ses lèvres deviennent-elles si bleues ? Il ne fait même pas froid !" Et *qu'as-tu fait* ? Tu as cessé de lui parler ! Tu as dit que c'était parce qu'elle avait mal réagi au sujet des poules, mais tu *savais* que c'était à cause de ce qu'elle te dirait à propos de Tatty, si tu lui adressais à nouveau la parole : "Tatty devrait voir un médecin !" »

— Il n'y a rien qui cloche chez elle, répondit Holly. Un médecin l'a examinée en Russie. Il n'y avait rien qui clochait chez Sally !

— Va te faire foutre, dit la fille. Elle *n'a jamais été Sally* ! Tu ne m'as même pas apporté de cadeau de Noël ! Où crois-tu que *Sally est allée* quand tu l'as laissée là-bas pendant des mois ? Qui s'est occupé d'elle ensuite, selon toi ? Et qui, crois-tu, prend soin d'elle aujourd'hui ? Aucun *Américain* ne veut d'une enfant qui a les jambes brisées. Une enfant qu'on a laissée tomber par terre ou qui a été battue. Ni d'une enfant qui a *un problème au cœur*. Voilà pourquoi tu as fait semblant de ne pas savoir jusqu'à ce que tu *ne puisses plus ne pas savoir* !

— Ce n'est pas vrai ! cria Holly, désespérée. Je me suis toujours moquée de tout ça. Je t'ai aimée. Tu étais la plus douce petite chose que j'aie jamais aimée. Je vous ai aimées toutes les deux. Je m'en fichais ! J'aurais pris n'importe laquelle d'entre vous deux, ou les deux ! Je t'aurais prise cassée, j'aurais pris ta sœur et son problème de cœur. Je l'aurais fait, je *l'ai fait* ! »

Non, tu ne l'as pas fait.

Bien que le cri fût assourdissant, Holly ne prit pas la peine de se boucher les oreilles. Elle savait d'où provenait la voix, elle couvrit ses paupières de ses mains et elle sut que, lorsqu'elle lèverait à nouveau les yeux, Sally aurait disparu.

* *
*

Holly le savait, tout serait différent quand Eric rentrerait à la maison, quand le matin viendrait.

Elle déglutit en s'efforçant de ne plus pleurer. Elle ne ferait plus un bruit du reste de la journée. Ça ne servait à rien de contrarier Tatiana. Elle n'en saurait même jamais rien. Holly n'en parlerait à personne. Elle ne le partagerait même pas avec Thuy. Tout comme elle n'avait jamais parlé à qui que ce soit des poules et de la façon stupide, cet été-là, quand ils les avaient rapportées de la ferme à l'extérieur de la ville, dont Holly avait cru qu'elles seraient heureuses. Que les poules resteraient à l'intérieur de l'enclos, picoreraient des miettes, et vivraient dans le charmant petit poulailler amish qu'Eric et elle avaient commandé par correspondance.

Elle n'avait jamais raconté à personne que, pendant la sieste de Tatiana, Holly était allongée au lit avec un livre, la fenêtre ouverte – parce que c'était le début de l'été, qu'il faisait beau, que le ciel était si bleu qu'on aurait dit une membrane au-dessus du monde, tellement tendue qu'on aurait pu la percer – et qu'elle écoutait crier les poules sous le buisson, sous la fenêtre :

Elle avait compris, n'est-ce pas, que les cris étaient plus forts que d'habitude. Mais Holly s'était autorisée à croire que les volailles se chamaillaient pour des cloportes, ou se battaient pour un ver de terre. Comme Holly aimait le bruit des poules ! Il n'y avait vraiment rien de plus charmant que quelques poules dans un jardin. (*Tant de choses dépendent de…*) Holly regrettait que les voisins désapprouvent (« Les habitants de banlieue ne comprennent rien aux animaux de la ferme ; ça va être un véritable désastre ! » avait-elle lu dans une lettre d'avertissement adressée au rédacteur en chef du journal), mais posséder ses propres poules, brouiller les œufs dorés de ses poules au petit déjeuner…

Ce ne fut que bien plus tard, ce jour-là, que Holly

comprit que les piaillements provenaient de quatre poules en picorant à mort une cinquième. Qu'une grande partie du drame s'était déroulée dans le jardin de Randa. Que les poules avaient pourchassé leur victime – celle que Holly avait baptisée, de façon si stupide, si horrible, *Sally* – au travers d'un trou dans le grillage. Quand la poule avait atteint le chèvrefeuille de Randa pour s'y cacher, il était trop tard.

* *
*

En prenant soin de ne pas la déranger, Holly tira le couvre-lit sur l'épaule de sa fille, tapota doucement, caressa le plus légèrement possible ses cheveux brillants. Puis elle se pencha, ramassa son téléphone par terre et le porta à son oreille :

« Allô ? » dit-elle, mais la communication avec Thuy avait été coupée et Holly en fut peinée. Tatiana aurait aimé parler à Thuy, à Pearl, à Patty. Tatiana aimait Noël. Elle aimait souhaiter un joyeux Noël à sa famille, à ses amis.

Holly se tourna, se pencha sur Tatiana dans son lit, glissa l'iPhone dans la main de sa fille et replia les doigts raides autour de l'appareil, juste au cas où Thuy rappellerait, puis elle sortit de la chambre sur la pointe des pieds, refermant la porte en silence derrière elle.

RAPPORT 321-22-2-7654

Date du décès : 25 decembre 20 —
Heure du décès : environ 7 : 30-8 : 30
Nom du défunt : Tatiana Bonnie Clare
Age : 15 ans
**Noms des parents, si le (la) défunt(e)
a moins de 25 ans :** Holly E. Judge /
Eric M. Clare
Lieu du décès : domicile de la defunte
/ 11 — Great Forest Road / -----------
-----, Michigan 49----
Cause du décès : Infarctus du myocarde
dû à une anomalie congenitale / Hypo-
plasie du cœur gauche

Notes : Le père revient au domicile
approximativement à 20 h 45 après un
retard dû à la tempête de neige / urgence familiale. Trouve la mère bou-
leversee / sans reaction dans le
salon. Plusieurs minutes plus tard,

decouvre sa fille morte dans sa chambre. Soupçonne tout d'abord un homicide. Signes de lutte : verre / vaisselle casses, nourriture / vêtements eparpilles sur les lieux. La mère insiste sur le fait que la fille est en vie / qu'elle ne veut pas sortir de sa chambre. Parle d'une intruse decrite comme une adolescente. « Sally. » « De Russie. » Carnet avec notes recentes et references au fait d'avoir « ete suivie ». (Psychose liee à un stress intense ?) Hypothèse de violence / violation domicile ecartee par les policiers. La mère a change à plusieurs reprises les vêtements de la defunte, au cours de la journee et *post mortem*. La defunte a ete « nourrie de force » & deplacee à plusieurs reprises d'une pièce à l'autre, au cours de la journee et *post mortem*. La mère reste en observation.

REMERCIEMENTS

Pour leur aide et leur soutien, mon éternelle reconnaissance à Bill Abernethy, Jack Abernethy, Lucy Abernethy, Lisa Bankoff, Dominique Bourgois, Antonya Nelson, Katherine Nintzel, Carrie Wilson et Olga Zilberbourg.

Laura Kasischke
dans Le Livre de Poche

À moi pour toujours   n° 31077

« À moi pour toujours » : tel est le billet anonyme que
trouve Sherry Seymour dans son casier de professeur à
l'université un jour de Saint-Valentin. Elle est d'abord flat-
tée par ce message qui tombe à point nommé dans son
existence un peu morne. Mais cet admirateur secret obsède
Sherry. Une situation d'autant plus troublante qu'elle est
alimentée par le double jeu de son mari. Sherry perd vite le
contrôle de sa vie, dont l'équilibre n'était qu'apparent, et la
tension monte jusqu'à l'irréparable… Laura Kasischke
peint avec talent une réalité américaine dans laquelle tout,
y compris le désir, semble bien ordonné.

À Suspicious River   n° 33062

« Le Swan Motel, de l'autre côté de la rue, était propre et
frais – draps amidonnés, moquette beige, serviettes de toilette blanches et décentes que nous envoyions deux fois par
semaine à Ottawa City, pour les faire laver, dans un camion
plein de sacs-poubelle en plastique vert olive. Derrière le
motel, la Suspicious River roulait ses flots noirs… » Hyper-
réalisme, violence et crudité, transfigurés dans un univers

poétique d'une force exceptionnelle, Kasischke n'est pas sans rappeler le grand Hopper et les meilleurs cinéastes américains. Mais surtout, elle fait du lecteur un voyeur fasciné, véritable héros de cette entreprise.

La Couronne verte   nº 31792

Véritable rituel, les vacances de printemps aux États-Unis marquent le passage à l'âge adulte pour les élèves de terminale, qui partent une semaine entre eux dans un cadre exotique. Face à l'insistance de leur amie Terri, Anne et Michelle renoncent à une croisière dans les Caraïbes et optent pour les plages mexicaines. En dépit des mises en garde maternelles, Anne et Michelle acceptent d'aller visiter les ruines de Chichén Itzá en compagnie d'un inconnu... pour leur plus grand malheur. Un roman aussi troublant que profond.

En un monde parfait   nº 32350

Jiselle, la trentaine et toujours célibataire, croit vivre un véritable conte de fées lorsque Mark Dorn, un superbe pilote, veuf et père de trois enfants, la demande en mariage. Sa proposition paraît tellement inespérée qu'elle accepte aussitôt, abandonnant sa vie d'hôtesse de l'air pour celle, plus paisible, croit-elle, de femme au foyer. C'est compter sans les absences répétées de Mark, les perpétuelles récriminations des enfants et la mystérieuse épidémie qui frappe les États-Unis, leur donnant des allures de pays en guerre. L'existence de Jiselle prend alors un tour dramatique...

Une nuit de pleine lune, Shelly est l'unique témoin d'un accident de voiture dont sont victimes deux jeunes gens. Nicole, projetée par l'impact, baigne dans son sang, et Craig, blessé et en état de choc, est retrouvé errant dans la campagne. C'est du moins ce qu'on peut lire dans les journaux, mais c'est une version que conteste Shelly. Un an après, Craig ne se remet toujours pas. Il ne cesse de voir Nicole partout... Serait-il possible que, trop jeune pour mourir, elle soit revenue ?

Rêves de garçons n° 31360

À la fin des années 1970, trois pom-pom girls quittent leur camp de vacances à bord d'une Mustang décapotable dans l'espoir de se baigner dans le mystérieux Lac des Amants. Dans leur insouciance, elles sourient à deux garçons croisés en chemin. Mauvais choix au mauvais moment. Soudain, cette journée idyllique tourne au cauchemar. *Rêves de garçons* est une plongée au cœur d'un univers adolescent dépeint avec une justesse sans égale. Une fois de plus, Laura Kasischke s'attache à détourner avec beaucoup de férocité certains clichés de l'Amérique contemporaine et nous laisse, jusqu'à la révélation finale, dans l'imminence de la catastrophe.

Un oiseau blanc dans le blizzard n° 32492

Garden Heights, dans l'Ohio. Une banlieue résidentielle qui respire l'harmonie. Eve nettoie sa maison, entretient son jardin, prépare les repas pour son mari et pour Kat, sa fille. Depuis vingt ans, Eve s'ennuie. Un matin d'hiver, elle part pour toujours. Kat ne ressent ni désespoir, ni étonnement. La police recherche Eve. En vain. La vie continue et les nuits de Kat se peuplent de cauchemars. Une fois encore, après *À Suspicious River*, Laura Kasischke écrit avec une virtuosité glaciale le roman familial de la disparition et de la faute.

La Vie devant ses yeux   n° 33312

Diana, la quarantaine, mariée à un professeur de philosophie et maman d'une petite Emma de 10 ans, est cette mère de famille américaine typique qui habite une belle maison, accompagne les sorties scolaires de sa fille, cuisine admirablement et enseigne le dessin. Pourtant le passé – et l'événement traumatisant qui en est au cœur – ne cesse de la hanter, par bouffées, et ces flashes sont autant de ruptures dans la narration du présent de Diana.

Le Livre de Poche s'engage pour l'environnement en réduisant l'empreinte carbone de ses livres. Celle de cet exemplaire est de : **350 g éq. CO$_2$** Rendez-vous sur www.livredepoche-durable.fr

PAPIER À BASE DE FIBRES CERTIFIÉES

Composition réalisée par Maury-Imprimeur

Achevé d'imprimer en juin 2015 en France par
CPI BRODARD ET TAUPIN
La Flèche (Sarthe)
N° d'impression : 3010958
Dépôt légal 1re publication : octobre 2014
Édition 07 – juin 2015
LIBRAIRIE GÉNÉRALE FRANÇAISE
31, rue de Fleurus – 75278 Paris Cedex 06